Die Diplomaten Gattin
Band I

NADINE DE WINTER

DIE DIPLOMATEN GATTIN

BAND I

ROMANTIC THRILLER

Bibliografische Information der Deutschen Nationalbibliothek:
Die Deutsche Nationalbibliothek verzeichnet diese
Publikation in der Deutschen Nationalbibliografie; detaillierte
bibliografische Daten sind im Internet über http://dnb.dnb.de
abrufbar.

Korrektorat: Ulrike Bode & Nadine de Winter
weitere Mitwirkende: © Coverdesign und Umschlaggestaltung:
Florin Sayer-Gabor – www.100covers4you.com

Verlag: BoD · Books on Demand GmbH, In de Tarpen 42,
22848 Norderstedt
Druck: Libri Plureos GmbH, Friedensallee 273,
22763 Hamburg

ISBN: 978-3-7597-5890-3

INHALT

Für meine Zwillingsseele Eric,
die wahre Liebe meines Lebens

»Das Universum besteht aus Schwingungen und Liebe ist
eine Synchronisation von getrennten Schwingungen.
Die Liebe ist der einzige Grund für unsere Existenz,
sie ist der Unterschied zwischen dem Vakuum und der
Unendlichkeit.«

Eric L.

Danksagung

Ich danke meiner Freundin Jasmin, die uns wieder miteinander vereinte und meiner Freundin Maria, meiner Freundin Mahnaz und meinem Freund Ante, die immer an mich geglaubt haben.

Von ganzem Herzen möchte ich mich bei meinen Bloggermädels Carola, Michaela, Martina, Jamie, Ulrike und Angie bedanken, die mich täglich motivieren und unterstützen.

Mein besonderer Dank geht an Dr. Florin Sayer-Gabor, die mein Wunschcover kreierte und an meine Testleser*innen Andrea, Carola, Anita und an Ulrike, die zusätzlich Korrektur gelesen hat.

DIE ERSTE BEGEGNUNG

Ich nahm einen tiefen Atemzug und starrte auf das blankgeputzte Messingschild an der Hauswand des noblen Gebäudes in der Fasanenstraße in Berlin.

»ERIK W. SUTHOR | Scheidungsanwalt« stand dort in einem klaren Schriftzug.

Schnell drückte ich auf den Klingelknopf.

»Wer ist da?«, fragte eine resolute Frauenstimme.

»Ich bin Rebecca West und habe einen Termin mit Herrn Suthor«, antwortete ich entschlossen.

Ein Summer ertönte und ich stemmte mich gegen die schwere Eichentür, die sich nur widerwillig öffnen ließ.

Du wirst mich nicht aufhalten, dachte ich grimmig und trat in den prunkvollen Hausflur mit Marmorfliesen ein. Mein Blick fiel auf eine Wandtafel, die mir mein Ziel verriet.

Das Büro befand sich in der zweiten Etage und ich lief die elegante Wendeltreppe hinauf.

Eine ältere Frau um die fünfzig erwartete mich an der Eingangstür.

Sie war groß, hager und erinnerte mich an Fräulein Rottenmeier aus »Heidi«.

»Sie sind eine Stunde zu früh.«

Sie musterte mich kurz und trat beiseite.

»Ich warte gern«, antwortete ich freundlich und ließ mich auf einen klobigen, braunen Ledersessel nieder, der sich im Flur befand.

»Natürlich«, antwortete der Drache.

Ihr Blick fiel auf meine weiße Chaneltasche und ein Hauch von Neid, gepaart mit leichter Verachtung, glomm in ihren Augen auf. Ich kannte diesen Blick, er sagte: »Typisch Diplomatengattin.« Ich seufzte. Sie konnte nicht wissen, dass ich mir nichts aus dieser Tasche machte, sie gehörte einfach zu dem perfekten Bild, welches ich Jayden zuliebe zwei Jahre lang für die Außenwelt gespielt hatte. Und ich hasste diese neidvollen Blicke und das damit verbundene, oberflächliche Bild von mir, welches in keinster Weise meinem Inneren entsprach.

Vor zwei Tagen hatte ich Jaydens schockierendes Geheimnis gelüftet. Eigentlich war es mein Kater Joschi gewesen, der seine Krallen an dem Tischbein von Jaydens Sekretär schärfen wollte.

Laut schimpfend hatte ich versucht, den Kater von dem Objekt seiner Begierde zu verscheuchen.

Dabei stieß ich gegen den Stuhl und Joschi sprang erschrocken gegen die untere Tischkante.

In dem Moment gab es ein quietschendes Geräusch und ein kleines Geheimfach offenbarte breit grinsend seinen Inhalt.

Neugierig nahm ich das Päckchen aus dem Fach und sah es ratlos an.

Plötzlich hörte ich Jaydens Stimme unten im Foyer.

»Darling, wo bist du?«

Aufgeregt versteckte ich den geheimnisvollen Fund in meinem Einkaufskorb und antwortete eine Spur zu laut: »Hier oben.«

Ich überlegte, ob ich dem Anwalt das Geheimnis meines Mannes mitteilen sollte? Doch ich verwarf diesen Gedanken sofort wieder. Es war zu intim und ich hatte Jayden mein Wort gegeben, dass ich mit niemandem darüber sprechen würde, wenn er mich dafür gehen ließ. So hatte ich mir meine lang ersehnte Freiheit von ihm erpresst, denn sein wohl gehütetes Secret war hochbrisant.

Würde die Diplomatenwelt davon erfahren, so wäre dies das Ende seiner Karriere!

Herr Suthor war mir von meiner besten Freundin Susanne Heesen empfohlen worden, die sich von ihrem Ehemann Peter getrennt hatte. Es war die übliche Geschichte: Reifer Mann in der Midlife-Crisis verliebt sich in seine jüngere Kollegin, trifft sich heimlich mit ihr und schwängert sie.

Susanne – zutiefst verletzt – reichte die Scheidung ein.

Herr Suthor machte seinen Job so gut, dass Susanne regelrecht von ihm schwärmte.

»Wenn du mal einen richtig tollen Anwalt brauchst, nimm ihn!«

»Und er sieht auch noch unverschämt gut aus, in den könnte man sich glatt verlieben«, sagte sie lachend. Nun saß ich hier und wartete gespannt auf meinen Termin mit ihm.

Erschöpft schloss ich die Augen und dachte traurig an meine erste Begegnung mit Jayden vor zwei Jahren zurück …

Berlin, Mai 2012, 13:30 Uhr. Rebecca fluchte laut und bog mit ihrem Mini auf dem Ku‹damm ab.

Sie hatte die vage Hoffnung in der Nähe ihrer Arbeitsstelle einen Parkplatz zu ergattern.

Durch ihre Freundin Carola hatte sie vor drei Monaten

eine Stelle als Servicekraft in einem bekannten Kaffeehaus vermittelt bekommen.

»Wir haben hier ein echt tolles Publikum – viele Prominente und das Trinkgeld ist der Hammer!«

Nach ein paar Stunden unbezahlter Probearbeit, hielt Rebecca den Arbeitsvertrag in ihren Händen, den sie persönlich von dem Besitzer Monsieur Libre bekam. Sie hatte sich für den Spätdienst eintragen lassen, da sie es liebte, auszuschlafen.

Ihr Dienst begann um 14:00 Uhr, so hatte Rebecca genügend Zeit, bevor die ›Großkampfzeit‹ um 15:00 Uhr begann.

Das Kaffeehaus war immer gut gefüllt, aber zur beliebten Kaffeezeit war es so voll, dass die Gäste sich oft in eine Warteschlange einreihen mussten, was sie erstaunlicherweise auch ohne Murren taten.

Vor Rebecca fuhr ein schwarzer SUV und schnappte sich den Parkplatz, der vor seiner Nase freigeworden war.

»Glückspilz«, murmelte Rebecca leise vor sich hin und erspähte eine kleine Lücke hinter ihm, wo sie ihren Wagen flugs einparkte.

Das Klackern ihrer Absätze wurde vom Kurfürstendamm mit seinen vielen Designergeschäften, dem brüllenden Verkehrslärm und den Touristen verschluckt, die sich staunend über die Flaniermeile schoben. Rebecca hastete an ihnen vorbei und erreichte abgehetzt das Café.

»Da bist du ja!«, wurde sie von ihrer Kollegin Denise begrüßt. Geschickt balancierte diese mit dem linken Arm ihren ›Schlitten‹, einem großen Kellnertablett, das mit köstlichen Kaffeehausspezialitäten völlig überladen war.

»Hi Denise«, begrüßte Rebecca sie freundlich.

Eilig drängte sie sich an ihr vorbei und lief die alte, knarrende Holztreppe hinunter, um in die Umkleidekabine zu gelangen. Minuten später stand sie genervt vor dem kleinen, angelaufenen Spiegel, der sich an der Innenseite ihres Spindes befand und versuchte, die blaue Schleife um den Blusenkragen zu drapieren.

»Das werde ich nie lernen!«, ärgerte sie sich über den dritten misslungenen Versuch, als plötzlich die Tür aufging.

Carola, schon in voller Montur, hechtete zu ihrem Spind.

»Hey Becky, wieder Probleme mit der Schleife?«, kicherte sie leicht schadenfroh.

»Hi, natürlich«, grummelte Rebecca verstimmt und hielt ihr demonstrativ die verknotete Schleife vor die Nase.

»Warte, ich habe noch eine in Reserve, die können wir nehmen.«

Geschickt befestigte sie die Schleife, während Rebecca ungeduldig von einem Bein auf das andere trat.

»So, jetzt siehst du schick aus«, sagte Carola lächelnd.

Dankbar sah Rebecca sie an. »Danke.«

»Gern, jetzt aber los, der ›Bus‹ kommt bald an!«

Dieser Ausdruck wird in der Gastronomie häufig verwandt und stammt aus den wilden, tumultartigen Szenen, die sich ergeben, wenn ein Touristenbus ankommt.

Alle Touristen wollen gleichzeitig aussteigen und unter Zeitdruck einen Sitzplatz ergattern.

Natürlich möchte jeder zuerst seine Bestellung aufgeben und das Chaos ist vorprogrammiert. Glücklicherweise passierte das an diesem Ort selten, was auch daran lag, dass dieses Kaffeehaus in keinem Reiseführer stand. Rebecca nickte. Schnell gingen die Freundinnen nach oben und gelangten zu ihren jeweiligen ›Revieren‹, wo schon die Kolleginnen auf eine Übergabe warteten. ›Revier‹ bezeichnet den Arbeitsbereich, den die Kellnerin laut eines Planes zugewiesen bekam und den sie für ihre Schicht bewältigen musste. Rebecca bekam immer den Raucherbereich, da sie nur im Spätdienst arbeitete. Von der Anzahl her hatte ihr Revier zwar weniger Tische, dafür aber größere mit der entsprechenden Bestuhlung. Die Aschenbecher ständig zu säubern, nahm viel Zeit weg, da der Inhaber Wert darauf legte, dass sie nach zwei Zigaretten geleert werden mussten. Zudem waren sie aus feinem weißen Porzellan und klein, was zur Folge hatte, dass Rebecca auch ohne die Anweisung ihres Chefs die verhassten Suchturnen häufig auskippen musste.

»Hi Becky«, ertönte es hinter Rebeccas Rücken. Sie drehte sich um und sah in das gestresste Gesicht ihrer Kollegin Madeleine.

»Hi Mady«, antwortete Rebecca und war froh, dass sie mit dieser Kollegin heute nicht zusammenarbeiten musste – die Chemie passte nicht zwischen diesen unterschiedlichen Frauen. Rebecca war ein fröhlicher Typ, hilfsbereit und sah immer das Positive, auch wenn es oft hinter Wolken versteckt war. Madeleine war immer gestresst und jammerte viel. Außerdem war es ihr ein Dorn im Auge, dass Carola und Rebecca miteinander befreundet waren und Carola Becky eingeschleust hatte. Niemand arbeitete gern mit Mady zusammen, aber alle mochten Becky, die allein mit ihrer Anwesenheit wie ein warmer Sonnenstrahl das Kaffeehaus erhellte, sobald sie es betrat.

Ein gutaussehender Mann stand in der Eingangstür und beobachtete die Szene. Blitzschnell ließ er seine blauen Augen anerkennend über die hochwertige Ausstattung des Kaffeehauses schweifen. Monsieur Libre hatte einen exquisiten Geschmack. Die Tische waren aus italienischem Marmor in Italien gefertigt worden, die Stühle in einem Königsblau mit Eichenholzverzierungen und alle Sitzecken mit Samt bezogen. Die Wände konnten mühelos mit einer unberührten Tiroler Winterlandschaft mithalten. Auf den Tischen standen frische rote Rosen und das Porzellangeschirr, in einem edlen Champagnerton gehalten, stammte wie sein Inhaber natürlich aus Paris. Monsieur Libre liebte klassischer Musik, die dezent als musikalische Untermalung zu hören war.

Ruckartig blieb der Blick des ehemaligen Agenten an Rebecca hängen und ein zartes Gefühl von Wärme regte sich in ihm. War es ihre schmale Gestalt, ihr herzliches Lachen oder ihr frech geschnittener Bob, der seine Aufmerksamkeit erregte?

Er wusste es nicht. Jayden West hatte schon immer Probleme mit seiner Gefühlswelt gehabt, was teilweise an seinem verschlossenen Vater Chris und an der knallharten Ausbildung zum Special Agent lag. Gefühle hatten dort keinen Platz, das sogenannte »Pokerface« war ihm erfolgreich antrainiert worden und er konnte es in seinem Privatleben selten ablegen.

In diesem Moment spürte er eine brennende Sehnsucht nach menschlicher Nähe und das verwirrte ihn.

Ich muss sie kennenlernen!, dachte Jayden und betrat das Kaffeehaus. Er war eine imposante Erscheinung, sein durchtrainierter 1,82 m hochgewachsener Körper steckte in einem dunkelblauen Designeranzug mit einer hellblauen Seidenkrawatte. Wie elektrisiert bahnte er sich einen Weg durch die Menge, seine Augen unverwandt auf Rebecca gerichtet. Jayden sah nur sie – die grünen Mermaidaugen zogen ihn magisch an. Er setzte sich an den nächsten Tisch, der sich in Carolas Revier befand, denn von hier aus konnte er Rebecca gut beobachten.

»Oha, Becky, ich glaube, du hast einen neuen Verehrer«, sagte Carola lachend und deutete mit den Augen in Jaydens Richtung. Rebecca, die alle Hände voll zu tun hatte, warf einen kurzen Blick auf Jayden. Ihr Topasanhänger, den sie unter der weißen Bluse trug, begann zu pulsieren und sie fühlte, dass dieser Mann noch eine wichtige Rolle in ihrem Leben spielen würde. »Ist nicht mein Typ, außerdem fange ich nichts mit Gästen an, das weißt du doch«, antwortete sie und setzte ihre Arbeit fort.

Madeleine und Denise standen an der Kaffeetheke und unterhielten sich.

»Mady«, hörte Rebecca Denise fragen, »hast du den coolen Typ im Anzug gesehen?«

»Und ob! Der arbeitet bestimmt in der amerikanischen Botschaft, so wie der ausschaut.«

»Die Botschaft ist ja in der Nähe«, klärte Mady sie auf und bemerkte wohlwollend den neugierigen Blick von Carola, die an der Kaffeemaschine zwei Cappuccino zubereitete.

Mady stand gern im Mittelpunkt und manchmal erfand sie Geschichten einfach nur so, um interessant zu wirken.

Diese Information stimmte aber, denn Carola fuhr oft

an der Botschaft vorbei und wusste, dass sie nur wenige Kilometer entfernt war.

»Immer her mit solchen Prinzen!«, zwitscherte Denise und nahm den letzten Schluck aus ihrer Kaffeetasse.

Dann verabschiedete sie sich und ging pfeifend die Treppe zu den Umkleidekabinen hinunter.

Denise hatte ein Verhältnis mit einem gutbetuchten Gast und war gegenüber neuen Kandidaten aufgeschlossen, da ihr Liebhaber verheiratet war und nicht die Absicht hatte, sich scheiden zu lassen. Während der Arbeit war ihre blonde Haarpracht immer unter zwei Zöpfen versteckt. Sobald sie die Treppe hochkam, sah sie wie eine andere Frau aus – leicht und losgelöst – mit einer lockigen Löwenmähne, die ihr bis zum Po reichte.

Das illustre Kaffeehaus war Jayden von seinem Vorgänger Ted Hanson empfohlen worden und er wurde nicht enttäuscht.

Er trank einen Cappuccino und aß einen Salat mit frischen Putenstreifen, der ihm vorzüglich schmeckte.

Sein Trinkgeld fiel großzügig aus und Carola freute sich über seine wertschätzende Geste. Jayden West warf einen letzten Blick auf Rebecca, die ihn nicht beachtet hatte.

Mit großen Schritten verließ er das Café, mit der Gewissheit, dass er morgen wiederkommen würde.

Und er wusste, dass dies nicht an dem tollen Ambiente lag, denn Rebeccas rätselhafte Augen verfolgten ihn und sein Herz winselte bereits um die Gnade, von ihr erhört zu werden.

Zwei Wochen später …

JAYDEN WEST

Dein heimlicher Verehrer ist wieder da«, gluckste Carola im Vorbeigehen und tatsächlich stand der Amerikaner am Eingang und versuchte einen Sitzplatz in Beckys Revier zu bekommen, obwohl er nicht rauchte.

»Oh nee.« Rebecca verdrehte ihre Augen.

»Willst du ihn übernehmen?«

»Nein«, lachte Carola, »er ist ja deinetwegen gekommen, nun gib ihm doch mal eine Chance, der schaut dich immer so verliebt an!«

»Das ist ja das Problem, der kennt mich gar nicht und trägt mich schon auf Händen.«

Rebecca loggte sich mit ihrer Chipkarte an der Computerkasse ein und überprüfte Madys Revier.

In der Hektik kam es vor, dass ein Gast es so eilig hatte, dass er sofort bezahlte. Wenn die Kellnerin dann vergaß, die Rechnung für den jeweiligen Tisch auszudrucken, blieb diese im System und musste spätestens beim Schichtwechsel gezogen werden.

Madys Revier war sauber, alle Tische und Aschenbecher blitzten – und Becky übernahm. Die Arbeit war Madys Mittelpunkt, teilweise arbeitete sie 10-12 Tage durch, wozu außer ihr niemand bereit war. Die meisten Kolleginnen hatten eine Familie und freuten sich auf ihre Freizeit.

Bei Mady war das anders. Sie war ein hobbyloser Single, hatte weder Haustiere noch Pflanzen in ihrer kleinen, sauberen Wohnung. Sie hasste es, in ihre verwaiste Bude zu kommen, wo außer den Spinnen in ihren geheimen Verstecken niemand auf sie wartete. Ihr wahres Zuhause war das Kaffeehaus des Monsieur Libre, nur zu gern wäre sie Oberkellnerin geworden und ihre Chancen auf den Posten waren vielversprechend gewesen. Bis zu jenem Tag, als Carola Finn, Beckys Freundin aufkreuzte, den Inhaber mit ihrem Fachwissen den Kopf verdrehte und er sie als Oberkellnerin einstellte. Natürlich war Mady enttäuscht und ihr Neid befeuerte die Ablehnung gegenüber Carola und Rebecca umso mehr.

Rebeccas Verehrer strahlte über das ganze Gesicht, als sie an seinen Tisch trat, um seine Bestellung aufzunehmen.

»Hi Becky, können Sie mir bitte einen Salat mit Putenstreifen und einen Cappuccino bringen?«, fragte Jayden mit einem amerikanischen Akzent.

»Hi, natürlich«, antwortete Rebecca, die den Namen ihres Gastes nicht kannte und auch kein Interesse hatte, diesen zu erfahren. Obwohl ihre Kolleginnen alle für diesen Mann schwärmten und Rebecca durch ihre mediale Polung wusste, dass er nicht zufällig in ihr Leben getreten war, stemmte sich ihre kleine Seele innerlich dagegen.

Es war eine merkwürdige Verbindung zwischen diesen beiden Menschen. Jayden war von Becky hingerissen. Sie fühlte sich von ihm angezogen, gleichzeitig stieß sie etwas von ihm ab.

Wo viel Licht ist, ist auch viel Schatten, dachte sie so bei sich, wenn sie doch kurz in sein charmantes Lächeln eintauchte.

Trotz seiner leidenschaftlichen Gefühle für Rebecca hatte Jayden sie von seinem Informanten John überprüfen lassen, da ihn ein Erlebnis als Special Agent beim FBI gelehrt hatte, niemals einem Menschen zu vertrauen.

Sein damaliger Vorgesetzter Jack Burns hatte es geschafft, 30 Jahre lang ein Geheimnis innerhalb der Mauern des Geheimdienstes zu vergraben. Er deckte einen Mörder, mit dem sein Herz einen untrennbaren Pakt geschlossen hatte – seinen einzigen Sohn Phil. Jack nominierte Jayden als seinen Nachfolger und das war sein zweiter Fehler, denn Jayden fand das Geheimnis seines ehemaligen Vorgesetzten heraus und überführte den Mörder. Sein Vater verkraftete diesen Verlust nicht – eine Magnum setzte seinem unerträglichen Schamgefühl ein Ende.

Der Bericht seines Informanten John verstärkte sein Jagdfieber umso mehr: Rebecca Winter hatte mit ihren 31 Jahren ein eher beschauliches Leben geführt. Sie war ein Einzelkind, stammte aus einer Workaholic-Familie und war mit 24 Jahren mit ihrer Jugendliebe Oliver verlobt gewesen. Kurz vor der Hochzeit sprang sie ab. Als Grund gab sie an, dass sie nicht das Gefühl hatte, mit ihm alt werden zu können, da war aber noch ein anderer, verborgener Konflikt: Rebecca war ein Freigeist.

Konsequent löste sie die Verbindung, die eher aus einem Gefühl der gesellschaftlichen ›Ordnung‹, statt aus tiefen Gefühlen im Herzen entstanden war. Sie hatte in dem elterlichen Betrieb eine Ausbildung als Restaurantfachfrau absolviert und blieb diesem Berufswunsch treu. Rebecca achtete darauf, nur in exklusiven Häusern zu arbeiten, trank weder mit den Gästen, noch verabredete sie sich mit ihnen.

Rebecca war bereits eine Vollwaise, ihr Vater war sechs Monate nach ihrer Geburt unter mysteriösen Umständen verschwunden und später von ihrer Mom für tot erklärt worden. Als sie 25 wurde, kam ihre Mutter bei einem tragischen Verkehrsunfall ums Leben. Rebecca liebte die Natur, Tiere in jeglicher Gestalt und war ein Bücherwurm.

In Jaydens Augen gab es nur einen Punktabzug: Rebecca hatte eine ›mediale‹ Begabung und einen violettfarbenen Topasstein, den sie von ihrer verstorbenen Mutter geerbt hatte. Leider konnte sein Spion keine weiteren Angaben machen. Jayden waren außersinnliche Wahrnehmungen suspekt und er dachte: *Das werde ich ihr schon austreiben!*

Jayden kam täglich und wartete geduldig, bis er einen Platz in Rebeccas Nähe bekam.

Unauffällig observierte er sie, nahm jedes Detail ihrer bezaubernden Erscheinung wahr.

Dabei fiel ihm ein französisches Sprichwort ein, das er in einer Liebesszene einmal gehört hatte: »L'homme choisit et la femme décide.«

Jayden West hatte sich für Rebecca Winter entschieden und es war nur eine Frage der Zeit – bis sie sich im Hingeben würde – davon war er überzeugt. Er wusste genau um seine Wirkung auf Frauen und auch diese besondere hier, würde früher oder später seinem Charme erliegen. Jayden war ein Kämpfer und er war bereit, alles zu tun, um Rebecca zu erobern.

Sein Enthusiasmus, gepaart mit dem Mut eines Löwen, hatte ihn die Karriereleiter zügig erklimmen lassen!

Mit 18 Jahren absolvierte er erfolgreich eine Ausbildung als Streifenpolizist in N.Y. Amerikanische Polizisten werden hart auf Konfrontation gedrillt, je nach Bundesstaat liegt die Ausbildung nur zwischen 12 und 32 Wochen, der Durchschnitt bei 19 Wochen und ist mit einer Ausbildung in Deutschland in keiner Weise zu vergleichen. Jayden bestand jede Prüfung mit einer Bestnote und war mit seinen 19 Jahren patriotisch bereit, alles für sein Land zu tun. Bei einem Einsatz lernte der inzwischen 22-Jährige seine erste Frau Vivien Lang kennen, die als Lehrerin an einer Highschool Mathematik und Chemie unterrichtete. Einer ihrer Schüler war mit einer Schusswaffe in das Büro des Schulleiters eingedrungen und bedrohte den Mann. Jayden schaffte es, den jungen Mann vor seinem schlimmsten Fehler abzubringen. Zwei Tage nach seinem erfolgreichen Einsatz erweiterte er sein Engagement und verabredete sich mit Vivien. Die eher zurückhaltende Lehrerin war beeindruckt von diesem coolen Kerl und ein Jahr später verlobte sich Jayden mit ihr, weil sie ihren ersten Nachwuchs erwarteten.

Das Paar heiratete kurz vor der Geburt ihres ersten Sohnes Dave und zwei Jahre später wurde Cole geboren. Jaydens Vater Chris war von seiner Schwiegertochter nicht begeistert, er fand sie zu ›spröde‹ außerdem mochte er gebildete Frauen nicht. Irgendwie fühlte er sich als einfacher Feuerwehrmann in ihrer Gegenwart kleiner – was er aber niemals zugegeben hätte.

Er wünschte sich für seinen Sohn eine bessere Partie und verstand nicht, was Jayden an dieser Frau so anziehend fand?

Zehn Jahre später sollte sich seine Ablehnung gegenüber Vivien bestätigen. Immer mehr entzog sie sich dem sexuellen Verlangen ihres Mannes, der damit nicht umgehen konnte. Jayden wusste zwar, dass seine Frau aus einem streng katholischen Zuhause kam, was er nicht wusste: Vivien war schon als kleines Mädchen beigebracht worden, dass Sex etwas *Unanständiges* sei und nur der Fortpflanzung diente.

Als sie sich kennenlernten, war Vivien noch eine Jungfrau und genau diese Form der *Unschuld* war es, die Jayden anzog.

Er teilte nicht die Ansicht seiner Schwiegereltern.

Für ihn war Sex in erster Linie Freude und er brauchte ihn wie die Luft zum Atmen.

Jayden versuchte alles, um seine Frau umzustimmen. Er sorgte dafür, dass sie einen Tag in der Woche nur für sich als Paar hatten und führte Vivien zum Essen aus. Seine Frau konnte sich nicht einmal in einem romantischen Ambiente fallen lassen.

Als perfekte Mutter waren die Kinder und deren Sorgen allgegenwärtig für sie.

Jayden kaufte teure Dessous für Vivien und hoffte, sie würde sich in diese zarte Lingerie verlieben – aber sie hatte nur Verachtung dafür übrig.

»Das tragen doch nur Prostituierte!«

Jayden war ein Christ und für ihn kamen Damen des horizontalen Gewerbes niemals infrage. Für ihn gehörten sie zum Abschaum der Gesellschaft, mit der er sich als Polizist schon genug herumplagen musste.

Als er merkte, dass er aus Frust zu trinken begann, zog er die Notbremse und reichte schweren Herzens die Scheidung ein.

Vivien rächte sich und zog mit ihren Söhnen in einen anderen Bundesstaat, sie wusste genau, dass sie Jayden damit am meisten traf, denn er liebte seine Söhne über alles. Fortan war es ein finanzieller Kraftakt für ihn, seine Kinder zu sehen, das verbitterte Jayden und verschloss sein Herz für eine lange Zeit. Frauen waren nur noch seine Beute, die es galt, möglichst schnell wieder loszuwerden, bevor es ernst wurde.

Seine Vasektomie, die er genau einen Tag nach seiner Scheidung hatte durchführen lassen, schützte ihn vor jeglichen Heiratsabsichten seiner Gespielinnen.

Jaydens überdurchschnittliche Leistungen blieben dem amerikanischen Geheimdienst nicht verborgen und er begann eine Ausbildung als ›Special Agent‹ beim FBI (Federal Bureau of Investigation). Die Ausbildung bei dieser Behörde forderte neben einer überdurchschnittlichen Intelligenz und Sportlichkeit auch eine gewisse Form von Härte, die Jayden mitbrachte. Undercover eingesetzt, prägten ihn die Jahre in diesem aufregenden Job und prunkvolle Auszeichnungen zierten das Regal in seinem kleinen Bürozimmer im Department. Das Gehalt eines Special Agents war höher, als das eines Police Officers und ermöglichte ihm, seine heranwachsenden Söhne öfters zu sehen.

Sein Vater Chris war unsagbar stolz auf Jayden und die einzige Person mit der er Jaydens Erfolg gern geteilt hätte, war seine Mutter Leslie. Leider hatte sie den Aufstieg ihres einzigen Kindes nicht miterlebt – sie verstarb einen Tag nach seinem zehnten Geburtstag an einem unheilbaren Gehirntumor.

Zwölf Wochen später …

JAYDEN GIBT NICHT AUF!

Mitte August, 14:45 Uhr.

Auf der Terrasse des Kaffeehauses herrschte Hochbetrieb und bei 35 Grad im Schatten hatte Rebecca keine Hand frei, um die nervigen Insekten zu verscheuchen, die hinter ihrem Schlitten hinterher flogen, fest entschlossen, sich auf die Sachertorte zu stürzen. Jayden hatte sich seit einer Woche nicht blicken lassen und selbst Rebecca vermisste ihn ein wenig.

Er hatte ein angenehmes Auftreten und sein Trinkgeld war ebenso großzügig, wie das von prominenten Gästen.

Mit etwas Glück konnte man hier einen Blick auf bekannte Schauspieler oder andere Stars erhaschen. Für Rebecca waren alle Gäste gleich, egal, ob prominent oder nicht. Während ihrer Ausbildung in einem bekannten Tennisclub hatte sie Kontakt mit Prominenten gehabt – Schlagersänger und Schauspieler waren für sie keine besondere Spezies.

Ihre Kolleginnen hingegen, allen voran Denise, flippten regelrecht aus, sobald sie ein bekanntes Gesicht sahen.

»Rolf ist wieder da, darf ich ihn übernehmen, Becky?«

»Gern, aber du weißt schon, dass für ihn nur Frauen unter 30 infrage kommen?«, neckte sie ihre Kollegin.

Als Antwort streckte ihr Denise frech die Zunge heraus, befeuchtete anschließend ihre Lippen und stürzte sich auf den stadtbekannten Playboy.

Rolf war ein höflicher, großzügiger Mensch und ein gern gesehener Gast.

Plötzlich tauchte Jayden auf!

An diesem Tag trug er ein enges, weißes T-Shirt und Jeans.

Erfreut lächelte er Becky an und sein maskuliner Anblick versetzte ihr Herz schlagartig in eine Unruhe, die sie nicht wollte.

»Der verlorene Prinz ist wieder da«, unkte Mady und warf einen neidischen Blick auf seine Muskelpracht, die er bisher gut versteckt hatte.

»Wow, guck dir Mr. Popeye an!«, sagte Denise beeindruckt, die gar nicht wusste, wo sie zuerst hinschauen sollte.

»Auf einer Skala von 1 bis 10 ist der eine klare 10.«

Becky lächelte verschmitzt.

»Ja, er schaut nicht übel aus.«

Ihr gefiel Jaydens männlicher Anblick und so sah er auch gleich viel lockerer aus, als in seinen Anzügen. Jayden hatte Beckys Blick bemerkt und er wusste, dass er jetzt den ersten Schritt in ihre Richtung wagen konnte.

Bewusst hatte er seine geplante Abreise verschwiegen, um nach seiner Rückkehr Rebeccas Reaktion zu testen. Jayden hatte in Florida eine Eigentumswohnung und verbrachte dort, so oft es ging, Zeit mit seinen Söhnen Dave und Cole.

Mit langen Schritten ging er zu dem kleinen, vollbeladenen Tisch in Beckys Revier, der noch nicht abgeräumt war.

Erfreut lief Denise ihm entgegen.

»Hi«, sagte sie und strahlte ihn verzückt an.

»Hi«, antwortete Jayden freundlich, »können Sie bitte Becky sagen, dass ich ein großes Zitronenwasser möchte?«

Das Lächeln verschwand.

»Klar«, brummte sie und befreite den Tisch von dem Geschirr seines Vorgängers.

Amüsiert beobachtete Becky die Szene. Ihr war klar, dass der Versuch ihrer Kollegin ›Mr. Popeye‹ zu erobern, gescheitert war.

»Na, was möchte denn unser Amerikaner?«

»Ein großes Zitronenwasser und dich nackt auf einem silbernen Tablett.«

Becky brach in lautes Gelächter aus und fing Jaydens bewundernden Blick auf. Er liebte einfach ihr helles Lachen und die Art, wie sie mit ihren 1,65 cm elegant durch das Kaffeehaus tänzelte. Rebecca hielt den Schlüssel von Jaydens Herz in ihren Händen. Sie war sich nur nicht sicher, ob sie ihn benutzen sollte …

»Hi Becky.«

»Hi … wie heißen Sie eigentlich, Mr.?«

Herzensbrecher!, dachte sie beschwingt.

»Ich bin Jayden West, nenn mich bitte Jayden, ja?«, verlangte er sanft.

Rebecca nickte und errötete, was sie sofort ärgerte.

Sie bemerkte auch, dass der Topas an ihrer Kette heftig vibrierte und in diesem Moment hörte sie zum ersten Mal die Stimme ihrer geliebten Mom:

›Dieser Mann wird dich zu deiner wahren Liebe führen!‹

Verwirrt löste sie sich von Jaydens Lächeln, drehte sich um und lief leichtfüßig wie eine Gazelle zu dem nächsten Tisch, wo ein ungeduldiger Gast schon auf sie wartete. Sie war sich sicher, dass nur sie die Stimme gehört hatte, aber sie hatte keine Zeit, über dieses Ereignis nachzudenken.

Rebecca wusste nicht, was sie mehr verwirrte?

Die Kontaktaufnahme ihrer Mom oder die geheimnisvolle Botschaft, die sie ihr übermittelt hatte?

Sie musste sich eingestehen, dass sie gern noch ein Weilchen mit dem Amerikaner gesprochen hätte. Jayden bezog Rebeccas Verwirrung auf seine männliche Präsens und konnte seinen Blick nicht von ihr abwenden. Selbst durch den Glasboden seines Wassers sah sie hinreißend aus und ihm war klar, dass er auf eine bestimmte Art und Weise von dieser Frau besessen war. Als er zahlen wollte, hatte Rebecca alle Hände voll zu tun und so bemerkte sie nicht, wie er seine Hand hob.

Bei Denise war es ruhiger und sie hatte sein Zeichen bemerkt.

Hämisch fragte sie ihre Kollegin:

»Na, schwimmste?«

Der Begriff ›schwimmen‹ umschreibt den Umstand, dass eine Kellnerin soviel zu tun hat, dass sie ins Schleudern gerät.

Becky ärgerte sich über diese gehässige Art von Denise und ignorierte sie einfach.

Denise beobachtete, wie Jayden Geld unter den Aschenbecher legte, kurz überlegte und etwas auf ein Stück Papier kritzelte. Sorgsam packte er es unter den Geldschein und stand auf.

Er fing den neugierigen Blick von ihr auf, dann verschwand er.

»Ich helfe dir«, sagte Denise plötzlich zuckersüß.

»Danke, Denise«, antwortete Rebecca und wischte sich den Schweiß von der Stirn.

Denise lief zu Jaydens verlassenen Tisch, steckte alles, was unter dem Aschenbecher lag, schnell ein und ging zu Rebecca zurück.

»Du musst noch die Rechnung von Mr. Popeye ziehen«, sagte sie lächelnd und gab ihr das Geld.

»Danke, er heißt übrigens Jayden.«

»Der Name passt zu ihm«, antwortete die diebische Elster und freute sich über das kleine Papierstück, das sich in ihrer Kellnertasche befand. Denise dachte gar nicht daran, es Rebecca zu geben und sie hatte kein schlechtes Gewissen dabei, denn ihr durchtriebener Charakter überfuhr gerne zwischenmenschliche Stoppschilder.

Als sie allein in ihrem kleinen Fiat saß, konnte Denise es kaum erwarten, ihren unterschlagenen Fund in Augenschein zu nehmen! Ungeduldig kramte sie in ihrer Tasche herum und zog mit einem triumphierenden Aufschrei ihre Beute heraus.

Es war eine Visitenkarte mit einem auffallenden Wappen und Madys Verdacht, dass Jayden der amerikanischen Botschaft angehörte, bestätigte sich.

Jayden West
FBI – Federal Bureau of Investigation
Country Attache‹

Beeindruckt drehte sie die Karte um und entzifferte mühsam seine krakelige Handschrift:

Darf ich dich zum Dinner einladen?

Volltreffer!, dachte sie neidisch und wünschte sich an Rebeccas Stelle. Jaydens Köder verschwand wieder in ihrer Handtasche.

Denise startete ihren Wagen, schaltete das Radio ein und fuhr nach Hause.

Erschöpft ließ sich Becky in den Sitz ihres Minis sinken. Sie war völlig durcheinander!

Jayden, die Botschaft von ihrer Mutter, das war zu viel für ihre Gefühlswelt. Immer wieder war es vorgekommen, dass ein Gast Rebecca umwarb, aber keiner hatte jemals so eine Ausdauer bewiesen. Jaydens Interesse ließ sie nicht kalt.

Sie wusste, dass er sich von den anderen Verehrern in jeder Hinsicht unterschied und sie dachte ernsthaft darüber nach, ihm doch eine Chance zu geben.

Ihr gefiel das Gefühl, das sie durchströmte, wenn er in ihrer Nähe war. Es fühlte sich warm an, sie konnte es nur noch nicht einordnen. War es ein Gefühl von Geborgenheit oder Sicherheit? Bei ihrem Ex-Verlobten Oliver hatte sie sich anders gefühlt. Vielleicht war es jenes Gefühl, das sie in ihrer Beziehung vermisst hatte, aber wie kann man etwas vermissen, was man noch gar nicht kennt?

›Deine Seele weiß es‹, hörte sie ihre Mutter sagen und sie erschrak. Es war das zweite Mal an diesem Tag, dass sie eine Botschaft von ihr bekam.

»Mom?«, fragte sie überrascht.

»Mom?«, wiederholte sie mit zitternder Stimme und griff

nach dem Stein, in der Hoffnung, dass sich ihre Mutter erneut melden würde.

Hoffnungsvoll lauschte Rebecca in die Stille hinein – sie erhielt keine Antwort. Enttäuscht ließ sie den Anhänger wieder los und gab der Traurigkeit den Raum, den ihre Seele verlangte.

Nach einer Weile wurde ihr Schmerz weniger und während sie ihre Tränen mit einem Taschentuch trocknete, griff sie mit der anderen Hand nach ihrem Handy und rief ihre beste Freundin Susanne Heesen an.

»Hi Becky«, wurde sie von Susannes fröhlicher Stimme begrüßt.

»Hi Susi, bist du noch im Laden?«

»Ja, was ist los?«

»Ich … ich würde gern mit dir reden, es ist etwas Merkwürdiges passiert.«

»Oha, hast du dich etwa verliebt?«

Rebecca musste lachen.

Sie liebte den rheinländischen Humor ihrer Freundin und ihr mitfühlendes Herz.

»Das weiß ich noch nicht«, antwortete sie ehrlich.

Vor drei Jahren hatten sie sich in Susannes Buchladen kennengelernt und auf Anhieb gut verstanden.

Susanne war lebenslustig, die dunkle Farbe ihrer wilden Spirallocken betonte ihre hübschen, hellblauen Augen.

Sie war höchstens 1,60 cm groß, 38 Jahre, vollschlank und seit zehn Jahren mit ihrem Mann, Dr. Peter Heesen verheiratet.

Peter war Chirurg an der Berliner Charité und ging in

seinem verantwortungsvollen Beruf auf. Ihre Ehe war nur auf den ersten Blick perfekt, es fehlte etwas Wichtiges zu ihrem Glück:

Ein Erbe, den sich Peter so sehr wünschte. Susanne litt unter dem Druck, den diese Situation hervorbrachte und ihre größte Angst war, dass Peter sie eines Tages wegen einer jüngeren Frau verlassen würde.

Rebecca wusste um Susannes Angst.

Niemand sonst bemerkte die innere, wachsende Verzweiflung der Buchhändlerin, die jedes Jahr größer wurde …

Rebecca fand mit ihrem Mini einen Parkplatz in der Nähe des Buchladens, wo sie schon ungeduldig von Susanne an der Tür erwartet wurde.

Die beiden Freundinnen hatten sich seit längerer Zeit nicht mehr gesehen und jedes Mal, wenn sie sich lachend in die Arme fielen, war die Freude groß, sodass beide sofort ihre Sorgen vergaßen.

»Erzähl!«, verlangte Susanne, nachdem sie sich aus der Umarmung gelöst hatte. Prüfend sah sie Becky an.

»Du bist ja noch dünner geworden.«

Rebecca ging nicht auf den Vorwurf ein, hakte sich bei ihr unter und kam der Aufforderung nach – es brannte ihr einiges auf der Seele. Sie setzten sich auf das kleine, smaragdgrüne Sofa, welches Rebecca so liebte. Es stammte aus dem schwedischen Möbelladen und war für die Kunden gedacht, die in aller Ruhe in den Schätzen schmökern wollten.

Während Susanne zwei Gläser Rotwein einschenkte, sah sich Rebecca erstaunt um.

»Hast du renoviert?«

Die geblümte Tapete, die den Raum mit ihrem besonderen Charme verziert hatte, war verschwunden. Stattdessen waren die Wände orange gestrichen, frischer Farbgeruch verdrängte den herrlichen Duft der Bestseller.

Die alten Regale waren durch neue ersetzt worden und das dunkle Holz, welches in einem Mahagonirot gehalten war, passte zu der neuen Wandfarbe.

»Gefällt es dir?«, fragte Susanne stolz und reichte ihr ein Glas.

Rebecca nickte und nahm einen kleinen Schluck von dem köstlichen Wein. Sie hatte die altmodische Ausstattung lieber gemocht, aber sie wollte ihre Freundin nicht verletzen.

»Es war Zeit für einen Tapetenwechsel«, fuhr Susanne eifrig fort.

»Schön, dass du das Sofa behalten hast«, sagte Rebecca und strich liebevoll über den samtigen Stoff.

»Ja, das bleibt auch«, stimmte Susanne ihr zu.

»Nun spann mich nicht so auf die Folter!«

Rebecca holte tief Luft und erzählte ihr von Jayden West, seiner Beharrlichkeit und dem warmen Gefühl in ihrer Herzgegend für diesen Mann.

Auch die Reaktion ihres Anhängers und die Botschaften ihrer Mutter drangen in den neugierigen Gehörgang Susannes ein, die mit großen Augen den aufregenden Neuigkeiten ihrer Freundin lauschte.

Rebecca wusste, dass Susanne detailverliebt war, sie ließ nichts aus und wurde kein einziges Mal unterbrochen. Zuhören war eine von Susannes Stärken.

»Das ist echt krass, Becky«, sagte sie aufgeregt, »was wirst du jetzt tun?«

»Ich werde Jayden eine Chance geben«, verkündete Rebecca und fühlte sich glücklich bei dem Gedanken, ihn endlich in ihr Leben einzuladen.

»Du brichst zum ersten Mal deine Regel, dich nicht mit Gästen zu treffen«, kicherte Susanne amüsiert, die von dem Wein einen kleinen Schwips hatte.

Ihre Augen strahlten und ihre Wangen glühten vor Freude. Ihrer Meinung nach war Rebecca viel zu streng mit sich selbst und sie verpasste ihr halbes Leben, weil sie sich gegen jede Chance wehrte, die das Leben ihr bot.

Susanne war eine sehr lebendige Frau, die mit allen Sinnen genießen konnte und ihre Einstellung stand in einem ständigen Widerspruch gegenüber ihres Mannes, der ein reiner Kopfmensch war.

Peter analysierte jede Situation und war zu keiner spontanen Reaktion fähig. Immer, wenn Rebecca das Paar zusammen erlebte, fragte sie sich, wie diese Verbindung halten konnte?

Sie wusste, dass Gegensätze sich oft anziehen.

Das, was man selber nicht lebt oder als Fähigkeit noch nicht in sich ausgebildet hat, hat der Partner.

Diese Konstellation ist zwar anfangs interessant, im Laufe der Zeit stößt es eher ab, weil so keine Harmonie entstehen kann.

Bei Partnerschaften mit ›Zwillingsseelen‹ ist es das Gegenteil.

Diese Seelen sind sich so ähnlich in ihren Werten, Gefühlen und Handlungen, dass eine Harmonie gegeben ist, die reinste Magie ist! Das Faszinierendste ist das tiefe Vertrauen, dass von der ersten Sekunde an existiert, wenn diese beiden Menschen sich zum ersten Mal in die Augen schauen ...

PLATONS
KUGELMENSCHEN

G laubst du, dass Jayden dein ›*Kugelmensch*‹ ist?«
»Nein«, antwortete Rebecca bestimmt.
»Aber ich fühle, dass er eine wichtige Rolle in meinem Leben spielen wird.«

»Bitte lies mir noch einmal Platons Geschichte vor!«, bat Susanne und verdrehte dabei ihre Augen.

Rebecca lächelte.

Die Geschichte hatte ihr einst ihre Mom erzählt und Susanne, die eine hoffnungslose Romantikerin war, liebte sie.

»Na gut, aber nur, wenn du mir noch etwas Wasser bringst, ich muss ja noch Auto fahren.«

Susanne sprang auf und kam mit einem Buch und einer Flasche Wasser zurück.

Rebecca kuschelte sich in die gemütlichen Kissen, klappte das braune Lederbuch auf und begann:

»Es war in alten Zeiten, da war die Beschaffenheit der Menschen eine andere. Damals waren die Menschen kugelförmig, mit zwei Gesichtern und jeweils vier Armen und vier Beinen. Sie waren von großer Kraft und großer Stärke und sie waren so vollkommen, dass sie die glücklichsten und freundlichsten Wesen auf Erden waren.«

»Doch dies erregte bei Zeus und den anderen Göttern Neid und Missfallen, fürchteten sie doch, dass ihnen die Menschen zu ähnlich seien und sie ihnen deshalb nicht mehr die gebührende Verehrung zuteilwerden ließen. So berieten sie, was sie mit den Menschen anfangen sollten. Lange wussten sie sich keinen Rat, denn sie wollten die Menschen nicht töten oder zugrunde richten.«

»Nach langen Überlegungen sprach Zeus: Ich glaube, einen Weg gefunden zu haben, wie die Menschen erhalten bleiben können, wie sie aber gehindert werden, uns zu ähnlich zu sein. Ich will jeden von ihnen in zwei Hälften zerschneiden und sie so schwächen. So werden sie als schwache Menschen uns lieben und uns verehren.«

»So wurden die Menschen zusammen gerufen, indem die Götter ihnen ein neues, großes Abenteuer versprachen. Stattdessen aber schleuderte Zeus Blitze vom Himmel, die jeden Menschen in zwei Hälften zerschnitten. Und damit sich die zusammengehörigen Hälften nicht wieder zusammentun konnten, zerstreuten die Götter die Menschen über die ganze Erde.«

»Als nun so ihre Körper in zwei Teile zerschnitten waren, da sehnte sich jede Hälfte mit unendlichem Verlangen nach ihrer anderen Hälfte. Zu spät erkannten die Götter, dass sie aus Selbstsucht großes Leid unter die Menschen gebracht hatten. Und so gelobten sie, dass sich zwei zueinander gehörige Kugelhälften wieder untrennbar vereinen dürften, wenn sie einander gefunden hätten.«

»So sucht seit damals jeder Mensch den zu ihm gehörenden Menschen, um sich mit ihm wieder zu verbinden. Seit so langer Zeit ist demnach die Liebe zueinander den Menschen eingeboren. Sie ist die Kraft, die den Menschen nach seiner anderen Hälfte suchen lässt. Durch die Liebe erkennt er den Menschen, der zu ihm gehört. Und die Liebe macht aus den Zweien wieder eins. So kommt es, dass sich immer wieder zwei zueinander gehörende Menschen wiederfinden und sich glücklich vereinen. Und wenn sich ein Kugelmensch so wiedergefunden hat, kann ihn nichts mehr wieder auseinanderreißen.«

Susanne, die Tränen in den Augen hatte, umarmte Rebecca. »Wundervoll, ganz wundervoll«, flüsterte sie ergriffen.

»Ich muss jetzt gehen, es ist schon spät«, sagte Becky mit einem Bedauern in der Stimme.

»Ich weiß. Es war so schön, dich wiederzusehen, lass uns das bald wiederholen, ja?«

Rebecca drückte ihre Freundin.

»Ganz sicher, schön, dass es dich gibt, Susi.«

Dann riss sie sich los und stieg in ihren Wagen.

Während Susanne winkte, schoss ihr ein Gedanke durch den Kopf: *Lieber Gott, lass Jayden der Richtige für sie sein!*

Jayden West war nervös.

Seit er das Kaffeehaus zuletzt betreten hatte, waren mehrere Tage vergangen. Täglich wartete er sehnsüchtig auf ein Zeichen von Rebecca. Er hatte sich vorgenommen, es erst wieder aufzusuchen, wenn seine Angebetete ihn erhörte.

Jayden war sich keineswegs sicher, dass sie es tun würde.

Diese Frau war eine harte Nuss und ausgesprochen reizvoll!

Mechanisch griff er zum Telefonhörer und rief seine Sekretärin Jane Bristol an.

»Was steht heute noch auf dem Programm, Jane?«

»Einen Moment bitte, ich schaue gleich nach«, antwortete Jane höflich. Jayden seufzte.

Er mochte Jane, dennoch war er ihr gegenüber oft ungeduldig, weil sie ihm einfach zu langsam war.

Jane war 68 Jahre alt und von einem Ruhestand weit entfernt. Alle Sekretärinnen, die in der amerikanischen Botschaft arbeiteten, waren deutlich über 60, manche sogar über 70 und das aus einem ganz einfachen Grund:

Die Diplomaten, die bis auf Jayden alle verheiratet waren, sollten nicht in Versuchung geführt werden.

»Du hast um 14:00 Uhr einen Termin mit dem Polizeipräsidenten im Hotel Adlon.«

»Verdammt, den kann ich nicht absagen«, murmelte er mehr zu sich selbst.

»Warum absagen?«, fragte Jane verwundert.

»Ist das der einzige Termin?«

»Ja«, entgegnete Jane, die sich in letzter Zeit über ihren Chef wunderte. Jayden war launisch. Wenn alles nach Plan lief, konnte er der charmanteste Mann der Welt sein – wehe, es lief nicht nach seiner Nase – dann zeigte er seine cholerische Seite!

Jane war der Meinung, dass er eine Frau brauchte. Ein Wesen, das ihn umsorgte und aus dem wilden Stier einen zahmen Bullen machte. Bisher war die ›Richtige‹ nicht aufgetaucht. Jeden Freitag trafen sich verschiedene Botschaftsangehörige zum Dinner und testeten sich durch die erstklassigen Restaurants in Berlin durch.

Jayden kam überwiegend allein, manchmal auch in weiblicher Begleitung. Diese Frauen waren jünger als er und Jane fand, dass sie alle wie Barbiepuppen mit ihren künstlichen Accessoires aussahen.

»Danke Jane, das wäre alles«, unterbrach Jayden ihren Gedankenfluss und legte auf.

Seine Hoffnung, früher nach Hause zu fahren, um seine neue Harley-Davidson zu testen, musste er begraben. Das Wetter war ideal für eine Spritztour und in seiner Ledermontur hätte er die Chance gehabt, unerkannt an dem Kaffeehaus vorbeizufahren. Vielleicht war Rebecca gar nicht dort, sondern krank oder im Urlaub?

Seine Gedanken kreisten um Rebecca wie ein Geier um das Aas und er wusste nicht, wie lange er es aushalten würde, sie nicht zu sehen …

Da kam ihm eine Idee!

»Jane, ich möchte ein Telegramm aufgeben, könntest du bitte kurz kommen?«

»Natürlich.«

Jane griff zu ihrem Stenoblock und ging so schnell sie konnte in das Zimmer von ihrem Boss.

Jayden saß in seinem eleganten Drehstuhl und schaute gedankenverloren aus dem Fenster. Als sie eintrat, drehte er sich schwungvoll um und begann sofort den kurzen Text zu diktieren. Es war das erste Mal, dass Jayden ein privates Telegramm in Auftrag gab und sie wunderte sich über den Inhalt, der für eine gewisse Rebecca Winter bestimmt war. Erwartungsvoll sah Jane ihren Vorgesetzten an, als er mit eindringlichen Stimme fortfuhr: »Besorge die schönsten Rosen, der Preis spielt keine Rolle und hefte meine Visitenkarte an das Telegramm!

Der Kurier darf es nur bei Rebecca Winter persönlich abgeben, am besten kurz vor 19 Uhr, hörst du?«

Jane nickte und nahm den Auftrag und das Geld entgegen,

dass ihr Boss aus seiner Geldbörse zog. Sie durchschaute Jaydens verlorenen Blick, kannte sie doch ihren Vorgesetzten gut genug, um zu wissen, was in ihm vorging. Aus dem wilden Stier war ein zahmer Bulle geworden und eine Torera namens Rebecca Winter brauchte nur noch das Tor zu öffnen …

Anfang September, kurz vor 19 Uhr.

Rebecca, Denise und Mady hatten ihre Abrechnungen gemacht. Denise füllte die Zuckerstreuer auf, während ihre Kolleginnen die Terrasse in Ordnung brachten.

Plötzlich tauchte ein Kurier mit einem üppigen Blumenstrauß auf und ging schnurstracks auf Rebecca und Mady zu, die gerade die Tische und Stühle anschlossen.

»Wir schließen gleich«, sagte Mady und sah neugierig auf die purpurfarbenen Baccaras, die der Mann in seiner linken Hand hielt.

»Sind Sie Rebecca Winter?«

»Nein, die bin ich«, antwortete Rebecca.

Neugierig kam Denise näher.

Als sie die wunderschönen Rosen sah, versetzte ein neidischer Schlag ihrem Herzen einen Kinnhaken. Die Krönung war das Telegramm, dass der Bote Rebecca überreichte und Denise hätte nur zu gern gewusst, was darin stand!

Überrascht nahm Rebecca das üppige Blumenarrangement und das Telegramm entgegen, unterzeichnete den Empfang und ließ die Nachricht ungeöffnet in ihrer Schürze verschwinden.

»Spinnst du, willst du gar nicht wissen, von wem das ist?«, fragte Mady entsetzt und Denise nickte zustimmend.

Rebecca lächelte vielsagend.

»IHR wollt wissen, von wem das ist, ich weiß es ja.«

SCHICKSALSWENDE

Ich kann nicht aufhören, an dich zu denken!
Ich bitte dich nur um ein Date mit mir.
Jayden

Lächelnd legte Rebecca das Telegramm auf den Küchentisch zurück. Sie betrachtete die eindrucksvolle Karte und ihr Topasanhänger vibrierte leicht. Rebecca schloss die Augen und sah für den Bruchteil einer Sekunde die Szene mit Denise, wie sie Jaydens Visitenkarte einsteckte.

»Miststück!«, entfuhr es ihr, was ihr sofort wieder leid tat. »Wer weiß, warum du so geworden bist?«, murmelte sie und ihre Gabe lieferte prompt die Antwort:

Sie sah die dreijährige Denise, die allein in ihrem Zimmer eingesperrt war. Sie weinte – fühlte sich einsam – sie hatte Durst.

Ein kleiner Eimer stand neben ihrem Bettchen. Denise setzte sich auf den Eimer. Kurz darauf nahm sie ihn hoch und trank ihren eigenen Urin.

Entsetzt schrie Rebecca auf und die Szene verblasste!

Tiefes Mitgefühl flutete ihr Herz für diese kleine Seele, die viel entbehrt hatte und sich tapfer durch ihre lieblose Kindheit gekämpft hatte.

Aufgeregt wählte Rebecca Jaydens Handynummer.

»Jayden West«, meldete er sich mit seiner sonoren Stimme.

Rebecca räusperte sich.

»Hier ist Rebecca«, sagte sie und wunderte sich über ihre hohe Stimme, die sie immer bekam, wenn sie unsicher war.

»Rebecca!«, entfuhr es Jayden und seine männliche Stimme wurde noch tiefer, was ein Zeichen seiner Unsicherheit war.

»Ich wollte mich bei dir für die wunderschönen Rosen bedanken, Jayden.«

Jayden liebte es, wie Rebecca seinen Namen aussprach und sein Herz zersprang vor Freude.

»My pleasure«, antwortete er ehrlich und Jayden fühlte, dass er vor Rebecca nicht den starken Mann spielen musste – er konnte einfach so sein, wie er war. Dieses einzigartige Gefühl hatte er seit seiner Scheidung nie wieder in Gegenwart einer Frau gespürt und vermutlich war es genau jenes, wonach seine Seele immer gesucht hatte.

»Ich bin so froh, dass du dich gemeldet hast und möchte dich gerne zum Dinner einladen, Rebecca.«

Rebeccas Herz klopfte laut, als sie sich mit ihm für den darauffolgenden Abend zum Dinner verabredete.

»Darf ich dich um 19 Uhr abholen?«, fragte Jayden.

Rebecca nannte ihm ihre Adresse, nicht ahnend, dass er diese bereits kannte.

Aufgelöst stand Rebecca vor ihrem Spiegel im Schlafzimmer und betrachtete kritisch den tiefen Ausschnitt, der ihr zartes Dekollete‹ verführerisch in Szene setzte.

»Nein!«

Geräuschlos glitt der schwere Samtstoff zu Boden, erneut öffnet Rebecca ihre Schranktür, die sie hämisch anzugrinsen schien.

Es war ihr erstes Date seit …

Sie wusste nicht, wann das Letzte stattgefunden hatte?

Rebecca griff zu ihrem Topasstein, der sofort warm wurde.

»Was soll ich anziehen?«, jammerte sie und bekam sogleich eine telepathische Antwort von ihrer geliebten Mom: *›Das, worin du dich wohlfühlst, Liebes.‹*

Rebecca seufzte.

›Danke, Mom.‹

Rebecca hielt nun mit anderen Augen Ausschau und plötzlich wusste sie genau, welches Kleid das Richtige für heute Abend sein würde! Erleichtert griff sie zu einem eleganten Etuikleid und zog es an. Statt eines gewagten Ausschnitts hatte es einen tiefen Blauton, der nicht zu ihrem violettfarbenen Stein passte. Kurzerhand ließ sie den Anhänger unter ihrem Ausschnitt verschwinden.

Auf ihrer Uhr war der Zeiger auf 18:50 Uhr gesprungen und sie wusste, dass unten im Wagen ein ungeduldiger Jayden West auf sie wartete. Sie warf einen letzten, prüfenden Blick in den Spiegel und war erstaunt, wie ihre Augen strahlten.

Rebecca nahm einen tiefen Atemzug, schnappte sich ihre silberfarbenen Pumps und ihr Handy. Dann verließ sie ihre Wohnung und stöckelte die Treppe hinunter.

Obwohl Jayden die ganze Nacht kaum geschlafen hatte, fühlte er sich zum ersten Mal seit langer Zeit wieder lebendig.

Seine Aufregung ließ sich nicht verbergen und er hatte auch nicht vor, sie vor Rebecca zu verstecken.

Eine unbeschreibliche Freude durchflutete sein aus-
gehungertes Herz, als er Rebecca aus der Ferne sah.
Hurtig sprang er aus seinem Wagen und eilte auf sie
zu. Ihr Anblick raubte ihm fast den Verstand! Jaydens
geübter Jägerblick hatte ihren anmutigen Körper unter
ihrer Dienstkleidung nur erahnen können. Mit ihrem
dezenten Make-up und dem schlichten Etuikleid hatte
sie genau seinen Geschmack getroffen. Jayden mochte
keine stark geschminkten Frauen. Sie erinnerten ihn an
Prostituierte und aus eigener Erfahrung wusste er, dass
manch schöne Frau ohne Make-up gar nicht wiederzuerkennen war …

»You‹re looking like a Moviestar!«, rief er aus und wunderte sich über seine Emotionen, die wie eine Herde wilder
Mustangs über ihn hinweg galoppierten.

»Hi Jayden, danke schön«, antwortete Rebecca und
schenkte ihm ein geheimnisvolles Lächeln, um ihre Nervosi-
tät zu verbergen.

Sie wusste nicht, ob sie ihn umarmen sollte – Jayden
nahm ihr die Entscheidung ab. Rebecca schloss ihre Augen
und nahm sein Aftershave wahr. Es hatte eine Moschusnote
und passte perfekt zu ihm. Jayden trug ein weißes, makellos
gebügeltes Hemd, Blue Jeans und ein dunkelblaues Jackett,
das ihm unerhört gut stand.

»Ich muss dir etwas gestehen«, sagte Jayden leise und löste
sich aus der Umarmung.

»Ich habe vor Aufregung kaum geschlafen.«

Jayden hatte sich zwar vorgenommen, Rebecca nicht mit
seinen Gefühlen zu überfallen, um sie nicht unter Druck zu

setzen, aber die Gefühle übermannten ihn und er ärgerte sich über sich selbst.

»Dafür siehst du aber verdammt gut aus«, entfuhr es Rebecca und lachte. Erleichtert stimmte Jayden in ihr Lachen ein – das Eis war gebrochen!

»Magst du italienisch?«

»Oh ja.«

»Come on, let‹s go!«

Galant öffnete Jayden die Beifahrertür und Rebecca sank in den bequemen Autositz.

Jayden fuhr in Richtung Onkel Toms Hütte, welches zu einer der besten Gegenden Berlins gehört.

»Warum sprichst du so gut deutsch?«, fragte Rebecca ihren gutaussehenden Fahrer.

»Mein Vater Chris, eigentlich Christian, ist aus dem Schwarzwald«, erklärte Jayden.

»Das war bestimmt hilfreich für deine Stelle hier in Deutschland?«

Jayden warf ihr einen belustigten Seitenblick zu.

»Ja, es hat geholfen, aber wichtiger als meine Sprachkenntnisse sind die Erfahrungen, die ich als ehemaliger Special Agent undercover gemacht habe.«

»Aha«, antwortete Rebecca beeindruckt und sie kam sich ein klein wenig wie ein Schulmädchen vor, das von dem Direktor gerügt wurde.

»Beim Dinner erzähle ich dir meine Lebensgeschichte.«

»Klar.«

Insgeheim fragte sich Rebecca, wie sie mit ihrem eher langweiligen Leben mithalten sollte?

»Wir sind da«, verkündete Jayden und zeigte auf ein Schild, auf dem »VILLA MEDICI« in blauen Buchstaben geschrieben stand.

Ein roter Teppich lag ausgerollt vor der Eingangstür, dahinter befand sich ein Vorgarten. Stolz ragte die alte Villa empor und Rebecca mochte das imposante Haus sofort.

Vergeblich suchte Jayden einen Parkplatz.

Nach ein paar Runden parkte er im absoluten Halteverbot.

»Du wirst einen saftigen Strafzettel bekommen.«

»Nö«, antwortete er und grinste sie frech an.

»Ich habe einen Diplomatenstatus.«

»Woran erkennt man den?«

Rebeccas neugieriger Blick konnte in dem Audi keinen Anhaltspunkt finden.

»Ich zeige es dir, komm!«, forderte Jayden sie auf.

Mit drei großen Schritten war er an ihrer Beifahrertür und öffnete sie. Rebecca stieg aus und Jayden zeigte auf sein Autokennzeichen.

»Schau, meins beginnt mit einer 0 – die Null zeigt an, dass es sich um einen hohen Vertreter eines Staates oder einer Organisation handelt.«

»In meinem Fall ist es sogar beides«, sagte er selbstbewusst und strahlte Rebecca an, die schon ein wenig von Jaydens Status beeindruckt war.

Sie war kein Snob und mochte keine gesellschaftlichen Unterschiede. Für sie waren alle Menschen gleich – das Herz zählte für Rebecca und nicht der Status.

Sie wusste, dass Männer sich stark über ihren beruflichen Erfolg definierten – Jayden bildete da keine Ausnahme.

»Das heißt, du bekommst keinen Strafzettel verpasst?«

»Nein, es könnte ja ein ›Notfall‹ sein und im Grunde genommen ist es ja auch einer«, sagte Jayden und zwinkerte Rebecca verschwörerisch zu.

»So, so, ein Notfall nennst du unser Date?«, neckte sie ihn und er musste sich zusammenreißen, um dieses hinreißende Geschöpf nicht in seine Arme zu ziehen.

»Natürlich ist das einer«, sagte Jayden ernst und sah Rebecca entrüstet an.

»Noch nie musste ich so lange um ein Rendezvous kämpfen und genau deshalb will ich keine einzige Sekunde mit der blöden Parkplatzsuche verschwenden.«

Rebecca lächelte.

»Sehr diplomatisch, Mr. West. Ich weiß, ich bin ein harter Brocken«, gab sie zu.

Jayden nickte bestätigend und bot ihr seinen Arm an.

»Wollen wir?«

»Gerne.«

Gemeinsam schritt das elegante Paar über den Teppich und betrat erwartungsvoll das Restaurant.

Am Eingang wurden sie von einer attraktiven Hostess empfangen, vor der ein aufgeschlagenes Reservierungsbuch lag.

»Guten Abend«, begrüßte sie die beiden Gäste.

»Guten Abend, wir haben einen Tisch auf den Namen West reserviert«, antwortete Jayden cool.

»Mr. West und Mrs. West, herzlich willkommen in der Villa Medici, bitte folgen Sie mir!«

Jayden dachte gar nicht daran, die Situation aufzuklären, für ihn war längst klar, dass Rebecca Winter die neue Mrs. West war und er war bereit, alles zu tun, um Rebecca zu erobern …

Rebecca öffnete den Mund, um zu protestieren.

In diesem Moment begann ihr Topasanhänger zu vibrieren:

Sie sah sich vor einem Altar stehen und erkannte Jayden, der einen goldenen Ring in seiner Hand hielt.

Rebecca taumelte und spürte, dass diese Vision eine besondere Kraft hatte.

Jayden hatte den veränderten Ausdruck in Rebeccas Augen bemerkt, der ihm etwas unheimlich war.

Sie schien meilenweit von ihm entfernt zu sein.

»Becky, ist alles in Ordnung?«

»Ja, ja, es geht schon wieder. Nur ein kleiner Schwächeanfall, ich habe seit dem Frühstück nichts mehr gegessen«, flunkerte sie.

Sie war noch nicht bereit, ihm von ihrer ›Gabe‹ zu erzählen.

Die Hostess führte das Paar auf eine wunderschöne Terrasse, die von betörend duftenden Oleandersträuchern umsäumt war.

Es war eine laue Spätsommernacht mit angenehmen 22 Grad und einem besonderen Flair. Die Vögel trällerten ihr eigenes Liebeslied, ein kleiner Brunnen spendete dem badenden Gefieder Freude.

Geschäftig lief ein Kellner mit zwei knusprigen Pizzen an ihnen vorbei, die so köstlich dufteten, dass für die neuen Gäste sofort klar war, was sie an diesem Abend essen würden …

Im Hintergrund ertönte leise italienische Musik, die hin

und wieder durch das fröhliche Lachen der Gäste unterbrochen wurde. Überall brannten bunte Lichter, die unter dem Dach angebracht waren und auf den weiß gedeckten Tischen standen rote Kerzen und pink-orangefarbene Rosen.

»Schön ist es hier«, sagte Rebecca, nachdem sie Platz genommen hatte.

»Perfekt«, stimmte Jayden zu.

Jayden, der nichts dem Zufall überließ, hatte seiner Sekretärin den Auftrag erteilt, das beste Restaurant in der Gegend zu suchen und er war mit dem Ergebnis mehr als zufrieden.

Er bestellte eine Flasche Pinot Grigio, stilles Mineralwasser, Pizza mit Scampi und sah seine Begleiterin bewundernd an.

»Bitte, erzähl mir etwas über dich, Becky!«

»Du zuerst, dein Leben als Special Agent war bestimmt spannender!«

Durch seinen Informanten wusste Jayden bereits einiges über Rebeccas Leben, sie hingegen nichts über ihn.

Vielleicht könnte er seine Angebetete mit den spannenden Erfahrungen aus der Zeit als Undercover Agent beeindrucken?

Der Diplomat öffnete die Tür zu seiner Welt. Rebecca schritt staunend hindurch und tauchte in eine völlig fremde Dimension ein, die so fesselnd war, dass sie ihr Essen vergaß. Erst als Jayden verstummte, bemerkte sie, dass ihre Pizza kalt geworden war. Zwei einsame Herzen mit unterschiedlichen Taktschlägen schlugen am Ende des Abends im Gleichtakt.

LIEBE ÄNDERT ALLES

Seit jenem Abend meldete sich Jayden täglich bei Rebecca. Er rief sie an oder schickte ihr die schönsten Blumenarrangements, die ihre Kolleginnen vor Neid erblassen ließen.

Liebevolle Whats-App-Nachrichten versüßten die Tage bis zu ihrem zweiten Date mit ihm.

Jayden, der es gewohnt war, dass die Frauen ihm nachliefen, war von Rebeccas zurückhaltender Art fasziniert.

Tagsüber konnte er nur noch an sie denken und nachts träumte er von ihr. Er war völlig verrückt nach dieser Frau!

Es hatte ihn schwer erwischt und er war glücklich, dass Rebecca auch Gefühle für ihn hatte. Eine Seite liebt immer mehr als die andere und es war klar, welche Seite es war.

Jaydens ganzes Universum, welches er gern als »Diplomatenzirkus« bezeichnete, überwältigte Rebecca.

Es schien, als ob diese Welt aus Harmonie und gegenseitigem Respekt bestand. Diese Attribute waren wichtig für sie. Rebecca, die als mediale Person besonders feinfühlig war, fühlte sich in ihrer Arbeitswelt wie eine Außenseiterin, was sie im Grunde auch war. Harmonie und Respekt waren in dem Caféhaus des Monsieur Libre nicht vorhanden, es herrschte eher eine »Ellbogenmentalität«; die Rebecca verabscheute.

Wenn sie einen Raum betrat, konnte sie spüren, welche Energien vorhanden waren. Sie fühlte, wenn über sie getratscht worden war und es machte sie traurig und wütend zugleich.

Schon als Kind unterschied sie sich durch ihre Hochsensibilität von anderen Kindern und oftmals fühlte sie sich ›fehl am Platz‹.

Sie war ein stilles Kind, das in ihrer eigenen Welt lebte.

Rebecca war gern zu Hause, ihre starke Anbindung zu dem Universum/Gott zeigte sie, indem sie stundenlang Kirchenlieder in ihrem Zimmer sang. Kinder sind grausam. Rebecca wurde gemobbt und konnte weder im Kindergarten noch in der Schule Freundschaften schließen. Seelisch war sie weit entwickelt, ihr Tiefgang entzückte allenfalls die Lehrer und natürlich ihre Mutter.

»Deine größte Schwäche wird eines Tages deine größte Stärke sein, Rebecca«, versuchte ihre Mom sie zu trösten, wenn ihre Tochter weinend von der Schule kam.

»Das glaube ich dir nicht!«, schluchzte diese verzweifelt; innerlich fühlte Rebecca, dass ihre Mutter Recht behalten sollte.

Jayden hatte am 13. Oktober Geburtstag und er plante eine opulente Party, auf der er Rebecca endgültig für sich gewinnen wollte. Seine Sekretärin Jane musste alles für ihn organisieren und sie war gespannt auf Rebecca, die es geschafft hatte, das Herz ihres Vorgesetzten auf so wundersame Weise zu verwandeln. Eine umfangreiche Gästeliste lag auf Janes Schreibtisch und sie hatte alle Hände voll zu tun.

Jayden wünschte sich eine perfekte Feier und Jane wusste, wen er in erster Linie damit beeindrucken wollte.

33 Gäste hatten schon zugesagt, einige Kollegen reisten

extra aus anderen Bundesländern an. Darunter befanden sich interessante Persönlichkeiten vom Secret Services, über DEA (Drogenfahndung), der Hauptteil kam aber vom FBI, für das Jayden arbeitete. Sein Vater Chris, ein ehemaliger Feuerwehrmann, wollte extra aus den Staaten kommen; Dave und Cole, seine Söhne, mussten leider die Schulbank drücken.

Chris hatte schon viel über Rebecca gehört. Er war neugierig und eifersüchtig, denn er betete seinen erfolgreichen Sohn an. Obwohl der 65-Jährige weit entfernt von Jayden lebte, wollte er ihn nicht mit einer Frau teilen. Für seinen Prachtsohn war eh keine gut genug! Er wusste, dass seine Einstellung falsch war, aber Chris konnte nicht aus seiner Haut, die bei einem Einsatz zu 60 Prozent verbrannt worden war und ihn mit 53 Jahren zum Frührentner degradierte. Chris war frustriert, denn neben seiner äußeren Verunstaltung litt er an Asthma Bronchiale.

Der Alkohol linderte seinen Schmerz und er wartete auf den Tag, an dem Jayden wieder zurück in die Staaten kehren würde. Diplomaten dürfen höchstens sechs Jahre lang im Ausland bleiben. Jayden war seit drei Jahren in Berlin und der Tag von Dads größter Freude rückte unaufhaltsam näher …

»Was soll ich ihm bloß schenken?«, fragte Becky ihre Freundin Susanne am Telefon.

»Ach, dir wird schon was einfallen. Geh doch einfach los und lass dich vom Ku‹damm inspirieren!«

Rebecca überlegte. »Stimmt, da sind genug Geschäfte und zur Not gehe ich ins KaDeWe, da finde ich bestimmt das richtige Geschenk für Jayden.«

»Und ihr habt euch noch nicht einmal geküsst?«, fragte Susanne ungläubig.

»Nein.« Rebecca lachte. »Das ist ja das Schöne, wir lernen uns langsam kennen und Jayden ist eben ein Gentleman.«

»Und er ist ein Mann«, warf Susanne ein.

Becky seufzte. »Darauf kannst du wetten, er ist der männlichste Typ, der mir je begegnet ist«, kicherte sie und errötete leicht.

»Du wirst doch nicht rot, Becky?«

Susi kannte sie einfach zu gut.

»Wie haben es deine Kolleginnen aufgefasst? Ich wette, die sind alle grün vor Neid.«

»Ja, das Betriebsklima ist noch eisiger geworden.«

»Du kannst doch nichts dafür, dass du so hübsch bist. Ich hätte gern deine Figur, Becky.«

»Ach Susi, du bist doch auch hübsch, genauso wie du bist!«

»Ja, ja, ich weiß schon. Es können nicht alle Menschen jung und schön sein.«

»Wer hat das gesagt?«

»Das war die legendäre Miss Marple in einer Filmszene, als ein Mann sie als ›alte Fregatte‹ bezeichnete. Übrigens wollte genau dieser Mann sie später heiraten.«

Die Freundinnen lachten.

»Ich muss jetzt Jaydens Geschenk besorgen.«

»Viel Spaß, und kauf dir bei der Gelegenheit doch gleich auch ein neues Kleid – eins, das Mr. West umhauen wird!«

»Mache ich, Ciao.«

»Ciao Bella.«

Fröhlich machte sich Rebecca auf den Weg. Ihr Herz war leicht und sie freute sich auf Jaydens Party. Sie bemerkte eine Veränderung in ihrer Herzgegend und es schienen Schmetterlinge aus ihr zu fliegen!

In ihrem Herzen war das schönste Gefühl der Welt eingezogen.

Rebeccas Suche nach einem passenden Geschenk gestaltete sich schwieriger als gedacht. Es sollte nicht zu persönlich sein und auch nicht zu förmlich. Auf der finanziellen Ebene hatte Jayden gegenüber Rebecca einen Vorsprung. Diplomaten haben nicht nur ein exorbitant hohes Gehalt, sondern noch weitere Vergünstigungen, von denen Jayden ihr berichtet hatte. Die Botschaft hatte ihm ein schmuckes Häuschen besorgt, dass eher für eine Großfamilie gedacht war. Ein wunderschöner Garten, welcher regelmäßig von einem Gärtner versorgt wurde, sowie eine vertrauenswürdige Putzperle gehörten praktisch zum Equipment dazu. Das Haus befand sich im Grunewald – eine der teuersten Wohngegenden Berlins. Über die Höhe der Miete brauchte Jayden sich keine Gedanken machen, denn er brauchte weder Miete zahlen, noch die Bediensteten entlohnen – das übernahm alles großzügig die Auslandsvertretung für ihn.

Rebecca war klar, warum Menschen den diplomatischen Dienst anstrebten, wo sonst hatte man so viele Vorteile?

Jaydens Lässigkeit und sein Selbstbewusstsein entsprangen zum Teil aus seinem Diplomatenstatus, welcher schützend seine Hand über ihn hielt.

JAYDENS PARTY

Rebecca fuhr ins KaDeWe. Die Auswahl in diesem Kaufhaus war überwältigend! Überall lockten Artikel, die zwar nicht günstig, dafür aber einzigartig waren. Ihre erste Idee war, einen besonderen Kugelschreiber für Jayden zu finden. Sie wurde fündig, aber der Preis war so hoch, dass sie sich dagegen entschied. Ihr kamen Manschettenknöpfe in den Sinn – Jayden trug überwiegend Anzüge und dieses Geschenk erschien ihr passend.

Rebecca entschied sich für ein paar silberne Manschettenknöpfe.

Beflügelt von ihrem ersten Kauf wagte sie sich in die Damenabteilung und kam aus dem Staunen nicht mehr heraus. Alle namhaften Designer waren vertreten, ein Traum reihte sich an den anderen. Ihr Entzücken wurde abrupt beendet, sobald sie das Preisschild sah. Seufzend hängte sie die Modelle wieder zurück und beschloss, ihr Glück in Boutiquen zu versuchen, die auf der bekannten Einkaufsmeile in beträchtlicher Anzahl zu finden waren.

Plötzlich sprach eine Verkäuferin sie an.

»Guten Tag, suchen Sie etwas Bestimmtes?«

Rebecca zögerte.

»Ja, ich suche ein Kleid für eine Geburtstagsparty, eine besondere Party, ähm, aber die Preise sprengen leider mein Budget.«

Verlegen sah Rebecca die Verkäuferin an, die top gepflegt

in einem dunkelgrünen Hosenanzug vor ihr stand, der nur für schlanke Damen ab 1,70 cm geeignet war.

»Ich verstehe«, antwortete sie freundlich. »Wir haben noch ein paar reduzierte Abendkleider aus der Sommerkollektion, vielleicht finden wir dort das passende Stück für Sie?«

Rebecca folgte der Frau, die wie ein Modell vor ihr herlief.

Sie blieben vor einer Kleiderstange stehen, die etwas abseits von den anderen Modellen stand.

»Hier warten noch ein paar besonders wundervolle Kleider auf eine neue Besitzerin, wer weiß, vielleicht ist ihr Traumkleid darunter?«

Neugierig trat Rebecca näher, ihre Hand glitt über die edlen Stoffe. Ein zitronengelbes Satinkleid mit Volants fiel von dem Bügel und landete direkt vor ihren Füßen.

»Oh, das wollte wohl zu Ihnen«, lachte die Verkäuferin und hob es auf.

»Es ist wunderschön«, flüsterte Rebecca andächtig.

Verstohlen versuchte sie, einen Blick auf das Preisschild zu erhaschen.

»Probieren Sie es an!«

Rebecca nahm das Kleid und ging in eine Umkleidekabine. Dort checkte sie als Erstes den Preis, der um 70 Prozent gesenkt worden war und von einem Modedesigner, den sie nicht kannte. In Windeseile hatte sie sich ihrer Kleidung entledigt.

Kurze Zeit später sah sie staunend in den goldumrandeten Spiegel. *Bin das wirklich ich?* Das Kleid war einfach umwerfend!

Zierliche, senfgelbe Volants umschmeichelten ihre Knie, der Ausschnitt gewährte keine zu tiefen Einblicke.

Das fröhliche Gelb strahlte wie die Sonne und als Rebecca den Vorhang beiseite schob, sah sie in den Augen der Verkäuferin die Bestätigung.

»Es ist perfekt«, sagte sie bewundert und zupfte es an der hinteren Seite zurecht.

»Es sitzt wie angegossen – was sagen Sie?«

»Ja, es ist ein Traum«, stimmte Rebecca zu und drehte sich beschwingt im Kreis.

»Ich nehme es.«

»Wunderbar.«

Sie stellte sich Jaydens Gesicht vor, wenn er sie in diesem Kleid sah und eine herrliche Vorfreude breitete sich in ihr aus.

Es war Samstag und ihre Uhr schien schneller als gewöhnlich zu laufen. Rebecca hatte sich Zeit genommen, um sich zurechtzumachen, aber ein Anruf von Susanne hatte ihren Plan durcheinander gebracht.

Ihre Freundin schien aufgeregter, als sie selbst zu sein …

»Was würde ich alles dafür geben, um heute Abend dabei zu sein, Becky.«

»Das glaube ich dir. Außerdem würde es mich ruhiger machen, denn außer Jayden kenne ich dort keine Menschenseele«, fügte sie unsicher hinzu.

Rebecca war kein Freund von Menschenansammlungen.

Ihr Anhänger schützte sie zwar, dennoch laugten die Energien der anderen Seelen Rebecca bis zu einem bestimmten Punkt aus.

»Du machst das schon«, sagte Susi, die ahnte, wie es um Rebeccas Gefühlswelt stand. Sie mochte die eher introvertierte Art ihrer Freundin, die eine innere Stärke besaß, die nicht für jeden auf den ersten Blick erkennbar war.

»Ja«, antwortete Rebecca und griff nach ihrem warmen Stein. Sie war nicht allein!

»Ich muss jetzt auflegen, sonst komme ich zu spät«, sagte sie und verabschiedete sich von Susanne.

»Du musst mir alles genau erzählen, hörst du?«

»Na klar, Susi.«

Rebecca zog ihr Traumkleid an und drehte sich einmal vor dem Spiegel. Sie fühlte sich wie eine Prinzessin, eine zarte Duftwolke aus Jasmin umgab sie.

»Neue Frau, neues Parfum!«, dachte sie und grinste ihr Spiegelbild übermütig an. Im Flur wartete ihr cremefarbener Kurztrench, den sie über ihre Schultern warf. Jayden hatte für sie ein Taxi vorbestellt, dass sie um 18 Uhr abholen sollte. Rebecca schaute aus dem Fenster und sah einen Taxifahrer, der an seiner Wagentür lehnte und rauchte.

Schnell schlüpfte sie in ihre silbernen Pumps und ging die Treppe hinunter.

»Sind Sie Rebecca Winter?«

»Ja.«

»Die Adresse kenne ich schon und die Fahrt ist auch schon bezahlt, Frau Winter.«

Wow, Jayden denkt wirklich an alles.

Rebecca versuchte, sich zu entspannen und als sie »Happy« von Pharell Williams im Radio hörte, summte sie fröhlich mit.

Nach 25 Minuten hielt das Taxi vor einem weißen Haus in einer Seitenstraße im Grunewald. Rebecca bedankte sich bei dem Taxifahrer und gab ihm ein großzügiges Trinkgeld.

Sie schluckte, nahm ihren ganzen Mut zusammen und stieg aus dem Wagen. Dann lief sie zu dem Tor des kleinen Vorgartens und öffnete es. Als Rebecca auf den Klingelknopf drückte, bemerkte sie, dass ihre Hand vor Aufregung ein wenig zitterte.

Die Tür wurde von einer hübschen Hostess geöffnet, die sie höflich ins Haus bat.

»Ich sage Mr. West Bescheid, dass Sie da sind. Wie ist ihr Name?«

»Rebecca, Rebecca Winter«, wiederholte die junge Frau nervös.

Die Angestellte sah auf ihre Gästeliste.

»Hier habe ich Sie schon gefunden – Sie stehen ganz oben auf der Liste.«

Rebecca nestelte an dem Knoten ihres Mantels herum.

»Danke.«

Während sie im Flur wartete, hörte sie im Hintergrund klassische Musik. Sie erkannte ›Yesterday‹ von den Beatles und wunderte sich über diese stilvolle Musikrichtung für eine Party.

Plötzlich stand Jayden hinter ihr.

»Becky!«, rief er.

Erschrocken wirbelte Rebecca herum.

Jaydens Lächeln erstarb.

REBECCAS NEUE WELT

Verunsichert starrte Rebecca ihn stumm an.

Ihr Gegenüber trug einen schwarzen Designeranzug mit einer hellgrauen Seidenkrawatte, die perfekt gebunden war.

»My Godness, was ist das für eine *Farbe*?«, rief er.

»Gelb«, antwortete sie verwirrt.

Jayden holte tief Luft und zwang sich zu einem diplomatischen Lächeln.

Er trat einen Schritt auf Rebecca zu, zog sie in seine Arme und flüsterte ihr ins Ohr:

»Es ist wunderschön, aber diese Farbe passt nicht zu meiner offiziellen Geburtstagsparty.«

Rebecca rang um ihre Fassung, seine Nähe lähmte sie.

»Es tut mir leid, dass dir mein Kleid nicht gefällt, Jayden«, sagte sie kühl. »Welche Farbe hast du denn erwartet?«

»Ein dunkles Kleid. Alle Damen werden heute elegante Kleider tragen. Du wirst die Einzige sein, die wie ein Schmetterling aussieht.«

Enttäuscht befreite sich Rebecca aus seinen Armen.

»Dann schlage ich vor, dass der Schmetterling jetzt wieder nach Hause fliegt, damit er dich nicht blamiert«, parierte sie wütend, drehte sich auf dem Absatz um und lief zu der Eingangstür.

Jayden folgte ihr.

»Becky, warte doch! Es tut mir leid, es ist mein Fehler, ich hätte dich besser vorbereiten sollen.«

Abrupt blieb Rebecca stehen.

Wütend funkelte sie ihn an.

»Vorbereiten? Worauf?«

»Auf die Etikette, der ich mich leider als Diplomat unterwerfen muss«, sagte er leise und sah sie bedrückt an.

Langsam verpuffte Rebeccas Ärger.

Bis jetzt hatte sie keine Ahnung von irgendwelchen gesellschaftlichen Vorgaben gehabt und es widerstrebte ihr, sich damit auseinanderzusetzen.

Ich darf sie jetzt nicht verlieren, dachte Jayden.

»Bitte, geh nicht!«, sagte er eindringlich.

Rebecca sah die Verzweiflung in seinen Augen.

Schlagartig wurde ihr bewusst, wie sehr Jayden sie liebte und trat einen Schritt auf ihn zu.

Zart strich sie über seine rechte Wange.

Dann hielt sie ihm ihr rechtes Handgelenk vor die Nase.

»Ich hoffe, dir gefällt wenigstens mein neues Parfum?«, fragte sie versöhnlich.

Erleichterung blitzte in seinen Augen auf.

Der betörende Duft – ihr Mund – ihre Aura vernebelte seinen Verstand. Rebecca hatte die Gabe der subtilen Verführung und Jaydens löchriger Geduldsfaden riss endgültig!

Er legte seine tiefsten Gefühle in den ersten Kuss, der für Rebecca völlig überraschend kam.

Sie schloss ihre Augen und ließ sich auf den Wellen des ersten Zaubers davontragen.

Rebecca fühlte seine Passion, aber da waren noch andere Emotionen. Verlustangst … Verlangen … Verzweiflung …

Der Gedanke, Becky wieder zu verlieren, brachte ihn fast um!

Während Rebecca und Jayden ihren Gefühlen folgten, wurden sie von einer kleinen Menschenmenge beobachtet, die diese ergreifende Szene mit einem heftigen Applaus belohnte.

Verlegen löste sich das Paar voneinander.

Jayden grinste und sagte laut zu seinen Gästen:

»Darf ich vorstellen? Rebecca Winter, die bezauberndste Frau auf der ganzen Welt und meine neue Freundin.«

Neugierig kamen die Leute näher und Rebecca musste unzählige Hände schütteln.

Jane Bristal, Jaydens Sekretärin, war die Erste.

»Hi Rebecca, ich bin Jane. Ich freue mich, dich kennenzulernen«, sagte sie mit einem starken amerikanischen Akzent.

»Hi Jane, ganz meinerseits.«

»Hi, ich bin Laura Cane«, sagte eine robust wirkende Frau, die eine entsetzliche Knoblauchfahne hatte. Jayden hatte Rebecca vor dieser Sekretärin, die für Kitty Webster (Country Attache‹ von DEA) arbeitete, gewarnt.

Laura schwor auf die heilsamen Kräfte der Knolle und man unkte schon, dass sie süchtig war, denn niemand hatte sie je ohne diese Dunstwolke erlebt.

»In amerikanischen Kreisen sagt man nicht einfach ungeschminkt seine Meinung«, hatte Jayden mehrfach erwähnt. Laura wusste nichts über das Getratsche hinter ihrem Rücken und vermutlich würde sie ihre Vorliebe sowieso nicht aufgeben. Sie war ein eigener Typ, hatte »Haare auf den Zähnen« und erinnerte Rebecca an ›Miss Marple‹. Sie mochte die alte Dame und hatte alle Filme mit ihr gesehen.

»Hi Laura, schön dich kennenzulernen.«

»Mein Boss Kitty Webster ist leider krank geworden, ich soll dich aber von ihr grüßen«, fuhr Laura fort und sah sich nach Jayden um.

»Hi Jayden, ich gratuliere – sie ist ein Schatz.

Und was ist das für ein schönes Kleid, bitte?«

Entzückt verdrehte sie die Augen und Rebecca freute sich über das unerwartete Kompliment. Jayden nahm Rebeccas rechte Hand. Formvollendet küsste er ihren zarten Handrücken und ein leichter Schauer jagte über ihren Arm.

»Hi Laura, ich weiß.«

Rebecca hatte ein schlechtes Namensgedächtnis, sie versuchte erst gar nicht, sich alle einzuprägen. Die vielen Eindrücke und Energien von Jaydens Gästen strengten sie an und sie war froh, als die letzte Hand geschüttelt hatte.

»Wo ist dein Vater?«, fragte sie leise.

»Er ist gestern Abend angekommen und hat mit dem Jetlag zu kämpfen. Kommt, lasst uns hineingehen!« forderte Jayden seine Gäste auf.

Wie selbstverständlich nahm er Rebeccas Hand und ging mit ihr in sein Haus. Die Hostess kümmerte sich um die Neuankömmlinge und versorgte alle mit Wunschgetränken.

»Möchtest du mein Haus sehen, Becky?«, fragte Jayden und Rebecca nickte neugierig.

Das Haus hatte eine obere Etage mit zwei riesigen Schlafzimmern und einem hellen Bad. Jaydens Zimmer war sonnendurchflutet, ein Ventilator drehte sich emsig im Kreis.

Die Möbel waren aus edlem Mahagoniholz; ein gemütlicher Schaukelstuhl stand in einer Ecke, mit einem kleinen Beistelltischen, auf dem die Bibel lag.

»Schönes Zimmer«, sagte Rebecca und versuchte, nicht auf das geräumige Bett zu schauen.

»Ja, ich mag es auch sehr«, antwortete Jayden und lauschte.

Aus dem anderen Zimmer, welches von Jaydens Dad bewohnt war, hörte man ein lautes Fluchen:

»Shit, I hate it!«

Verschwörerisch zwinkerte Jayden Rebecca zu.

»Bist du bereit, meinen alten Herrn kennenzulernen?«

»Klar«, antwortete sie mit einem mulmigen Gefühl in der Magengegend.

Jayden klopfte an die Tür.

»Dad, ist alles ok?«

Statt einer Antwort wurde die Tür aufgerissen.

Ein 1,90 m großer Mann stand vor ihnen und schaute grimmig in das Gesicht seines Sohnes.

»Ich hasse Krawatten!«, schleuderte er ihm wütend entgegen und hielt ihm einen dunkelblauen Binder unter die Nase.

Dann entspannte sich seine Mimik.

»Du siehst großartig aus, Jayden.«

»Danke, Dad, du auch.«

Chris umarmte seinen Sohn und klopfte ihm anerkennend auf die Schulter. Dann entdeckte er Rebecca.

Er räusperte sich und schaute in ihr erschrockenes Gesicht.

»Sorry, du musst Rebecca sein?«

Förmlich streckte er seine Hand aus und als sie diese ergriff, fühlte Rebecca seinen Schmerz, den er mit Alkohol zu betäuben versuchte.

Während Jayden seinem Vater half, konnte Rebecca Chris unbemerkt mustern. Sein Haar war kurz und im Militärstil geschnitten. Die grauen Augen strahlten Kühnheit aus und die Narben, die von seinen schweren Verbrennungen stammten, bedeckten fast sein ganzes Gesicht. Zusätzlich hatte er eine tiefe Narbe auf der rechten Wange, die ihm durch einen geistig verwirrten Angreifer bei einem Einsatz verpasst worden war. Chris sah wie ein furchterregender Pirat aus; sein Anblick schüchterte die feinfühlige Rebecca ein.

Vom ersten Moment an wusste sie, dass dieser Mann ihr nicht wohlgesonnen war und sie fror in seiner Gegenwart. Das Herz von Chris war zu Stein geworden und er würde es mit einem großen Paket Selbstmitleid mit ins Grab mitnehmen.

Jayden hatte ihr von dem Schicksalsschlag seines Vaters erzählt – aus Scham, dessen Alkoholsucht aber verschwiegen.

Dennoch hatte sie Mitgefühl mit diesem Mann, sie würde nichts unversucht lassen und ihr inneres Licht an sein erkaltetes Herz anlehnen, um es zu wärmen.

Gemeinsam gingen sie die Treppe hinunter und gesellten sich zu den Gästen, die sich in kleinen Gruppen angeregt unterhielten. Durch das Wohnzimmer kam man auf die wunderschöne Terrasse, die durch einen kleinen Pfad direkt in den Garten führte. Aus dem Esszimmer, welches durch eine weitere Tür mit dem Wohnzimmer verbunden war, drangen wohlriechende Gerüche. Sie stammten von einem kalt/warmen Buffet, das Jane bei einem bekannten Caterer bestellt hatte.

Es schien alle Köstlichkeiten der Welt zu beinhalten und Jayden eröffnete es feierlich.

Während die Gäste sich auf das Buffet stürzten, zog Jayden Rebecca beiseite.

»Möchtest du meine neue Harley sehen?«

»Oh ja!«, rief sie begeistert und folgte ihm.

Stolz öffnete Jayden die Tür von der Garage und zeigte auf einen rot/schwarzen Shopper. Wie ein stolzes Pferd aus Metall stand das Motorrad vor ihnen und wartete darauf, bewegt zu werden.

»Wenn du magst, machen wir bald eine Spritztour.«

Liebevoll strich er über das polierte Lenkrad.

»Ich wollte schon immer wissen, wie es sich anfühlt, auf so einer Maschine mitzufahren.«

Jayden lächelte versonnen.

»Du fühlst dich frei! Es ist das geilste Freiheitsgefühl der Welt und der Wind bläst alle Gedanken aus deinem Gehirn.«

Rebecca lachte laut.

»Das klingt toll.«

»Es gibt nur eins, das noch schöner ist …«

»Das wäre?«, fragte sie keck.

Jayden beantwortete ihre Frage mit einem leidenschaftlichen Kuss. Da waren keine Ängste mehr – es gab nur noch das innige Gefühl der Zusammengehörigkeit zweier Seelen, die das Schicksal zusammengeführt hatte.

DER ERSTE BALL

Rebecca blieb über Nacht bei Jayden.

Gemeinsam ließen sich die Liebenden von den Wellen der Erotik in ein anderes Land tragen. Die Zukunft hatte ein goldenes Tor geöffnet und eine neue Ära begann, als ihre Körper miteinander verschmolzen.

Knapp zwei Wochen war es her, dass sie und Jayden ein Paar geworden waren. Der Charme der ersten Verliebtheit hatte beide voll erwischt und sie genossen ihre Liebe in vollen Zügen.

Im Kaffeehaus waren sie das Gesprächsthema Nummer eins, und Rebecca überstrahlte alle. Leider gönnten die Kolleginnen ihr das Glück nicht, das konnte sie fühlen und es stimmte sie traurig. Besonders Mady ließ sie das spüren, indem sie Rebecca einfach ignorierte.

Als die beiden allein in der Umkleidekabine waren, durchbrach Mady ihr eisiges Schweigen, stemmte ihre Hände in die Hüften und baute sich vor Rebecca auf.

»Wie hast du das gemacht?«, wollte sie wissen.

»Was gemacht, was meinst du?«, fragte Rebecca nervös.

»Jayden geangelt!«, presste Mady hervor und die Missgunst sprang wie ein schwarzer Panther aus ihren Augen.

»Ich bin weder eine Anglerin noch eine Jägerin, Mady. Ich bin einfach ich.«

Dann drehte sie sich um und ließ ihre Kollegin stehen.

»Warum sind Menschen so missgünstig?«, fragte sie ihre Freundin Susanne kopfschüttelnd.

»Tja, Liebes, das kann ich dir auch nicht beantworten. Vielleicht schafft es Herr von Goethe mit seinem Zitat: *Der Elende ist dem Glücklichen zur Last und ach, der Glückliche dem Elenden noch viel mehr!*«

»Du meinst, weil man selber nicht glücklich ist, gönnt man anderen nicht ihr Glück?«

»Ja, das scheint eine traurige Realität zu sein.«

»Aber wir beide sind doch nicht so?«

»Nein. Das hat mit dem Bewusstsein der Seele zu tun und du hast eh ein goldenes Herz. Was du berührst, erstrahlt in Liebe, Becky. Ignoriere die Weiber einfach und genieße eure Zeit!«

Kurz darauf lud Jayden Rebecca zum jährlichen ›Marines-Ball‹ ein. Das große Ereignis sollte im exklusiven »Hotel Maritim« unter den Linden stattfinden; der Gedanke an ihren ersten Ballbesuch versetzte Rebecca in Aufregung!

Dort wurden die rekrutierten jungen Männer nach einer feierlichen Zeremonie offiziell zu Marines ernannt und verwandelten anschließend den steifen Raum in einen fröhlichen Tanzsaal.

»Die jungen Leute lassen da wirklich die Sau raus«, sagte Jayden lachend.

»Wir werden nicht bis zum Schluss bleiben, sonst stolperst du nur über Schnapsleichen.«

Rebecca runzelte die Stirn und hatte die stumme Frage im Kopf, welches Kleid sie tragen sollte?

Sie kannte Jaydens Anspruch. Abendkleider – insbesondere lange Kleider, waren teuer.

Jayden erriet ihren Gedanken und sagte:

»Ich habe schon ein Ballkleid für dich, Prinzessin.«

Verliebt drehte sich Rebecca einmal im Kreis herum. Zart streichelte das bodenlange, pastellgrüne Seidenkleid ihre Haut.

Glücklich strahlten ihre Augen dem Spiegelbild entgegen, indem sie eine junge Frau entdeckte, die ihr noch etwas fremd war. Ihr Leben kam ihr wie ein wahr gewordener Traum vor, alles um sie herum strahlte im hellen Licht der Liebe.

»Gefällt es dir?«, fragte Jayden sanft.

»Gefallen? Machst du Witze? Es ist ein Traum! Es muss ein Vermögen gekostet haben.«

Unsicher blickte Rebecca Jayden an.

»Das spielt keine Rolle. Dein Anblick verzaubert mich, das ist es mir wert, Darling.«

Rebecca schickte ihr schlechtes Gewissen fort und versuchte, ihre weibliche Seite zu genießen.

Lange Zeit war sie ein Single gewesen und das Annehmen von Geschenken oder Komplimenten fiel ihr schwer. Für sie war es einfacher, die männliche Seite des Gebens zu leben.

Ich darf mich von Jayden verwöhnen lassen, dachte sie energisch, stellte sich auf ihre Zehenspitzen und gab Jayden einen Kuss.

»Danke.«

Rebeccas weiße Seidenpumps standen im Flur, die sie in einem exklusiven Second-Hand-Laden gekauft hatte. Sie waren von Christian Dior und selbst im gebrauchten Zustand noch sündhaft teuer. Rebecca schlüpfte hinein. Sie waren jeden Cent wert! Jayden, der in seinem schwarzen

Smoking wie ein junger Gott aussah, warf ihr einen viel-sagenden Blick zu.

»You are beautyful, Darling!«

Der Andrang vor dem Eingang des Maritim Hotels war groß. Die Rekruten kamen mit ihren Freundinnen und Rebecca konnte sich an den vielen schönen Ballkleidern der Damen kaum sattsehen. Frische, junge Farben, statt elegantem Schwarz, waren vorrangig vertreten und Rebeccas Kleid passte perfekt in diese Gesellschaft. Stolz trugen die jungen Männer ihre prächtigen Uniformen. In wenigen Stunden würden sie offiziell zu einer besonderen Eliteeinheit gehören: Den United States Marine Corps (USMC).

Die Marines galten als die besten und härtesten Kämpfer überhaupt und ihre 13-wöchige Ausbildung ist besonders hart.

Der Ballsaal war pompös hergerichtet worden – der berühmte, amerikanische Patriotismus sprang aus jeder Ecke hervor.

Auf einer Empore stand ein geschmücktes Rednerpult, davor war ein blankpoliertes Tanzparkett. Auf den perfekt eingedeckten Tischen standen Namensschilder und Jayden steuerte mit Rebecca die Nr. 13 an.

Königliche Rosenbouquets strahlten ihren Zauber aus; hier war an nichts gespart worden!

Jayden begrüßte einige Marines und stellte Rebecca vor.

»David, Cole, Random …«, die Namen überfluteten sie und Rebecca war froh, als die Begrüßungszeremonie durch den amerikanischen Botschafter unterbrochen wurde.

»Good Evening, Ladies and Gentlemen«, begann er und im Saal wurde es augenblicklich still.

Alle Augen richteten sich auf ihn und lauschten respektvoll seiner feierlichen Eröffnungsrede.

Danach standen alle Gäste auf, legten ihre rechte Hand auf das Herz und begannen feierlich die amerikanische Hymne zu singen. Zögerlich sang Rebecca leise mit.

Sie war keine Amerikanerin, kannte den Text nicht so gut und sie wollte nicht heucheln. Daher legte sie nicht ihre Hand auf ihre Brust. Verstohlen sah sie zu Jayden hinüber und musterte sein gut geschnittenes Profil. Er hatte seine Augen geschlossen und seine tiefe, männliche Stimme schmetterte inbrünstig: »O! say can you see by the dawns …«

Jayden war durch und durch ein Patriot und Rebecca wusste, dass er bereit war, für sein Land zu sterben.

Ergriffen blieben alle noch einen Moment lang stehen, nachdem die letzte Zeile verklungen war. Tosender Applaus ertönte und die jungen Marines versammelten sich vor dem Rednerpult des Botschafters. Jeder musste einzeln hervortreten und wurde mit einem Diplom und einem Abzeichen ausgezeichnet. Diese Zeremonie dauerte ewig, denn es waren bestimmt fast hundert Rekruten. Mit gemischten Gefühlen verfolgte Rebecca diese Prozedur. Grundsätzlich war sie gegen jede Form von Gewalt und dachte schaudernd an das Schicksal dieser jungen Männer. Einige würden nicht von ihren gefährlichen Einsätzen zurückkehren und das stimmte sie traurig.

»Hey Darling, ist alles ok?«, fragte Jayden leise.

»Ja, alles gut«, antwortete Rebecca und zwang sich zu einem Lächeln. »Ich muss mal auf die Toilette.«

»Hast du die Bitch gesehen, die mit Jayden West gekommen ist?«

»Ja, eine deutsche Kellnerin. Hübsch ist sie ja.«

»Ich frage mich, wie sie es geschafft hat, diesen Eisblock zu catchen?«

Aus Rebeccas Kabine drang das uncharmante Geräusch des Spülkastens.

»Hat sie schon einen Ring am Finger?«

»Nein, hat sie noch nicht«, beantwortete Rebecca die Frage. Unbemerkt hatte sie die Tür geöffnet und stand vor den beiden jungen Frauen. Die Mädels waren höchstens Mitte zwanzig und Rebecca erinnerte sich flüchtig an die beiden. Sie gehörten zu zwei Marines, die Jayden ihr kurz vorgestellt hatte.

Seelenruhig wusch sie sich die Hände und sagte:

»Übrigens: Jayden steht nicht auf stark geschminkte Chicks!«

Nach der Zeremonie ging die Schlacht um das Buffet los. Spicey mexikanisches Essen mit mediterranen Genüssen wurden auf die Teller der hungrigen Gäste drapiert und landeten kurz darauf in deren Mägen. Als Pescetarierin mochte Rebecca zwar Fisch, aber kein Fleisch und das mexikanische Essen war viel zu scharf für ihre Geschmacksnerven.

Jayden konnte sich an Rebecca nicht satt sehen. Für ihn war sie die schönste Frau im Saal. Stolz ging er mit ihr auf die Tanzfläche und tanzte ausgelassen mit seiner Traumfrau. Rebecca wirbelte mit ihrem Kleid um Jayden herum und vergaß ihren Ärger über die respektlosen Bemerkungen der jungen Frauen. Sie lachte und es sah aus, als ob sie über den

Boden schwebte; grazil bewegte sie sich zu der Musik von George Bensons Lied: »Kisses in the moonlight.«

Stunden vergingen und die jungen Marines verfielen in einen tiefen Seegang, der abstoßend auf Rebecca wirkte.

Noch schlimmer waren die jungen Mädels, die laut kreischten und ihre entglittenen Gesichtszüge sprachen Bände.

Jayden ließ Rebecca nicht aus den Augen.

Als er dennoch kurz in Richtung Toilette verschwand, nutzte ein Rekrut diesen Moment und stand vor Rebecca.

»Hi Lovely, would you like to dance with me?«, lallte er und versuchte, Rebecca an sich zu ziehen. Sein stark alkoholisierter Atem ließ Übelkeit in ihr aufsteigen.

»No, sorry.«

Rebecca drehte sich von ihm weg. Der junge Mann ließ sich nicht beirren. Der Alkohol hatte seinen Verstand vernebelt; erneut versuchte er, die sich sträubende Rebecca auf die Tanzfläche zu ziehen.

Plötzlich stand Jayden vor ihnen!

»The Lady said ›no‹«, sagte er wütend und verpasste dem Betrunkenen einen Stoß, dass dieser der Länge nach hinfiel. Rebecca fühlte Jaydens Wut und erschrak.

Er war wie Dynamit und stand kurz vor der Explosion!

Eifersuchtsgefühle spiegelten sich in seinen wutverzerrten Augen und beunruhigten Rebecca. Jayden kam ihr wie ein wildes Tier vor und sie musste eingreifen, um den jungen Mann vor größerem Schaden zu bewahren.

»Jayden, bitte lass uns gehen!«, bat sie eindringlich.

Ohne es zu wollen, hatte Jayden seine größte Schwäche gezeigt: Er war besitzergreifend.

JAYDENS ÜBERRASCHUNG

S weatheart, hilfst du mir bitte mit dem Baum?«, fragte Jayden verzweifelt und hängte sich die verknotete Lichterkette um seinen Hals.

»Natürlich«, antwortete Rebecca amüsiert und begann die Kette zu entwirren, damit sie um die zwei Meter hohe Blautanne drapiert werden konnte.

Es war Anfang Dezember und Jayden hatte darauf bestanden, den Christbaum zu kaufen, um ihn mit Rebecca zu schmücken.

»Es ist doch viel zu früh dafür, er wird Weihnachten alle Nadeln verloren haben«, äußerte Rebecca ihre Bedenken.

»Bei uns wird der Baum immer so früh gekauft und am 26.12. weggeworfen.«

Die amerikanischen Gepflogenheiten unterschieden sich zum Teil sehr von den deutschen – das hatte Rebecca im Laufe der letzten Monate immer wieder feststellen müssen.

»Sprich nie über politische, religiöse oder soziale Themen!«, hatte Jayden ihr eingeschärft.

»Ehrlich gesagt, verstehe ich das nicht! Ihr Amerikaner seid doch für eure Offenheit bekannt? Für euch ist es in Ordnung über das Jahresgehalt zu sprechen, das für uns Deutsche ein echtes Tabuthema ist, aber bei wichtigen Themen bleibt ihr stumm.«

Verständnislos schüttelte Rebecca den Kopf.

»Das Jahresgehalt ist doch ein wichtiges Thema, Sweety.«

Rebecca seufzte. Jaydens Sichtweise war für sie oft nicht nachvollziehbar. Ihre Welt war magisch – es gab Dinge zwischen Himmel und Erde, die sich mit dem rationalen Verstand nicht erklären ließen. Rebecca konnte sich über den Anblick einer schönen Blume freuen; Jaydens Welt war schwarz oder weiß und materiell geprägt. Sie ahnte, dass er sie als seinen »Besitz« ansah und diese Denkweise gefiel ihr ganz und gar nicht. Rebecca dachte an Kitty Websters Party zurück …

Zwei Wochen nach dem Ball waren sie zum 55. Geburtstag von Kitty Webster (Country Attache‹ DEA) eingeladen worden.

Rebecca erkannte einige freundliche Gesichter von Jaydens Party wieder. Besonders Jaydens Sekretärin Jane Bristol und Laura Cave, die rechte Hand von Kitty Webster, hatte sie bereits in ihr Herz geschlossen. Sie gesellte sich zu den Damen und begann mit Laura ein Gespräch über Gott und die Welt, denn sie war die Einzige, die sich über den Tellerrand des Small-Talk-Parketts hinauswagte.

Rebecca staunte über das zweistöckige Haus, in dem nur das Ehepaar Webster mit ihrem kleinen Westi George lebte.

Die Ehe war kinderlos geblieben: Bills Welt war Kitty und Kittys Welt war Bill. Die Party plätschert vor sich hin.

Plötzlich zogen Laura und Jane ein paar Gegenstände aus ihren Taschen hervor und Laura flüsterte Rebecca ins Ohr:

»So, jetzt wollen wir mal etwas Leben in die Bude bringen!«

Jeder bekam eine Pappmaske und musste sie aufsetzen. Binnen weniger Minuten füllte sich der Raum mit Stars wie Humphrey Bogart, Marilyn Monroe, Burt Lancaster und Elisabeth Taylor. Schallendes Gelächter schüttelte die Gäste, bis ihnen die Tränen liefen. Rebecca hatte sich in Audrey Hepburn verwandelt und Jayden in Captain Jack Sparrow.

Diesen Vorteil der Ablenkung nutzte Bill Webster für sich.

Jetzt war der richtige Zeitpunkt für den Höhepunkt der Party gekommen und niemand bemerkte sein Verschwinden …

Ungeduldig stand Bill vor dem Haus und schaute auf die Uhr. Es war kurz vor 17 Uhr, als ein nagelneues Mercedes-Cabrio um die Ecke bog. Der Wagen war schneeweiß, mit eleganten, roten Ledersitzen.

Das Auffälligste war die überdimensionale, rote Schleife, die komplett um den Sportflitzer geschlungen war.

Das Schmuckstück hielt vor Bill, ein junger Mann stieg aus. »Hallo, sind Sie, Mr. Webster?«

Ungeduldig nickte Bill und nahm den Schlüssel und die Fahrzeugpapiere entgegen, nachdem er den Verkäufer durch seinen Ausweis von seiner Identität überzeugt hatte.

Auf diesen Moment hatte Bill lange hingearbeitet. Kitty und er waren seit 30 Jahren glücklich miteinander verheiratet und durch dieses großzügige Geschenk wollte er der Liebe seines Lebens eine besondere Freude machen.

Andächtig streichelte er den Kotflügel, dabei stellte er sich das Gesicht von Kitty vor und eine Glückswelle überflutete sein Herz.

Aufgeregt lief Bill zu den Gästen zurück, erhob sein Glas und bat um Ruhe. Dann sah er Kitty an und sagte: »Du bist das Beste, das mir in meinem Leben passiert ist, Kitty Webster – I love you!«

Kitty strahlte über das ganze Gesicht, als er ihr einen innigen Kuss auf den Mund gab. Dann flüsterte Bill ihr etwas ins Ohr und ihre Augen bekamen einen neugierigen Ausdruck.

»Let‹s go, friends!«, forderte Bill seine Gäste auf, alle setzten sich in Bewegung und folgten dem Paar.

Als Kitty den Luxusschlitten sah, stieß sie einen spitzen Schrei aus. Glücklich überreichte Bill ihr den Schlüssel, den Kitty fassungslos anstarrte. Ihre Freudentränen wurden durch einen riesigen Applaus der Gäste untermalt.

Nachdem sie sich wieder gefangen hatte, fiel sie ihrem Mann um den Hals, bedankte sich überschwänglich und sprang in das Auto. Kitty sah wie ein Teenager aus, drehte das Radio laut, hupte ein paar Mal und gab Gas.

Genau von diesem Wagen hatte sie geträumt und niemand hätte Kitty in diesem Moment von ihrer Spritztour abhalten können.

Von allen Seiten wurde Bill anerkennend auf die Schulter geklopft.

»Congratulations, perfect idea!«

»Great Bill!«

Rebecca sagte nichts dazu. Sie freute sich zwar für Kitty, aber sie fand das ganze Szenario doch übertrieben.

Nur schwer fand sie sich auf dem diplomatischen Parkett zurecht und sie zweifelte daran, dass es jemals ihre Welt sein würde.

Jaydens Frage holte sie in die Gegenwart zurück.

»Gib zu, das ist der prächtigste Baum, den du je gesehen hast?«

Anerkennend trat er einen Schritt zurück, um ihn zu begutachten.

»Er ist fantastisch. Vielleicht etwas viel Lametta für meinen Geschmack«, kicherte sie.

Jayden schnappte sich seine Freundin und begann, sie abzukitzeln.

»Was hast du gesagt? Zu viel Lametta?«, schnaubte er empört und verstärkte seine Bemühungen, Rebecca zum Lachen zu bringen. Er liebte ihr Lachen und es machte ihn glücklich, sobald er es hörte.

Es war der 24. Dezember 2012 und Jaydens Dad Chris saß im Flieger, der Truthahn lag mit geheimnisvollen Zutaten im Backofen und die Geschenke waren ordentlich unter dem prächtigen Baum verteilt. Dave und Cole, Jaydens Söhne, wollten ihre Mom nicht allein lassen und sagten die Einladung ihrers Vaters ab. Jaydens Ex-Frau Vivien war zum zweiten Mal geschieden und ihr Gemütszustand war besorgniserregend. Jayden hatte versucht, sie zu einer Therapie zu bewegen – leider erfolglos. Zähneknirschend musste er die Entscheidung seiner Jungs hinnehmen, was ihm gar nicht gefiel.

Jayden wusste, dass der heutige Tag für Rebecca wichtig war – für ihn als Amerikaner war es der 25. Dezember.

»Wir feiern einfach an beiden Tagen, Sweety.«

Jayden wollte Rebecca einen Antrag machen und obwohl er wusste, dass sie ihn liebte, war er sich nicht sicher, ob sie »Ja« sagen würde. Rebecca war ein Freigeist und in vielerlei Hinsicht so ganz anders als er. Selbst ihre Kulturen schienen sie eher zu trennen als zu vereinen. Aber da war eine starke Verbindung zwischen ihren Herzen und auf dieses Band der Liebe setzte Jayden seine ganze Hoffnung …

Plötzlich klingelte es an der Tür.

»Nanu, wer kann denn das sein?«, fragte Jayden verwundert und Rebecca sah ihm an der Nasenspitze an, dass er wusste, wer da läutete. Neugierig öffnete sie die Tür.

»Überraschung!«, rief Susanne und umarmte die überrumpelte Freundin.

»Susi«, rief Rebecca und strahlte über das ganze Gesicht.

Neben Susanne stand ihr Mann Dr. Peter Heesen und wartete geduldig ab, bis seine Frau sich von Rebecca gelöst hatte.

»Hallo Peter«, begrüßte Rebecca ihn und umarmte Peter. Die Begrüßung fiel kurz aus – sie mochte ihn nicht besonders und das beruhte auf Gegenseitigkeit. Rebecca hielt ihn für einen Snob, was er auch war, und Peters Snobismus duldete keine Freundschaft mit einer Kellnerin, die durch ihre Berufswahl unter seinem Niveau war. Natürlich war Susanne der Grund für diese friedliche Koexistenz …

»Ich habe einfach in der Botschaft angerufen und Jayden verlangt«, kicherte Susanne.

»Und er war so freundlich und hat Peter und mich für heute eingeladen, ist das nicht großartig?«

Rebecca gab Jayden einen Kuss.

»Eine größere Freude hättest du mir nicht machen können.«

Warte ab, bis du dein Weihnachtsgeschenk siehst, dachte Jayden und antwortete: »Das dachte ich mir schon.«

»Wow, Jayden, das ist ja ein tolles Haus.«

Staunend sah sich Susanne um, Rebecca hakte sich bei ihr unter und zog sie fort.

»Komm, ich zeige es dir!«

»Dein Jayden scheint ein toller Kerl zu sein«, schwärmte Susanne.

»Das ist er – wir sind sehr glücklich miteinander.«

»Das sieht man dir an, du siehst fantastisch aus, Becky.«

Es tat Rebecca gut, diese wohlwollende Seele an ihrer Seite zu haben. »Danke Susi.«

Während sich die Freundinnen in der oberen Etage aufhielten, setzten sich die Männer in das Wohnzimmer an den Kamin und begannen sich intellektuell abzutasten.

Neben Jayden wirkte Peter wie eine graue Maus.

Er war 46 Jahre alt, hatte eine Glatze und hellgraue Augen, die Jayden hinter einer schwarzen Designerbrille unverhohlen musterten. Seine 1,85 cm steckten in einem schlecht sitzenden, grauen Anzug und er öffnete das Jackett, damit es nicht so sehr um seinen Bauch spannte.

Peter war mit seinem Job verheiratet und hatte keine Zeit für Sport oder gesellschaftliche Ereignisse. Susi hatte versucht, ihn zu einem Weihnachtseinkauf zu bewegen, doch ein Notruf hatte ihren Plan über den Haufen geworfen.

Viel zu lange bestand ihre Ehe nur noch auf dem Papier und Susi fühlte sich schuldig, da sie Peter bisher kein Kind schenken konnte.

JAYDENS ANTRAG

Was ist los, Susi?«, fragte Rebecca.

Susanne, die sich die ganze Zeit zusammengerissen hatte, sackte in sich zusammen.

Es war zwecklos, Rebecca etwas vorzumachen.

»Es ist wegen Peter. Du weißt, wie lange wir schon versuchen, ein Kind zu bekommen? Ich habe die Hoffnung aufgegeben und mich nach einer Adoption erkundigt. Mein 40. ist nicht mehr weit entfernt und wir würden auf eine Warteliste kommen, da es viele Paare gibt, die ein Baby adoptieren möchten.«

Hörbar schnappte Susanne nach Luft.

»Es ist ja auch nicht gesagt, dass es sofort klappt. Peter möchte aber keine Adoption«, stieß sich hervor und begann zu weinen.

Rebeccas Herz zog sich schmerzhaft zusammen und sie nahm Susi tröstend in den Arm.

»Warum möchte er kein Kind adoptieren?«

»Ich weiß es nicht«, schluchzte Susanne verzweifelt.

»Er sagt mir einfach nicht den Grund. Manchmal denke ich, dass er eine andere hat!«

Susanne hatte Rebeccas Gedanke ausgesprochen, der sich wie ein Lauffeuer in ihrem Kopf ausbreitete.

Sie wusste, dass Peter und Susi einen sogenannten *Seelenvertrag* miteinander hatten.

Dieser Vertrag wird vor der Wiedergeburt zwischen den Seelen vereinbart, weil das Paar bestimmte Erfahrungen miteinander erfahren möchte. So können sich ihre Seelen weiterentwickeln; Peter war ein Lernpartner für ihre Freundin.

Sobald der Seelenplan erfüllt ist, trennen sich die Paare wieder. Rebecca ahnte, dass die beiden kurz vor der Trennung standen, ihr war aber auch klar, dass diese schmerzhafte Wahrheit Susanne jetzt nicht helfen würde.

»Warum denkst du, dass er eine andere hat?«

»Er arbeitet nur noch. Wenn ich ihn anrufe, ist sein Handy fast immer ausgeschaltet. Es fühlt sich alles so … tot an mit ihm – er muss eine andere Frau haben! Eine Jüngere, die ihm ein Kind schenken kann.«

Rebecca schwieg betroffen.

Susannes größte Angst überflutete sie wie ein Tsunami.

»Streitet er alles ab?«

»Natürlich«, schniefte Susanne.

»Was willst du jetzt tun?«

»Ich weiß es nicht.«

Jaydens Stimme ertönte von unten:

»Hey Ladys, wo bleibt ihr denn?«

»Wir kommen gleich«, rief Rebecca betont fröhlich.

Dann zog sie Susanne ins Bad, damit diese ihr verlaufenes Make-up wieder in Ordnung bringen konnte.

»Wir sprechen noch darüber, Susi.«

»Ja«, antwortete Susanne tonlos und zwang sich zu einem Lächeln.

»Jetzt lass uns Weihnachten feiern, ich habe einen Mordshunger!«

Gemeinsam betraten sie die Küche, aus der es himmlisch nach Weihnachtsplätzchen und Truthahn roch.

Während die Freundinnen den Tisch festlich eindeckten, schenkte Jayden allen ein Glas Rotwein ein.

»Herzlich willkommen! Rebeccas Freunde sind auch meine Freunde.«

Fröhlich erhoben alle ihre Gläser und keiner der Männer ahnte etwas von der dramatischen Szene, welche sich Minuten zuvor abgespielt hatte …

Beim Anblick des knusprigen Truthahns lief allen das Wasser im Munde zusammen. Rebecca, die sich vegetarisch ernährte, machte eine Ausnahme und aß etwas von dem zarten Fleisch.

Die Brotfüllung mit Cranberrys, Äpfeln, Zwiebeln und Speck schmeckte vorzüglich, genauso wie der Kartoffelbrei, den Jayden gemacht hatte.

Während Peter mit Jayden über eine neue Operationsmethode sprach, half Susanne ihrer Freundin bei dem Dessert.

Es gab Salted Caramel Pudding, Jaydens Lieblingsdessert.

»Oh my God, Darling, kannst du zaubern?«, fragte Jayden und verdrehte verzückt die Augen, als er den ersten Löffel in seinen Mund schob. Seine Anspannung wuchs und er konnte etwas Nervennahrung gebrauchen. Der Zeitpunkt, den er sich so lange herbeigesehnt hatte, stand unmittelbar bevor.

Innerhalb der nächsten zwei Stunden würde sich sein Schicksal entscheiden und er verdrängte die Möglichkeit, dass Rebecca seinen Antrag ablehnen könnte.

Nervös sah er auf die Uhr.

17 Uhr – gleich würde die Bescherung beginnen.

Jayden entschuldigte sich und sprintete nach oben in das Gästezimmer. Er öffnete die obere Schublade seines Sekretärs, nahm eine kleine Schmuckschachtel heraus und steckte sie in seine Hosentasche.

Dann lief er wieder hinunter und sagte gutgelaunt: »Ich hole uns den Champagner.«

Leise verließ er das Haus und öffnete die Garage.

Betörender Rosenduft schlug Jayden entgegen, als er den kleinen Raum betrat. Dort lag ein riesiges Herz aus 200 roten Baccararosen und wartete darauf, aus dem kalten und dunklen Raum befreit zu werden.

Vorsichtig hievte Jayden das wunderschöne Arrangement hoch und verschwand damit in der Küche.

»Der Champagner ist gleich fertig«, rief er in Richtung Wohnzimmer.

Das war Susis Stichwort!

»Komm, Becky, ich muss dich noch etwas fragen! Unter vier Augen«, fügte sie augenzwinkernd hinzu.

Jayden hatte das Ehepaar eingeweiht und er hielt es für eine brillante Idee, Rebecca im Beisein ihrer besten Freundin einen Antrag zu machen. Das dies eine manipulative Handlung war, störte ihn nicht. Jayden hatte nur ein Ziel vor Augen und das hieß: »Mrs. Rebecca West.«

Zeitgleich begann Rebeccas Topasanhänger zu glühen und ihr Herz schien stehenzubleiben.

Sie ahnte, dass etwas »im Busch« war und folgte ihrer Freundin nach oben in das Gästeschlafzimmer.

»Ich soll dich hier festhalten und darf nichts verraten!«, platzte es aus Susanne heraus.

Sie war etwas durcheinander und ihr fiel in dem Moment einfach nichts Besseres ein.

Dann hörten sie einen Korken knallen und warteten gespannt, bis Jayden rief: »Ihr könnt kommen!«

Schon von oben sahen sie sofort das riesige Rosenherz, das neben dem Weihnachtsbaum stand.

Daneben stand ein nervöser Jayden, der vor Aufregung kaum atmen konnte. Wie hypnotisiert bewegte sich Rebecca auf ihn zu und sah in seinen Augen die stumme Frage, die sie nicht so schnell beantworten konnte.

Jayden griff nach ihrer Hand, kniete vor ihr nieder und stellte die Frage aller Fragen: »Möchtest du mich heiraten, Rebecca Winter?«

Dann zog er mit seiner linken Hand die Schmuckschachtel hervor, die ihren atemberaubenden Inhalt in Form eines lupenreinen Vierkaräters preisgab.

»Ich wusste vom ersten Moment an, dass du die Richtige für mich bist.«

Rebecca starrte erst Jayden und dann den Ring an.

»Er ist wunderschön.«

Nie zuvor hatte sie so einen Verlobungsring gesehen und die Verlockung, ihn auf den Finger zu stecken, war groß.

Dennoch zögerte sie. Alle Augen lagen auf ihr und sie fühlte sich unter Druck gesetzt.

»Ich weiß es nicht, das kommt so schnell, bitte gib mir etwas Bedenkzeit, ja?«

Enttäuscht ließ Jayden ihre Hand los und stand auf.

»Wenn du noch Zeit brauchst …«, murmelte er kühl und ließ den Ring wieder in seiner Hosentasche verschwinden.

»Ich liebe dich«, sagte Rebecca und es war das erste Mal, dass dieser Satz über ihre Lippen kam.

»Ich liebe dich auch, Rebecca.«

Er beugte sich hinunter und küsste sie innig. Rebeccas Kopf überschlug sich und schrie sie an: *Spinnst du? Sag gefälligst ja!*

Ihr Herz war anderer Meinung: *Schlafe eine Nacht darüber!*

Rebecca sah zu Susanne und Peter hinüber, die sie betreten anstarrten. Immer noch hielten sie ihre Champagnergläser in den Händen, bereit, auf das Brautpaar anzustoßen.

Rebecca lächelte schwach.

»Leute, schaut nicht so bedrückt rein. Es ist Weihnachten.

Lasst uns feiern!«

Der Abend schleppte sich dahin.

Die Stimmung war wie weggeblasen und Jayden konnte seine Enttäuschung kaum verbergen.

Eine Stunde nach der Bescherung brachen Susi und Peter wieder auf.

»Ihr habt euch bestimmt noch einiges zu sagen«, flüsterte sie bedeutungsvoll in Rebeccas Ohr und umarmte sie herzlich.

In dieser Nacht lag Rebecca lange neben Jayden wach und dachte über seine Frage nach. Sie wusste nicht, warum sie seinen Antrag nicht angenommen hatte und als sie nach dem Topas griff, um mit ihrer Mutter in Kontakt zu treten, schwieg diese beharrlich.

Irgendwann schlief sie ein und träumte von einem anderen Mann. Er hatte dunkelbraune Augen, die sie sanft anschauten, braune kurze Haare mit Silbersträhnen, war ca. 1,80 cm und jünger als Jayden. Sie saßen in einer Karussellkutsche, die sich langsam in Bewegung setzte. Der geheimnisvolle Mann lächelte und entblößte makellose, weiße Zähne. Rebecca hatte keine Angst, als sich die Kutsche immer schneller drehte.

Sie griff nach der Hand des Mannes und beide lachten überglücklich.

Dann wachte sie auf.

Wer bist du?, dachte sie verwirrt.

Dieser Mann schlich sich immer wieder in ihre Träume und er existierte. Rebeccas Seele wusste genau, warum sie Jaydens Antrag nicht zugestimmt hatte …

Jayden war beim Frühstück ziemlich wortkarg und Rebecca fühlte sich schuldig. Ihr Zögern und der Traum bescherten ihr ein schlechtes Gewissen.

Jayden hatte sich nur schlafend gestellt – in Wahrheit hatte er kein Auge zugemacht.

Sein Stolz war verletzt und er hatte versucht, den Grund für Rebeccas Zögern ausfindig zu machen.

Er fand keinen und er entschloss sich zu einem taktischen Zug, den er während seiner Zeit als Diplomat in Krisensituationen als letzten Joker ausspielte: Er trat einen Schritt zurück.

»Ich denke, es wird besser sein, wenn wir uns eine Weile nicht sehen, Becky.«

Noch während er sprach, legte sich eine dunkle Wolke um sein Herz und er bemühte sich, sein Pokerface aufzusetzen.

Erschrocken sah Rebecca ihn an.

Ihre Gedanken wirbelten durcheinander!

Natürlich wollte sie Jayden nicht verlieren.

Seine Miene war undurchdringbar und sie fühlte, dass jetzt nur ein »Ja« die Situation ändern könnte und dazu war sie noch nicht bereit.

»Wenn du meinst, Jayden«, antwortete sie traurig.

Tränen stiegen in ihr hoch.

»Vielleicht ist diese Auszeit gut für uns, Rebecca.«

Kühl schaute er die Frau an, die alles für ihn bedeutete und seine innere Welt glich einem Scherbenhaufen.

»Vielleicht hast du recht.«

Rebecca versuchte, ihre Traurigkeit zu verdrängen und stand auf, um ihre Sachen zu holen.

»Kannst du mir bitte ein Taxi rufen?«

»Natürlich. Ich hätte dich gern gefahren, aber Chris wird in zwei Stunden landen und ich muss ihn vom Flughafen abholen.«

»Ich weiß.«

Während Jayden einen Wagen für Rebecca bestellte, kämpfte sie mit den Tränen. Sie liebte Jayden und wollte ihn nicht verletzen, aber dafür war es jetzt zu spät. Ihre Angst, ihn zu verlieren, nagte an ihrem kleinen Herzen und sie scheuchte sie immer wieder fort. Rebecca wollte Jayden zum Abschied einen Kuss auf den Mund geben, aber er drehte sich weg, sodass sie nur seine Wange traf. Als sie in das Taxi stieg, brach der Damm und sie weinte hemmungslos vor sich hin. Der Taxifahrer warf hin und wieder einen mitleidigen Blick in den Rückspiegel und schwieg. Er hatte schon einige unglückliche Frauen mit seinem Wagen befördert, aber diese hier war die Unglücklichste von allen.

DER SCHWUR

Die Tage schleppten sich dahin.

Rebecca versuchte, sich mit der Arbeit abzulenken und übernahm zusätzlich den Samstagsdienst.

Selbst am Silvestertag arbeitete sie bis 18 Uhr und es graute ihr vor dem Abend. Natürlich hatte Susanne sie eingeladen – Rebecca war nicht nach Feiern zumute und hatte dankend abgelehnt.

Vor Jaydens Antrag hatte sie sich immer auf ihr Wochenende gefreut. Nun war alles anders. Von ihrer Kollegin Carola erfuhr sie, dass Jayden am Sonntag mit seinem Dad da gewesen war – Rebeccas freiem Tag.

»Er sieht elend aus, Becky«, hörte sie und es machte Rebecca noch trauriger. Die Situation wurde durch die subtile Schadenfreude einiger Kolleginnen noch unerträglicher.

Tapfer ignorierte sie die Anspielungen.

Selbst Susanne verstand ihre Freundin nicht.

»Er sieht höllisch gut aus, vergöttert dich und ist ein Diplomat. Himmel Becky, auf wen willst du warten – Kevin Costner?«

Rebecca lächelte schwach.

»Kevin wäre eine gute Wahl.«

»Du musst realistisch sein, du wirst auch nicht jünger und ich bin sicher, dass es keine bessere Partie für dich gibt, Rebecca.«

»Doch, die gibt es.«

»Du denkst an deinen Kugelmenschen?«

»Ja, ich habe Weihnachten wieder von ihm geträumt.«

»Und wenn er nur in deinen Träumen existiert? Wie lange willst du warten?«

Verzweifelt verdrehte Susanne ihre Augen.

»Wenn du eine alte Jungfer bist, dann will er dich auch nicht mehr!«

»Doch, er will mich, egal, wie alt ich bin. Wenn wir uns das erste Mal begegnen, uns in die Augen schauen, werden sich unsere Seelen wiedererkennen. Es geht nicht um meine äußere Hülle, sondern um meine Seele – die liebt er.«

Zweifelnd sah Susanne ihre Freundin an.

Rebeccas spiritueller Geist überstieg ihr Vorstellungsvermögen. Sie war offen für Spiritualität, aber noch weit von Rebeccas Wissensstand entfernt. Susanne seufzte leise.

Es war zwecklos.

Rebecca folgte immer ihrer Seele, egal, was andere Menschen sagten. Sie vertraute sich und *der geistigen Welt,* wie sie sie nannte, zu hundert Prozent und das war eine ihrer größten Stärken. Dennoch war da noch die Botschaft von ihrer Mom, die sie verwirrte.

›*Dieser Mann wird dich zu deiner wahren Liebe führen!*‹

Susanne griff zu einer List.

»Erinnere dich an die Botschaft von deiner Mutter!«

»Ja, die spukt noch in meinem Kopf umher.«

»Deine Mom will auch nur das Beste für dich, Becky«, fuhr Susanne eifrig fort.

»Ich weiß, Susi. Aber ich allein weiß, was gut ist für mich – nicht einmal meine Mutter kann das wissen.«

Rebecca griff nach ihrem Anhänger, der sie wie eine warme Decke umhüllte.

»Ich liebe Jayden.«

Rebecca zögerte.

»Vielleicht passe ich einfach nicht in seinen Diplomatenzirkus?«

»Er wird nicht ewig ein Diplomat sein, Becky.«

»Eben, das ist schon das nächste Problem: In drei Jahren muss er wieder nach Amerika zurück. Werde ich dort glücklich sein können?«

»Du wirst da glücklich sein, wo dein Herz ist«, antwortete Susanne weise.

Rebecca lachte.

»Wo hast du das denn gelesen?«

Susanne stimmte in ihr Lachen ein.

»Keine Ahnung, in irgendeinem Liebesschmöker.«

»Ich gebe es auf. Du bist störrischer als ein Esel. Hoffentlich wirst du das nicht eines Tages bereuen. Noch seid ihr nicht getrennt und nach eurer Auszeit muss irgendwann eine Aussprache kommen.«

Rebecca wusste, dass diese nicht mehr weit entfernt war und dass es zwischen ihr und Jayden nicht vorbei war.

»Wie geht es eigentlich Jayden?«, fragte Susanne unvermittelt.

»Was denkst du? Nicht gut. Ich hoffe, wir finden eine Lösung, wie auch immer die aussehen mag.«

»Das wünsche ich mir für euch, Becky.«

Die Freundinnen umarmten sich.

»Ich rufe dich um kurz nach Mitternacht an, hörst du?«

Susanne gefiel der Gedanke gar nicht, dass Rebecca allein in das neue Jahr rutschen wollte.

Rebeccas liebevoller Blick traf sie mitten ins Herz.

»Danke, Susi, ich hab dich lieb!«

»Ich dich auch, Becky.«

Jayden litt wie ein Tier.

Rebecca nicht zu sehen, nicht zu fühlen, ihre Haut nicht zu schmecken, war die schlimmste Strafe für ihn! Er wusste, dass er jetzt in seiner männlichen Stärke bleiben musste – sonst war er verloren.

Das bin ich doch sowieso ohne sie, dachte er unglücklich.

Jayden sah zum Fenster hinaus.

Unzählige Wolken flogen an ihm vorüber.

In ein paar Stunden würden sie in Florida sein. Chris saß neben ihm und schnarchte leise. Seine Alkoholfahne wurde durch ein penetrantes Mundwasser kaschiert, dennoch musste Jayden sich von ihm wegdrehen.

Am Abend zuvor hatte es eine hitzige Diskussion zwischen Vater und Sohn über Rebecca gegeben.

»Vergiss sie, Jayden. Wenn sie dich nicht heiraten will, ist sie deiner nicht wert.«

»Sie hat nicht ›nein‹ gesagt, Dad. Sie ist eine Deutsche und die heiraten nicht so schnell. Außerdem ist es ihre zweite Ehe, da will sie sich ganz sicher sein.«

»Es ist auch deine Zweite und du bist dir sicher.«

»Es gibt keine Garantie, das weißt du so gut wie ich.«

Jayden schwieg.

Verdammt! Sein Vater hatte recht, er war sich sicher und er hätte alles dafür gegeben, wenn Rebecca dieses Gefühl mit ihm teilte.

»Du darfst ihr nicht so viel Macht über dich geben.«

Chris nahm einen großen Schluck von seinem Whisky-Soda.

Er war angetrunken und der Alkohol spülte schonungslos die Worte aus seinem Kopf.

»Du meinst, mehr, als du hast, Dad?«, parierte Jayden scharf.

Er kannte die Eifersucht seines Vaters und in gewisser Weise war er wie er: Er teilte nicht, was er liebte.

»Du trinkst zu viel, Dad.«

»Lenk nicht ab, Jayden! Das weiß ich selbst. Momentan ist das so, es wird sich auch mal wieder ändern.«

»Wann wird das sein?«

»An dem Tag, an dem du wieder nach Hause kommst, mein Junge«, versprach Chris feierlich.

Jaydens Eigentumswohnung befand sich in einem 3.000-Seelenstädtchen in der Nähe von Orlando.

Vom Strand aus konnte man in einiger Entfernung auf der anderen Seite die Raumstation »Cape Canaveral« sehen.

Jayden liebte es, am Strand zu joggen, der um diese Jahreszeit so gut wie menschenleer war.

Beim Laufen bekam er seinen Kopf frei und für eine kurze Zeit stoppte sein ewiges Gedankenkarussell.

»Ich gehe joggen, Dad«, sagte er zu Chris, nachdem sie in seiner Wohnung angekommen waren.

»Jetzt? Du musst doch fertig sein, wir sind so lange geflogen!«

»Eben, ich brauche Bewegung.«

Jayden brachte nur ein schiefes Grinsen zustande.

»In Ordnung. Ich werde mich um unser Abendessen kümmern.«

»Danke, Dad.«

Jayden sprintete los.

Er lief, als ob der Leibhaftige hinter ihm her wäre! Sein Herz pumpte und zum ersten Mal seit jenem verhängnisvollen Abend spürte er sich wieder selbst. Er rannte und rannte, der Schweiß tropfte von seiner Stirn.

Nach einer halben Stunde brach er erschöpft zusammen. Verzweifelt lag er im Sand und weinte wie ein kleiner Junge. Enttäuschung bahnte sich ihren Weg und machte einem anderen Gefühl Platz: dem Gefühl der Hoffnung.

»Lieber Gott, wenn du mir Rebecca zur Frau gibst, dann schwöre ich dir, dass ich diese Sünde nie wieder begehen werde!«

Gefasst stand er auf und joggte zu Chris zurück, der mit einem saftigen T-Bone-Steak auf ihn wartete.

Durch die sechs Stunden Zeitunterschied fand sein Eintritt in das neue Jahr vor Rebeccas statt.

Er erhob sein Champagnerglas, umarmte seinen Vater und wünschte ihm ein gesundes neues Jahr.

Stunden später war er angetrunken.

Jayden füllte sein Glas, streckte es den Sternen entgegen und rief laut: »Happy New Year, Darling.«

Dann leerte er das Glas in einem Zug; deckte seinen Vater zu, der schlafend auf der Couch lag und fiel todmüde ins Bett.

Rebecca hatte sich eine kleine Flasche Sekt gekauft, die sie sich um Mitternacht gönnen wollte. Sie trank wenig

Alkohol, denn sie wusste, dass Alkohol immer die Gefühle verstärkt, die gerade im Vordergrund stehen. Ihre waren verwirrend und sie wollte keine künstlichen Verstärker dieser Emotionen haben.

Lustlos stocherte sie in ihrem Salat mit frischen Champignons herum und zappte sich durch das langweilige Abendprogramm.

Plötzlich vibrierte ihr Anhänger, sie schloss die Augen und hatte eine Vision: *Jayden kniete im Sand und betete.*

Seine tiefe Verzweiflung füllte ihr Herz mit Traurigkeit.

»*Jayden*«, flüsterte sie erstickt und hoffte, dass er sie hören würde. Seine Sehnsucht verschmolz mit ihrer und wurde von Minute zu Minute größer.

›*Folge deinem Herzen, Rebecca!*‹

Becky weinte. Sie vermisste ihre Mom und sie vermisste Jayden. Die Einsamkeit überschüttete sie wie ein Kübel mit Eiswasser und sie begann zu frieren. Dennoch ließ sie dieses unbeliebte Gefühl zu und nahm es an.

Als ihre Tränen versiegten, hatte sie einen wichtigen Entschluss gefasst. Rebecca öffnete die Sektflasche, erhob ihr Glas gen Himmel und rief laut: »Herzlich willkommen, mein neues Jahr!«

Dann schrieb sie Jayden eine Nachricht und wünschte Susi und Peter viel zu früh ein gesundes neues Jahr.

Erschöpft schlief sie ein und verpasste den Countdown.

VERSÖHNUNG

Ich liebe dich, Rebecca – Happy New Year!
Ich werde das nächste Flugzeug nach Berlin nehmen.
Can't wait to see you! Many Kisses Jayden.

Ich wusste, dass ich sie nicht verloren habe!«

»Dass sie dich liebt, ist schon klar, mein Junge. Aber passt ihr wirklich zusammen? Ich kann mir nicht vorstellen, dass sie in Amerika glücklich wäre. Außerdem steht eure Aussprache noch bevor – man könnte meinen, du hast es schon hinter dich gebracht.«

»Du bist ein echter Schwarzseher. Rebecca vermisst mich und sie liebt mich, alles andere wird sich finden«, sagte Jayden überzeugt und ließ sich von seinem Vater nicht die gute Laune verderben.

»Das hoffe ich für dich. Natürlich möchte ich dich lieber glücklich sehen, das weißt du doch?«

»Natürlich, Dad.«

Jayden umarmte seinen Vater.

»Ich buche gleich den nächsten Flug nach Berlin. Bleib doch noch ein paar Tage hier, N.Y. rennt doch nicht weg!«

Als Jayden im Flugzeug seinen Platz einnahm, wusste er nicht, wie er diese lange Rückreise überstehen sollte?

Voller Hoffnung schaute er sich zum hundertsten Mal die Nachricht von Rebecca an und ein Lächeln umspielte seine Lippen.

Happy New Year Jayden!
Ich vermisse dich so sehr und ich liebe dich! Bitte, lass
uns über unsere Beziehung sprechen!
Kisses Rebecca.

Zufrieden verstaute er das Handy in seiner Hosentasche. Jayden war sich sicher, dass seine Taktik dazu beigetragen hatte, dass Rebecca wieder einen Schritt auf ihn zukam. Er glaubte an seinen »Pakt« mit Gott und würde sein Wort nicht brechen …

Ausgelassen tanzte Rebecca in ihrer Wohnung umher.

Jaydens Flugzeug war auf dem Weg zu ihr und die Vorstellung, ihn wiederzusehen, ließ sämtliche Glückshormone wie Pilze aus dem Boden schießen.

»Liebe ist die stärkste Kraft im Universum und überwindet jedes Hindernis«, wiederholte sie wie ein Mantra.

Während ihre Haare auf Lockenwicklern trockneten, rief sie aufgeregt ihre Freundin an.

»Das ist die richtige Entscheidung, Becky«, freute sich Susanne und stieß einen tiefen Seufzer der Erleichterung aus.

»Wird Zeit, dass du unter die Haube kommst, ich kann nicht ewig auf dich aufpassen«, sagte Susi frech.

Vorsichtshalber hielt sie den Hörer von ihrem Ohr fern; statt eines Sturms der Entrüstung kam von Rebecca die Frage: »Möchtest du meine Brautjungfer sein?«

»Ich dachte schon, du fragst nie. Weiß es Jayden schon?«

»Er ahnt es, aber ich möchte es ihm persönlich sagen.«

»Oh, mein Gott, ich bin gespannt! Ich werde mit dir das Kleid aussuchen.«

»Das wäre wunderbar, Susi.«

Ungeduldig sah Rebecca auf die Uhr.

Jaydens Flugzeug war vor einer halben Stunde gelandet und sie konnte einfach nicht stillstehen!

Unruhig lief sie auf und ab, laut klackerten ihre Absätze auf dem Boden und sie ignorierte die Blicke der wartenden Passanten, die sich durch die Geräusche belästigt fühlten.

Jayden erging es ähnlich.

Er hatte absolut keine Geduld und nutzte seine diplomatische Immunität, um als Erster das Flugzeug zu verlassen.

Wie so oft half ihm sein gesellschaftlicher Status und er hatte kein schlechtes Gewissen, als er seinen Koffer vom Band nahm, während die anderen Mitreisenden noch weit entfernt waren. Schnell schritt er zum Ausgang.

Fieberhaft suchten seine Augen Rebeccas zarte Gestalt.

Dann sah er sie!

Rebecca stand hinter der Absperrung und ihre Augen leuchteten auf, als sie Jayden sah.

In Jaydens Augen tanzten Millionen Sterne – er lächelte sie an – ohne ein Wort fiel sich das Paar in die Arme und küsste sich leidenschaftlich.

»Mein Gott, wie ich dich vermisst habe!«

Verliebt sah Jayden Rebecca an und ihr wurde ganz heiß.

»Ich habe dich auch vermisst, mehr als du dir vorstellen kannst.«

Rebecca schmiegte sich in seine Arme und wollte ihn nicht mehr loslassen.

Jayden lachte. »Hey, ich merke schon, du sagst die Wahrheit.«

»Immer.«

Jayden wurde ernst.

»Nichts wird uns je wieder trennen und wir werden immer eine Lösung finden, das verspreche ich dir!«

»Jayden?«

»Ja, mein Schatz?«

»Ich nehme deinen Antrag an.«

Jayden fiel ein Stein von seinem Herzen Endlich hatte er sein Ziel erreicht.

Jaydens Lippen formten ein lautloses: »Thank you, Lord.«

Sanft drückte er seine Verlobte an sich.

Seine Stimme war rau und samtig zugleich.

»Nichts könnte mich glücklicher machen.«

Dann zog er die kleine Schatulle hervor, öffnete sie und steckte Rebecca den blitzenden Ring an ihren linken Ringfinger.

Er hatte ihn extra für sie anfertigen lassen und ein kleines Vermögen dafür ausgegeben.

Tränen der Freude stiegen Rebecca in die Augen.

»Danke, Jayden«, flüsterte sie ergriffen und küsste ihn innig.

»Lass uns so schnell wie möglich heiraten, ja? Ich möchte keinen einzigen Tag mehr ohne dich sein, Becky.«

»Ja.«

Überglücklich lief das verliebte Paar zum Taxistand.

Wie zwei Teenager neckten sie sich im Wagen und der Taxifahrer beobachtete amüsiert die Szene durch seinen Rückspiegel. Jayden bemerkte es und erklärte stolz: »Wir haben uns verlobt, wissen Sie?«

»Herzlichen Glückwunsch!«, entgegnete der Mann und freute sich für die junge Dame, die er vor kurzem gefahren hatte. Obwohl die beiden ein Traumpaar abgaben, hatte der Fahrer nicht das Gefühl, dass diese Ehe ein Leben lang halten würde.

Nach dem Frühstück ging Jayden mit Rebecca spazieren und gleich in die Offensive:

»Was ist deine größte Sorge, Becky?«

Zögernd antwortete sie: »Ich bin mir nicht sicher, ob ich in deinen ›Diplomatenzirkus‹ passe?«

»Tust du auch nicht, Darling, aber gerade deshalb liebe ich dich umso mehr.«

»Das stört dich nicht?«

Jayden gab ihr einen Kuss auf den Mund.

»Nein, im Gegenteil, ich finde es ganz erfrischend.

Und ich verrate dir noch etwas: Ich passe auch nicht in den Diplomatenzirkus.«

Überrascht guckte Rebecca ihn an.

Vor ihr stand der rätselhafteste Mann, dessen Facetten sie kaum kannte, und zwinkerte ihr verschwörerisch zu.

»Wirklich?«

Mit dieser Reaktion hatte Rebecca nicht gerechnet und fragte sich, wie er es geschafft hatte, diese Tatsache vor ihr zu verheimlichen?

»Eigentlich bin ich ein Freigeist wie du, Becky«, fuhr Jayden fort.

»Es ist nur ein Job und in drei Jahren ist er vorbei. Du hast mir gezeigt, dass es noch mehr im Leben gibt als Statussymbole.«

Jayden war ein eloquenter Bursche, der mit Worten so gut umgehen konnte, wie da Vinci mit einem Pinsel.

Rebecca seufzte. »Davor habe ich auch Angst. Ich weiß gar nicht, ob ich in Amerika leben könnte, Jayden. Meine direkte Art stößt euch Amerikaner immer wieder vor den Kopf und ich weiß, dass ich mich in diesem Punkt nie ändern werde.«

Herausfordernd blickte Rebecca ihren Verlobten an und wartete gespannt auf seine Antwort.

»Wenn du nicht in Amerika glücklich bist, dann ziehen wir wieder nach Berlin zurück, Darling. Oder wo immer du leben willst. Hauptsache, wir sind zusammen.«

»Wirklich? Das würdest du für mich tun?«

»Ich würde ALLES für dich tun, Rebecca.«

Jayden zog sie an sich und besiegelte seine Worte mit einem innigen Kuss, der jegliche Zweifel zerstörte. Sie wusste, dass er verrückt nach ihr war und sie von ganzem Herzen liebte. Erleichtert atmete sie auf – jetzt stand ihrem Glück nichts mehr im Weg.

Plötzlich klingelte Rebeccas Handy.

»Wo bist du, Becky? Ich stehe hier vor Jaydens Haus, hast du vergessen, dass wir dein Kleid kaufen wollten?«

»Mensch Susi, sorry, wir sind gleich da.«

»Du nimmst jetzt meine Kreditkarte und kaufst mit Susi dein Hochzeitskleid!«

»Ich habe doch Geld gespart und kann mir das Kleid selber kaufen, Jayden«, protestierte Rebecca.

»Wenn du sie nicht nimmst, dann nehme ich sie«, rief Susi verzückt und schnappte sich erst die Karte und dann die verdutzte Freundin.

Jayden brüllte vor Lachen.

»Susi, du gefällst mir. Darling, kauf dir dein Traumkleid, der Preis spielt wirklich keine Rolle.«

REBECCAS GESTÄNDNIS

Gegen Susi und Jayden kam Rebecca nicht an.
»Na gut, aber ich warne dich, das Kleid wird dein Konto sprengen!«

»I‹m fat, Honey.«

»Was heißt das?«

»Das ist Slang und bedeutet, dass ich genügend Geld habe.«

Zwei Stunden später steckte Rebeccas Körper in einem Traum aus edler Seide, der auf ihrer Haut ein unfassbar schönes Gefühl hinterließ. *So muss es sich anfühlen, wenn man auf Wolken liegt,* dachte sie. Es war schlicht und dennoch elegant.

Ihr zarter Oberkörper kam durch das schulterfreie Kleid gut zur Geltung.

»Das ist es, Becky.« Voller Ehrfurcht sah Susi ihre Freundin an und ihre Augen füllten sich langsam mit Tränen.

»Nicht weinen, Susi!«, sagte Rebecca gerührt und strich zart über den kostbaren Stoff.

»Das Kleid ist ein Traum«, stimmte die Verkäuferin zu.

»Wie viel kostet es?«

Die Inhaberin nannte einen Preis, der so exorbitant hoch war, dass Rebecca scharf die Luft einsog.

»Denk daran, Jayden schenkt es dir«, erinnerte sie Susi.

Ihre Füße schmerzten, sie sehnte sich nach einem Cappuccino und einem bequemen Stuhl.

Unschlüssig drehte sich Rebecca vor dem Spiegel hin und her.

»Becky, wir waren in allen Hochzeitsgeschäften dieser Stadt und das hier ist wirklich das schönste Kleid, das ich je an dir gesehen habe.«

»Stimmt, ich nehme es«, verkündete Rebecca feierlich.

»Wunderbar, ich gratuliere!«

Die Verkäuferin hatte nicht daran geglaubt, dass jemand dieses sündhaft teure Kleid kaufen würde und nun kam dieser Glücksfall in Form einer elfenhaften Erscheinung mit einer goldenen Kreditkarte daher.

»Soll ich es Ihnen nach Hause schicken oder möchten Sie es gleich mitnehmen?«

Fragend sah Rebecca ihre Freundin an.

»Ich kann es mitnehmen und komme an deinem Glückstag früh zu dir. Apropos: Gibt es schon einen festen Termin?«

»Ja, am 17. Januar.«

»In zwei Wochen? Wie habt ihr es geschafft, so schnell einen Termin beim Standesamt zu bekommen?«

»Na, was denkst du? Natürlich hat Jayden seine Beziehungen spielen lassen.«

»Wenn du getauft wärst, hättet ihr kirchlich heiraten können«, sagte Susanne vorwurfsvoll.

»Meine Mutter hat mich nicht taufen lassen, weil sie mir die Entscheidung überlassen wollte, Susi. Und ich muss nicht in der Kirche sein, um meinen Glauben zu leben. Ich bin direkt mit ›oben‹ verbunden, das weißt du doch. Außerdem hat Jayden mich damit schon genug genervt.«

Rebecca verdrehte die Augen und nahm Jaydens Kreditkarte wieder in Empfang.

Susanne bohrte weiter. »Ich verstehe auch nicht, warum du keinen Schleier möchtest?«

»Ich möchte lieber einen Blumenkranz aus Maiglöckchen tragen. Das waren Moms Lieblingsblumen und ich liebe diesen Duft.«

»Ok, so ist wenigstens ein kleiner Teil von ihr bei dir – neben dem Anhänger. Hast du Jayden eigentlich schon von deiner Gabe erzählt?«

»Nein, das werde ich aber noch vor der Hochzeit machen.

Er soll alles über mich wissen.«

»Er heiratet die bezauberndste Hexe, die es gibt«, gluckste Susi.

»Ha, ha, ich bin keine Hexe, ich habe mediale Fähigkeiten, das ist ein Unterschied.«

»Was steht dazu in der Bibel? Jayden ist ein gläubiger Christ …«

Rebecca runzelte die Stirn. »Leider nichts Gutes.«

»Das dachte ich mir. Na ja, er ist zur Hälfte ja ein Deutscher und er trägt dich auf Händen.«

»Er hat mir gesagt, dass er alles für mich tun würde.«

»Das sieht man ja auch an der goldenen Kreditkarte, Becky.

Er scheint sehr großzügig zu sein und ich liebe großzügige Männer. Peter ist leider knauserig, obwohl er auch gut verdient. Er läuft immer noch in den gleichen Anzügen herum, die er sich vor unserer Hochzeit gekauft hat. Aber für deine Hochzeit muss er sich einen neuen Anzug kaufen, das schwöre ich dir!«

»Wer wird Jaydens Trauzeuge sein?«

»Sein Dad Chris.«

»Aha, na, auf den bin ich gespannt. Kommen seine Söhne auch?«

»Nein, sie sind gegen unsere Hochzeit«, sagte Rebecca bedrückt.

Bestürzt sah Susanne sie an.

»Du meine Güte, warum das denn?«

»Jayden meinte, dass sie es lieber sehen würden, wenn er sich wieder mit ihrer Mutter verbindet, aber genau weiß er es auch nicht.«

»Die werden noch auftauen, wenn sie dich kennenlernen.«

»Hoffentlich.«

»Komm, meine Füße bringen mich um und ich brauche jetzt einen Cappuccino! Himmel, ich habe ja noch gar kein Kleid für mich gefunden. Das besorge ich mir, wenn ich mit Peter losziehe, um seinen Anzug zu kaufen.« Entschlossen sah sie Rebecca an.

»Der Arme hat keine andere Wahl«, kicherte Rebecca und Susi zwinkerte ihr bestätigend zu.

Fröhlich verließen die beiden das Geschäft.

»Ich muss dir etwas sagen, Jayden.«

Das Paar saß im Arbeitszimmer, welches durch eine Ziehharmonikatür vom Wohnzimmer getrennt war, in dem Chris die CNN News in voller Lautstärke verfolgte.

Nervös spielte Rebecca mit ihrem Anhänger, der in ihrer Hand glühte. Aufmerksam sah Jayden seine Liebste an.

»Du kannst mir alles sagen, Sweety.«

Rebecca zögerte einen Moment.

Dann nahm sie ihre Kette ab und gab sie Jayden in die Hand.

Überraschung spiegelte sich in seinen Augen wider.

»Wow, der Stein glüht ja!«

»Ich habe mediale Fähigkeiten und durch diesen

Anhänger eine Verbindung zu meiner Mutter«, stieß Rebecca hervor.

Sie wusste nicht, wie Jayden darauf reagieren würde.

Natürlich hatte ihr Zukünftiger nichts von seinem Informanten erwähnt, durch dessen spärliche Notizen er zumindest eine Ahnung über Rebeccas Gabe hatte …

»Das musst du mir erklären!«

»Meine Mutter war ein Medium und ich habe von ihr Fähigkeiten geerbt, die über den rationalen Verstand nicht zu erklären sind. Ich bin hellfühlig, habe telepathische Fähigkeiten und habe seit einiger Zeit manchmal Visionen – wobei ich nicht weiß, ob diese jemals eintreten werden.«

»Erzähl mir mehr davon!«

Rebecca fiel die Vision der kleinen Mady ein.

»In diesem Fall konnte ich in ihre Vergangenheit schauen.«

Rebecca schauderte.

»Manchmal ist es eher ein Fluch, als ein Segen.«

»Lässt sich das nicht ›abstellen‹?«

»Nein, wenn man sich dafür geöffnet hat, wird es noch mehr, also die Fähigkeiten erweitern sich und die Spiritualität schreitet voran.

Durch den Topasanhänger habe ich eine Verbindung zu meiner Mom. Manchmal sind es Botschaften oder sie macht sich bemerkbar, so wie jetzt, wenn der Stein warm wird.«

Jayden überlegte.

Jeden Sonntag las er in der Bibel und er wusste, dass solche Fähigkeiten unerwünscht waren.

Ein Plan begann in ihm zu reifen …

DIE HOCHZEIT

Dann küsste er Rebecca, bis sie keine Luft mehr bekam.

»Soll das heißen, dass meine Fähigkeiten kein Problem für dich sind?«

»Ganz genau. Ich liebe dich und wir werden morgen heiraten.«

Erleichtert schmiegte sich Rebecca an ihn.

»Und ich liebe dich, ich wollte es dir schon längst sagen, Darling.«

»Wir sollten keine Geheimnisse voreinander haben«, flüsterte Jayden zärtlich.

Mit jeder Faser seines Körpers begehrte er diese Frau und er ließ es nicht zu, dass irgendetwas zwischen ihnen stand.

Rebecca spürte seine Erregung, die wie eine Flutwelle auf sie zukam.

»Komm!«, lockte sie und warf ihm einen verführerischen Blick zu, der seine Wirkung nicht verfehlte. Jayden hob sie hoch und trug seine Liebste direkt in sein Schlafgemach …

»Du musst es ihr sagen, Jayden!«, lallte Chris.

»Nein, Dad, das wäre zu früh«, entgegnete Jayden störrisch.

»Was du durch eine Lüge bekommst, wirst du durch die Wahrheit wieder verlieren.«

»Es ist keine Lüge und ich werde es ihr zum richtigen Zeitpunkt sagen.«

Rebecca stand auf der anderen Seite der Tür und wagte

kaum zu atmen. Sie war nach oben gegangen, um Jayden etwas zu fragen. Es war nicht ihre Art zu lauschen, aber dieses Gespräch zwischen Vater und Sohn warf sie aus der Bahn und sie vergaß vor Schreck ihre Frage.

Entschlossen stieß sie die angelehnte Tür auf.

»Was muss er mir sagen?«

Rebecca schaute in die betretenen Gesichter und wiederholte ihre Frage: »Was sollst du mir sagen, Darling?«

Jayden kam auf sie zu.

»Nichts, Becky«, log er.

Unsicher sah Rebecca ihren Verlobten an.

Chris wich ihrem Blick aus und ein Kloß saß in Rebeccas Hals. Es war der Tag ihrer Hochzeit, und die Worte, die sie unfreiwillig gehört hatte, beunruhigten Rebecca.

»Dad, lässt du uns bitte allein?«

Chris brummte etwas und ging hinaus.

Bedrückt sah Jayden seine Verlobte an und räusperte sich.

»Es ist der schlechteste Zeitpunkt, aber vermutlich hat mein Dad recht: Ich möchte keine weiteren Kinder haben.«

Ein schmerzhafter Pfeil bohrte ein kleines Loch in Rebeccas Herz. Bisher hatten sie nicht über dieses Thema gesprochen, aber irgendwie war sie davon ausgegangen, dass sie zusammen ein Baby haben würden. Schließlich hatte sie noch keine Kinder und der Wunsch bestand durchaus bei ihr.

»Das sagst du mir *jetzt*?«, rief Rebecca aufgebracht und ihre Augen begannen sich mit Tränen zu füllen.

»Becky, bitte, lass es mich erklären!«

Jayden machte einen Schritt auf sie zu.

»Ich habe Dave und Cole. Dave ist 23 Jahre und studiert Jura, Cole ist 16 und geht aufs College.«

»Das weiß ich bereits.«

»Ich konnte nach meiner Scheidung nur wenig für meine Söhne da sein. Wenn ich mit dir ein Baby hätte, könnten meine Jungs das Gefühl haben, dass ich unser Baby mehr lieben würde, als sie.«

Ungläubig sah Rebecca Jayden an.

»Liebe ist nicht begrenzt, sie ist unendlich und teilbar!

Die Liebe zu deinen Söhnen wird doch nicht weniger, wenn sie ein Geschwisterkind bekommen.«

Jayden schüttelte den Kopf.

»Natürlich nicht, aber meine Söhne würden eifersüchtig sein und denken: Für uns war er kaum da, aber für dieses Kind schon. Sie würden annehmen, dass ich unser Baby mehr liebe, als sie. Ihre Absage für unsere Hochzeit spricht ganz dafür.«

Rebecca rang um ihre Fassung.

»Sie sind schon fast erwachsen und werden bald ihre eigenen Wege gehen. Hast du jemals mit ihnen über dieses Thema gesprochen? Ich bin jetzt 31, du kannst doch nicht von mir verlangen, dass ich auf ein Baby verzichte, damit deine Söhne nicht eifersüchtig werden!«

Fassungslos sah sie den Mann an, dem sie in knapp drei Stunden ihr ›Ja-Wort‹ geben wollte.

»Du hast recht, das kann ich nicht von dir verlangen.

Wir werden eine Lösung finden, Becky, das schwöre ich!

Du bist der wichtigste Mensch für mich und ich möchte dich glücklich machen.«

Jaydens Angst, Rebecca erneut zu verlieren, war unerträglich für ihn. Er streckte seine Hand nach ihr aus.

»Vertraue mir, Liebling! Du weißt, dass ich alles für dich tun würde?«

Aufgewühlt sah Rebecca in Jaydens Augen, die wie die Oberfläche des Ozeans funkelten.

Jedes seiner Worte entsprach der Wahrheit und sie schöpfte neue Hoffnung.

»Ja, Jayden, ich vertraue dir.«

Sie liebte Jayden.

Dennoch war ganz tief in ihr das verborgene Wissen, dass diese Liebe nur der Beginn von etwas Höherem war. Es gab noch eine tiefere Ebene – die sie kennenlernen würde – wenn ihre Seele so weit war.

»Wir sind gleich da, Becky.«

Über ihr Handy versuchte Susanne, die aufgelöste Rebecca zu beruhigen. Der Hochzeitmorgen hatte mit einem Stau für die Brautjungfer begonnen und ihren Zeitplan ins Wanken gebracht. Die Trauung sollte um 12 Uhr auf dem Standesamt in Dahlem stattfinden. Die Visagistin, die Jayden für Rebecca engagiert hatte, betrachtete zufrieden das Ergebnis.

Ihre Kundin sah wie ein Wesen aus einer anderen Welt aus – zarte Pastelltöne unterstrichen ihre natürliche Schönheit. Sie trug einen entzückenden Kranz aus duftenden Maiglöckchen im Haar und ihre Augen strahlten heller als die Sonne.

Plötzlich klopfte es an der Tür.

»Becky, darf ich hereinkommen?«

»Ja«, rief Rebecca laut und sprang auf.

Susanne stürmte mit dem Brautkleid herein.

»Himmel, das war ein Verkehr!«

»Becky«, sagte sie andächtig und umarmte ihre Freundin.

»Jetzt verstehe ich, warum du keinen Schleier wolltest – so ist es perfekt.«

»Danke Susi.«

»Nun aber ab in dein Kleid, wir sind spät dran!«

So schnell sie konnte, zog Rebecca ihren Traum in Weiß an und Susanne konnte ihre Tränen nicht mehr zurückhalten.

»Cinderella pur.«

»Jetzt übertreibst du aber, Susi.«

Gemeinsam schritten sie die Treppe hinunter. Rebeccas Hände waren vor Aufregung eiskalt und ihre Aufregung wurde noch größer, als sie Jayden sah. Er trug einen weißen Smoking und hatte zu Rebeccas Entzücken ein kleines Maiglöckchenbouquet in seinem Knopfloch.

Jayden sah umwerfend aus, männlich und stark, aber in seinen Augen lag ein weicher, liebender Ausdruck, den Rebecca so liebte.

»Wow, Jayden, du siehst wie James Bond aus«, rief Susanne und sah ihn bewundernd an.

»Ich fasse das als Kompliment auf, Susi«, antwortete Jayden charmant.

Genau wie bei seiner ersten Begegnung mit Rebecca konnte er seine Augen nicht von ihr lösen.

Sie war einfach perfekt für ihn.

»Rebecca, du siehst fantastisch aus!«

ERIK W. SUTHOR

Mrs. West?«

Sanft rüttelte jemand an meiner Schulter.

Langsam öffnete ich die Augenlider und blinzelte verschlafen. »Ja?«

Ich blickte in ein paar dunkelbraune Augen, die vermutlich zu meinem Anwalt gehörten und die mir seltsam vertraut waren.

»Ich muss eingeschlafen sein.«

»Offensichtlich«, sagte Fräulein Rottenmeier spitz und rümpfte die Nase. Plötzlich begann mein Topasanhänger zu vibrieren.

Oh nein, nicht auch das noch!, dachte ich, denn ich wusste, was das zu bedeuten hatte. Unwillkürlich griff ich nach dem Stein, den ich unter meiner roten Bluse versteckt hielt.

Für den Bruchteil einer Sekunde sah ich eine Szene, in der Jayden eine Schusswaffe in der Hand hielt und in der Dunkelheit auf etwas zielte.

»Mrs. West, ist alles in Ordnung?«, hörte ich aus der Ferne eine tiefe Männerstimme. Ich konnte nicht sprechen und nickte.

Der Anwalt räusperte sich, vermutlich starrte ich ihn wie einen Geist an. Erik W. Suthor sah nicht nur unverschämt gut aus!

Er war ca. 1,82 m groß, sein braunes Haar war mit ersten silbernen Strähnen durchzogen, seine Kurzhaarfrisur saß perfekt. Seine Augen zogen mich in den Bann und ich hatte das unwiderstehliche Verlangen, in ihnen versinken zu wollen.

»Ich bin Erik Suthor, bitte kommen Sie doch in mein Büro!«

»Hallo Herr Suthor«, krächzte ich und folgte ihm.

»Kaffee oder lieber ein Glas Wasser?«

»Wasser, bitte«, würgte ich hervor und versuchte krampfhaft meine Fassung zurückzuerlangen.

Der Anwalt stand auf und kam mit einem Glas zurück.

»Bitte«, sagte er und reichte es mir.

Belustigt sah er zu, wie ich mit meiner zitternden Hand danach griff. Mein Mund war trockener als die Sahara – gierig trank ich das halbe Glas leer. Erik W. Suthor beugte sich über ein Schriftstück und begann seine Fragen zu stellen.

»Sie sind seit knapp anderthalb Jahren mit Jayden West verheiratet?«

»Ja.«

»Haben Sie Kinder?«

Ich schluckte.

»Nein«, antwortete ich leise.

Ohne es zu ahnen, hatte er den wunden Punkt in unserer Ehe angesprochen. Ich war 33 Jahre alt und hatte mir immer ein Baby gewünscht, aber Jayden hatte schon zwei Söhne aus seiner ersten Ehe mit Vivien und wollte keine weiteren Kinder.

Erik sah mich aufmerksam an, er hatte den traurigen Unterton in meiner Stimme bemerkt und räusperte sich.

»Es tut mir leid, dass ich in ihre Privatsphäre eindringen muss«, fuhr er fort.

»Nein, schon gut, fragen Sie mich, was Sie wissen wollen.

Jayden hat sich nach seiner ersten Scheidung operieren lassen – eine Vasektomie.«

»Wussten Sie davon, bevor Sie ihn geheiratet haben?«, bohrte der Anwalt weiter.

»Nein, ich habe es erst elf Monate nach unserer Hochzeit durch meinen Schwiegervater erfahren.«

Der Anwalt legte seine Stirn in Falten.

»Das ist egoistisch von ihrem Mann.«

»Ja, das ist es. Als Grund gab er an, seinen Söhnen nicht das Gefühl vermitteln zu wollen, dass sie durch ein weiteres Geschwisterkind weniger von ihm geliebt würden und er fühlte sich mit Mitte vierzig auch zu alt, um ein weiteres Mal Vater zu werden.«

»Blödsinn, entschuldigen Sie bitte, mir steht eine Beurteilung nicht zu. Ich muss mir ein genaues Bild von ihrer Ehe machen, daher sind alle Informationen über Ihren Gatten wichtig für mich. Insbesondere die Gründe, die zum Scheitern der Ehe geführt haben, verstehen Sie?«

»Natürlich. Sie können mich alles fragen.«

Aus einem unerklärlichen Grund hatte ich ein tiefes Vertrauen zu diesem Mann und berichtete ihm von meinen erfolglosen Versuchen, Jayden zu der Adoption eines Kindes zu bewegen.

»Aber nachdem ich Weihnachten 2013 von seiner Vasektomie erfahren hatte, wollte ich mich von ihm trennen. Er hat gedroht, mich umzubringen, wenn ich ihn verlasse.«

Scharf zog mein Anwalt die Luft ein.

»Ist ihr Mann dazu fähig?«

Ich zögerte.

»Ich denke schon, sonst wäre ich schon früher gegangen.«

»Und jetzt haben Sie keine Angst mehr vor ihm?«

»Jayden hat zwei Gesichter. Das Charmante, welches ihn so erfolgreich macht und das Private, welches egoistisch und herrschsüchtig ist. Vermutlich sind seine Ex-Frau und ich die Einzigen, die ihn kennen. Mein Mann hat ein dunkles Geheimnis und ich habe es aufgedeckt. Damit erpresse ich mir meine Freiheit.«

Aufgebracht fuhr ich fort: »Das ist nicht meine Art, aber er lässt mir keine Wahl.«

»Hat das mit dem Päckchen zu tun, dass Sie mir geschickt haben?«

»Ja. Ich bitte Sie, es in Ihrem Safe zu verwahren, es ist praktisch meine Lebensversicherung.«

Erik W. Suthor sah mich besorgt an.

»Sind Sie sicher, dass wir nicht die Polizei einschalten sollten?«

»Keine Polizei, bitte.«

Ich überlegte, ob ich ihm von dem Inhalt erzählen sollte? Doch ich verwarf diesen Gedanken sofort wieder.

Es war zu intim und ich hatte Jayden mein Wort gegeben, dass ich mit niemandem darüber sprechen würde, denn sein Secret war hochbrisant. Würde die Diplomatenwelt davon erfahren, so wäre dies das Ende seiner Karriere!

So vertraute ich ihm Einzelheiten aus meiner Zeit mit Jayden an, in der es einige Verletzungen gegeben hatte.

»Aus meiner Sicht gibt es genügend Gründe, die eine Scheidung rechtfertigen. Der Diplomatenstatus könnte aber ein Hindernis sein, bitte nehmen Sie es nicht persönlich, aber vor Gericht wird man eher einem Diplomaten als einer Kellnerin glauben. Der Anwalt Ihres Mannes wird versuchen, Ihnen die Schuld zu geben.«

»Ich will gar nicht sein Geld, ich will nur meine Freiheit zurück.«

»Trotzdem steht Ihnen ein Anteil zu und da Sie durch Ihre Scheidung den Diplomatenstatus verlieren, werden Sie das Geld brauchen.«

Mein Anwalt schlug die nächste Seite meiner Akte auf.

»Sie wohnen zurzeit bei einer Freundin?«

»Ja, bei Susanne Schneider, ehemals Heesen, Sie kennen sich.«

»Stimmt. Möchten Sie mir sagen, was Ihnen noch auf dem Herzen liegt?«, forderte er mich sanft auf.

Wenn du wüsstest, was ich dir gern sagen würde, dachte ich und erschrak über meinen Gedanken.

Mein Mund öffnete sich und es sprudelte aus mir heraus:

»Ein anderes Mal, ich muss jetzt gehen.«

»In Ordnung, Mrs. West«, sagte Erik und schaute mir verwundert in die Augen.

Dieser Mann schien bis in meine Seele blicken zu können, verlegen löste ich mich aus seinem unwiderstehlichen Blick.

Mein Herz trieb in einem Ozean aus Rhythmusstörungen umher und war völlig aus dem Takt geraten.

Der wahre Grund für mein inneres Feuer war aber ein anderer.

In der Nacht zuvor hatte ich von Erik geträumt und es war nicht das erste Mal, dass er mir im Traum begegnet war.

Erik W. Suthor war der Mann aus meinen Träumen und ich wusste, dass ich endlich meinen ›Kugelmensch‹ gefunden hatte.

Das Einzige, das mich störte, war der goldene Ring an seiner rechten Hand …

SEELENLIEBE

Und ich sage dir, er ist es, Susi!«
»Bist du sicher?«
»Hundertprozentig. Ich habe oft genug von ihm geträumt, den Mann würde ich immer wieder erkennen.«

»Gut, dass du gleich zu mir gekommen bist, du musst ja völlig durcheinander sein!«

Susanne umarmte mich und zog mich in ihren Buchladen.

Kurzerhand drehte sie das Schild an der Eingangstür um.

»*Geschlossen*«, stand dort und ich protestierte.

»Du bist wichtiger für mich, Becky.«

»Wein oder Kaffee?«

»Lieber Wasser.«

»Ich glaube, ich brauche jetzt einen starken Whisky«, murmelte Susi und schenkte sich einen doppelten Southern Comfort auf Eis ein.

Gespannt hörte sie zu, als ich ihr von meiner Begegnung mit ihrem Anwalt, der jetzt auch meiner war, erzählte. Darüber hinaus war Erik W. Suthor der Mann, den meine Seele immer gesucht hatte: meine Zwillingsseele, mein *Kugelmensch*.

›*Dieser Mann wird dich zu deiner wahren Liebe führen*‹, *lautete* die Botschaft meiner Mom, als Jayden in mein Leben trat.

»Es gibt ihn also wirklich.«

Susi nahm einen Schluck von ihrem Getränk und schüttelte den Kopf.

»Ich dachte, ›Platons Kugelmenschen‹ ist nur eine Metapher.«

Nachdenklich sah ich sie an.

»Vielleicht ist es nur eine Geschichte, aber diesen Menschen gibt es. Die Frage ist nur, wann man ihm begegnet und ob eine Partnerschaft möglich ist? Ganz oft warten auf solche Verbindungen große Herausforderungen, bis es zu einer endgültigen Vereinigung kommt.«

»Was meinst du mit Herausforderungen?«

»Nun, entweder haben sie einen großen Altersunterschied oder leben in verschiedenen Ländern, sprechen unterschiedliche Sprachen oder sind noch an andere Partner gebunden.«

»Oje, das Happy End ist nicht inbegriffen?«

»Vielleicht nicht in diesem Leben, aber möglicherweise in dem Nächsten.«

»Warum ist das so kompliziert, Becky?«

»Weil es sich um Lernpartner handelt. Wir lernen von und durch unsere Zwillingsseele die bedingungslose Liebe.

Herausforderungen in bedingungsloser Liebe anzunehmen und alle Hindernisse zu überwinden, ist oft ein langer Prozess.«

»Hör zu, Susi, ich erzähle dir mal eine Geschichte von zwei Zwillingsseelen, dann wirst du alles besser verstehen.«

Susanne nippte nun an ihrem Weinglas und blickte mich erwartungsvoll an: »Eine junge Frau namens Anna verbringt mit ihrer Mutter den ersten Auslandsurlaub in Marokko. Als sie eines Abends mit ihrer Mom in den Tanzclub des Hotels geht, fällt ihr ein junger Mann auf, der sie schüchtern beobachtet und Anna fordert ihn zum Tanzen auf. Sie war 25 Jahre alt und Eric, ein attraktiver Franzose,

23. Als sie sich in die Augen schauten, erkannten sich ihre Seelen wieder. Der junge Student war nur für eine einzige Nacht in dem Hotel. Überlege einmal, wie hoch die Wahrscheinlichkeit ist, dass so eine Begegnung stattfindet?

Die beiden tanzten miteinander und Eric flüsterte ihr französische Wörter ins Ohr, die nur ihr Herz verstand.«

»Es herrschte eine tiefe Vertrautheit zwischen ihnen, die sie sich nicht erklären, aber fühlen konnten. Das Paar verbrachte eine romantische Liebesnacht miteinander und am nächsten Morgen musste der junge Mann weiterfliegen. Als Co-Pilot hatte er nur einen Zwischenstopp in Agadir gemacht, um ein Ersatzteil für das Flugzeug seines Freundes zu besorgen. Während Eric weiterflog, erhielt die junge Frau ein Telegramm mit der Anschrift des Mannes, in den sie sich verliebt hatte.«

»Zwei Wochen später besuchte Eric seine Freundin in Berlin.

Einen Monat danach lud er sie für eine Woche nach Florida ein und sie verbrachten eine magische Zeit miteinander.«

Ich schloss die Augen und sah deutlich das Zimmer vor mir, in dem das Paar übernachtet hatte.

»Überall brannten Kerzen in unterschiedlichen Größen und Farben, eine Flasche Weißwein stand auf dem kleinen Nachttisch, daneben ein Baguette und ein Stück Roquefortkäse. Eine Plastikflasche diente als Vase, in der ein kleiner Strauß Margeriten seinen Platz fand.«

»Sie hatten nicht viel und doch hatten sie alles.«

Wie elektrisiert hing Susi an meinen Lippen und ich fuhr fort:

»Jedes Mal, wenn sich das Paar am Flughafen wieder trennen musste, weinten beide bitterlich, denn ihre Seelen wussten nicht, wann sie sich das nächste Mal wiedersehen würden. Zwei Jahre lange führten sie eine Fernbeziehung und obwohl sie sich nicht mehr wiedersahen, schrieben sie sich die glühendsten Liebesbriefe und dachten täglich aneinander.

Der Spruch: ›Aus den Augen, aus dem Sinn‹, trifft hier nicht zu.«

»Wow, Becky, das ist so romantisch!«

Tränen rannen über Susannes Wangen, verstohlen wischte sie sie ab.

»Wie ging es weiter?«, drängte Susi.

»Nach diesen zwei Jahren gab Eric sie frei, denn er wollte aus beruflichen Gründen nach Argentinien gehen.«

›Du verdienst etwas Besseres, als mich, ich verdiene Dich gar nicht. Du solltest einen Mann an Deiner Seite haben.‹

»Anna weinte sich die Seele aus dem Leib – sie wusste, dass es so einen Mann nur einmal für sie gab.

In Wahrheit war Eric vor seinen tiefen Gefühlen für Anna davongelaufen, was ihr erst später klar wurde, denn Eric hatte eine tiefe Angst davor, die Kontrolle zu verlieren.

Aus Trotz blieb sie die nächsten Jahre ein Single.

Jeder Mann, der nach Eric kam, wurde von ihr mit ihrem Traummann verglichen und zurück blieb immer die Sehnsucht nach dieser einzigartigen, tiefen Liebe.«

»Blieben sie in Kontakt?«

Ich lächelte.

»Nein, nur auf energetischer Ebene, d.h. sie waren über

das ›Seelenband‹ miteinander verbunden. Sie spürten sich, fühlten, wie es dem anderen ging und das alles ohne Worte.

Erst zehn Jahre später, als Anna zum hundertsten Mal seine Liebesbriefe durchlas, hatte sie den Impuls, ihn anzurufen.

Auf gut Glück rief sie in seinem Ferienhaus in Südfrankreich an und Eric war da.«

»Nein!«

Ich kicherte vergnügt.

»Doch, er ging ans Telefon und war total happy, dass sie sich bei ihm meldete. Das Telefonat dauerte 2 Stunden.

Eric hatte inzwischen eine feste Anstellung als Privatpilot bei einem amerikanischen Unternehmen und flog ab und zu nach Berlin.«

»*Wenn ich wieder in Berlin bin, dann treffen wir uns!*«, versprach er ihr. »Anna war glücklich und nach zwei Wochen meldete er sich, weil er einen Manager nach Berlin fliegen sollte.«

»Da hatte doch das Schicksal seine Hand im Spiel?«

Susis Wangen glühten vor Aufregung.

Ich grinste.

»Natürlich.«

»Anna konnte kaum schlafen. Immer und immer wieder stellte sie sich die Begegnung mit ihrer wahren Liebe vor, bis endlich der lang ersehnte Tag kam.«

Susi hielt die Luft an und war kurz vor dem Platzen.

»Ungeduldig wartete sie auf Eric in der historischen Halle des John F. Kennedy-Flughafens, die nur für Privatflugzeuge genutzt werden darf. Nervös trat Anna von einem Bein auf das andere. Natürlich hielt sie nach einem Mann in

Uniform Ausschau und war etwas enttäuscht, als sie ihn in Zivil sah. Wie die meisten Frauen stand Anna auf Uniformen«, sagte ich und Susanne nickte bestätigend.

»Eric war zu einem Mann herangewachsen und sah mit seinen silbergesträhnten Haaren verdammt attraktiv aus! Mit 23 war er ein junger Bursche gewesen, jetzt stand ein richtiger Mann vor ihr. Er lud sie in ein französisches Restaurant ein und die einstmals vertraute Nähe war sofort wieder da. Das Paar saß nebeneinander und es fühlte sich für beide nicht so an, als ob es je eine Trennung gegeben hatte.«

»Diese Nähe verwirrte Anna und obwohl sie seit Jahren eine Nichtraucherin war, ließ sie sich nach dem Essen von dem Kellner ein paar Zigaretten bringen und paffte diese, nur um einen räumlichen Abstand zwischen ihnen zu schaffen.

Als absoluter Nichtraucher hasste Eric den Geruch von Zigaretten. Tatsächlich rückte er von ihr ab und berichtete über sein Leben in Argentinien. Eric hatte sich in eine feurige Landsmännin verliebt und sie geheiratet. Sein Arbeitsrhythmus bestand damals aus zwei Wochen, in denen er unterwegs war; danach hatte er immer 14 Tage frei. Seine Frau langweilte sich allein und begann ein Verhältnis mit einem anderen Mann, was Eric zutiefst verletzte.«

»Das kann ich verstehen«, warf Susi böse ein und dachte an ihren untreuen Mann, der sie mit der jüngeren Oberärztin Anja Sturm betrogen hatte.

Ich nahm Susis Hand und drückte sie sanft.

»Eric ließ sich scheiden und kehrte nach Frankreich zurück. Dort lebte er zusammen mit seiner Freundin abwechselnd in Paris und in Südfrankreich.«

»Aha, er war also nicht frei, als Anna ihn wiedersah?«

»Nein.«

»Spannend, Becky, erzähl weiter!«

»Nach dem Lunch fuhren sie zum Flughafen zurück und sie durfte mit ihm in den Privatjet, wo er ihr das gesamte Cockpit erklärte. Als sie sich voneinander verabschiedeten, wussten sie, dass sie in Verbindung bleiben würden. Eric schrieb Anna E-Mails, die romantische Wellen in ihr auslösten.«

»Was schrieb er? Becky, ich platze hier gleich vor Spannung!«

Ich lachte schelmisch.

»Na, so romantische Sachen eben, wie: *Ich sitze hier am Strand und beobachte den fantastischen Sonnenuntergang.*

Ich wünschte, du wärst hier und wir könnten ihn gemeinsam bei einem Cocktail genießen.«

»Mmmhh, ok, da hatte die liebe Anna sicher wieder Hoffnung auf eine Fortsetzung mit Eric?«

»Ja, vor allem, als er sie auf sein Motorboot einlud …«

»Oha, was sagte seine Freundin dazu?«

»Die war eifersüchtig und Eric machte eine Rolle rückwärts.

Anna hätte alles dafür gegeben, um diese Zeit mit ihm zu haben und ganz sicher hätte sie keine Rücksicht auf seine Freundin genommen!«

»Hätte ich auch nicht an ihrer Stelle.«

Susis Augen funkelten.

Sie war eine hoffnungslose Romantikerin und diese Lovestory zog sie völlig in den Bann.

»Dann kamen eher nüchterne Mails von Eric. Er schrieb, dass er am Wochenende mit seiner Freundin auf einer

Hochzeit von einem Freund eingeladen war. In der nächsten Mail schrieb er das Gleiche und in der Dritten, gab er bekannt, dass er seine Freundin geheiratet hat!«

Fassungslos starrte Susi mich an.

»Er hat seine *Freundin* geheiratet? Das darf doch nicht wahr sein! Warum hat er das getan?«

Susi konnte sich gar nicht beruhigen.

»Weil er Angst vor seinen tiefen Gefühlen hatte. Diese Liebe ließ ihn wieder davonlaufen, und zwar geradewegs in die Arme der Frau, die ihm genau das spiegelte, was er über sich dachte: *Ich bin nicht gut genug für die Liebe. Anna hat einen Besseren als mich verdient.*«

»Das verstehe ich nicht!«

»Erics Selbstwertgefühl war gering. Durch ein Erlebnis in seiner Kindheit hat er das Gefühl vermittelt bekommen, nicht gut genug zu sein, man nennt das ›die Ur-Wunde‹. Damit sein falsches Selbstbild immer wieder bestätigt wurde, wählte er zielsicher die Frauen aus, die ihm genau das widerspiegelten.

Seine erste Frau tat es, indem sie ihn betrog und ihm suggerierte: *Du bist nicht gut genug für mich!*«

»Seine Freundin, die Ehefrau Nr. 2 wurde, war vom gleichen Kaliber. Ständig nörgelte sie an ihm herum, war nie zufrieden. Egal, was Eric tat, er lernte, dass er sich wahnsinnig anstrengen musste, um seine Frau zufriedenzustellen, nur damit sie ihm Freundlichkeit entgegenbrachte, welches er fälschlicherweise als ›Liebe‹ einstufte.«

Ich zuckte mit den Schultern.

»Er kannte es nicht anders. Seine Eltern hatten ihm frühzeitig zu verstehen gegeben, dass er für Liebe etwas tun musste und er übernahm dieses falsche Denkmuster.«

Langsam verstand Susi, worauf ich hinauswollte.

»Dann war eine Beziehung auf Dauer mit Anna gar nicht möglich.«

Nachdenklich nippte sie an ihrem Glas.

»Genau, solange beide nicht in ihrer Selbstliebe verankert sind, werden sie immer wieder die falschen Partner anziehen.«

»Wie hat Anna auf seine Heirat reagiert?«

»Anna, die auch Probleme mit ihrem Selbstwertgefühl hatte, war außer sich vor Wut und Enttäuschung. Sie dachte ebenfalls, dass sie nicht gut genug für Eric sei und sein Verhalten bestätigte ihr dies. Wütend schrieb sie ihm eine E-Mail, in der sie ihn beschimpfte und ihm untersagte, sich jemals wieder bei ihr zu melden.«

»Die Arme! Haben sie sich je wiedergesehen?«

Hoffnungsvoll blickte Susi mich an.

»Nicht in jenem Leben, aber wir haben uns in diesem Leben wiedergetroffen.«

Plötzlich weiteten sich Susannes Augen.

»Wir? Mein Gott Becky, du bist diese Anna und Eric ist der Anwalt!«

»Ja, Susi. Erik und ich haben einen Seelenplan miteinander.«

»Das ist doch verrückt! Kannst du dich an dein altes Leben erinnern oder woher weißt du das?«

Susi war total durcheinander.

»Meine Träume … mit jedem Traum kam ein weiteres Puzzle-teil dazu und als ich Erik heute sah … «, versunken stoppte ich in meiner Erinnerung.

»Was, Becky? Himmel, nun spann mich doch nicht so auf die Folter!«

»… wusste ich, dass es nun Zeit ist, unsere unsterbliche Liebe zu vollenden.«

Mir fiel Moms Botschaft ein: ›*Dieser Mann wird dich zu deiner wahren Liebe führen.*‹

»Erinnerst du dich, Susi?«

Aufgewühlt sah sie mich an.

»Und ob! Wie könnte ich das vergessen? Was ist mit Jayden? Wieso hat er dich gehen lassen? Wie hast du das geschafft?«

Susanne überschlug sich fast.

Triumphierend holte ich meinen Topasanhänger hervor.

»Den hatte Jayden in einem Geheimfach versteckt.«

»Ich verstehe nicht? Den trägst du doch immer!«

»Er hatte eine Kopie anfertigen lassen, Susi, weil er nicht wollte, dass ich mit meiner Mutter in Kontakt trete.«

»Waaas?«

»Ich habe die Kette zum Duschen abgenommen und er muss die Gelegenheit genutzt haben, den Stein an sich zu nehmen.«

Verständnislos schüttelte Susi den Kopf.

»Jayden ist krank. Seine Kontrollsucht geht zu weit!«

»Eindeutig. Die ganze Zeit habe ich mich gefragt, warum der Stein kalt blieb und ich nicht das kleinste Zeichen von Mom bekam.«

»Das kann aber nicht der Grund für seine Einwilligung sein, Becky?«, bohrte Susi weiter.

»Da muss es noch etwas geben?«

»Ja, Susi, das stimmt. Ich kann dir aber nicht sagen, was es ist, so gern ich auch möchte. Ich habe es Jayden versprochen.«

Ich zögerte und blickte in ihr sorgenvolles Gesicht.

»Ich möchte dich da nicht mit hineinziehen. Ehrlich gesagt, hätte ich Angst um dich und wenn dir etwas zustoßen würde, könnte ich mir das nie verzeihen.«

Beklommen sah Susanne mich an.

»In Ordnung, Becky, ich vertraue dir. Bitte pass auf dich auf!«

JAYDENS GEHEIMNIS

Unruhig wartete ich auf den Montagmorgen. Jayden verließ pünktlich um 7:30 Uhr das Haus und ich wusste, erst dann konnte ich mein Päckchen, welches ich vor ihm versteckt hatte, auspacken.

»Was hast du heute vor, Darling?«, fragte er beiläufig, während er seinen Kaffee trank und seine E-Mails vom Office checkte, die über das Wochenende eingegangen waren.

»Nichts Besonderes. Ich wollte mit Susi auf den Markt am Winterfeldplatz gehen. Dort gibt es das leckere Dinkelbrot, das du so gerne isst und wenn das Wetter so bleibt, trinke ich mit ihr noch einen Kaffee.«

»Okay. Wie geht es Susi eigentlich? Hat sie die Trennung von Peter gut verkraftet?«

»Na ja, sie knabbert schon sehr daran, schließlich waren sie über zehn Jahre miteinander verheiratet.«

»Dieser Peter! Geht einfach fremd und schwängert die Frau auch noch.«

Ich konnte sehen, was Jayden in diesem Moment dachte: »*Das kann mir nicht passieren*«, und fühlte den alten Zorn in mir aufsteigen.

Wohlweislich hatte Jayden mir seine Vasektomie vor der Hochzeit verschwiegen und ich erfuhr erst elf Monate später davon.

Ausgerechnet an Weihnachten und dann noch durch meinen Schwiegervater! Schnell stand mein Mann auf und ging ins Bad, um sich die Zähne zu putzen. Während ich das leise Surren seiner Zahnbürste vernahm, dachte ich an den Moment zurück, der mein Leben mit Jayden für immer veränderte …

Gutgelaunt flitzte Jayden in die Garage, um für Nachschub zu sorgen. Sein Vater Chris trank wieder einen über den Durst und sein Sohn kam kaum hinterher. Dementsprechend war Chris in ›Plauderlaune‹.

Eifersüchtig hatte er den ganzen Abend das verliebte Geturtel zwischen Jayden und mir beobachtet.

»Weißt du, wir versuchen, dich zum Grandpa zu machen«, verriet ich ihm glücklich und strich bezeichnend über meinen Bauch.

Chris sah mich an, als ob ich den Verstand verloren hätte. Dann fing er an zu lachen.

»Er hat es dir also noch nicht gesagt?«

Irritiert schüttelte ich den Kopf.

»Was gesagt? Was meinst du damit, Chris?«

Mein Schwiegervater starrte mich mit glasigen Augen an und machte eine Handbewegung, die ich nicht verstand.

Es sah so aus, als ob er in der Luft mit seinen Fingern etwas durchschnitt.

Genau in diesem Moment erschien Jayden und als er die Handbewegung sah, war seine gute Laune wie weggeblasen.

Schlagartig wurde mir klar, was das Ganze zu bedeuten hatte!

»Das hast du nicht getan, Jayden?«, flüsterte ich entsetzt und griff mir an den Hals. Ich hatte das Gefühl, dass jemand mir langsam die Kehle zudrückte. Nach Luft schnappend, sprang ich auf. In Sekundenschnelle hatte Jayden die Situation erfasst. Der Schock, den ich durch diese Geste von

Chris bekommen hatte, zog mir komplett den Boden unter den Füßen weg!

Hysterisch trommelte ich auf Jaydens Brustkorb ein und schrie ihn an: »Wie konntest du mir das antun? Wie konntest du das tun?«

Traurig sah Jayden mich an. Er sprach kein Wort und wartete ab, bis ich schluchzend auf die Knie sank. Jayden ›bellte‹ seinen Vater regelrecht an, sodass dieser wankend den Raum verließ.

Dann zog er mich hoch.

»Becky, Liebes, sieh mich an! Ich habe diese Operation gleich nach meiner Scheidung vornehmen lassen – das ist jetzt über zehn Jahre her. Ich kann sie nicht mehr rückgängig machen; wenn ich es könnte, würde ich es tun, glaube mir!«

Ungläubig starrte ich ihn an. Diese ganzen Versuche … von ihm schwanger zu werden … waren eine einzige Farce gewesen.

»Du hättest es mir sagen müssen!«

Entschlossen stand ich auf und holte meinen Mantel.

»Wenn du jetzt gehst, dann brauchst du nicht mehr wiederzukommen, Rebecca«, sagte Jayden mit einer kalten Stimme, die mir fremd war.

»Drohst du mir?«

Wütend sah ich meinen Mann an.

Jaydens Blick jagte mir Angst ein – etwas in mir zerbrach.

Plötzlich bekamen seine Augen einen flehenden Ausdruck.

»Wir werden ein Kind adoptieren. Ich tue alles, was du willst. Verlass mich nicht, Becky. Ich kann nicht ohne dich sein, verstehst du?«

Seine Tränen zeigten mir, dass seine Verzweiflung größer als meine war und ich blieb, in der Hoffnung, dass er sein Wort halten würde …

»Bis heute Abend, Darling.«

Jayden riss mich aus meinen Gedanken.

Er beugte sich hinunter und gab mir einen Kuss auf den Mund. Prüfend sah er mich an.

»Du bist heute Morgen irgendwie anders.«

Ich zwang mich zu einem Lächeln.

»Ich habe nur etwas Kopfschmerzen, Darling.«

»Nimm eine Aspirin, ich muss jetzt los! Denkst du bitte an die Vorbereitungen für das Frühlingsfest im Countryclub? Jane will mit dir noch die Liste durchgehen, vielleicht rufst du sie heute Vormittag an?«

Ich seufzte. Geschickt hatte mein Mann es verstanden, mich immer weiter in gesellschaftliche Verpflichtungen einzubinden und ich hatte versucht, mich seinen Erwartungen anzupassen. Langweilige Dinnerpartys, Barbecues und Tanzveranstaltungen gehörten zu meinem Alltag. Sie knebelten mich wie einen Schmetterling, der sich in einem Spinnennetz verheddert hatte. Ich spielte die perfekte Gastgeberin – war immer tadellos gekleidet und mein Lächeln war – wie bei einer Porzellanpuppe eingebrannt worden.

»Ja, ich rufe sie nachher an, Jayden«, antwortete ich brav und griff an meine Stirn.

»Nimm gleich die Aspirin, Darling!«

»Ja«, log ich und ging in Richtung Badezimmer.

Oben angekommen, lauschte ich, bis die Tür ins Schloss fiel. Dennoch ging ich auf Nummer sicher und sah zum

Fenster hinaus, bis Jayden davonfuhr. Endlich hatte ich freie Bahn!

Aufgeregt untersuchte ich das Päckchen und schüttelte es vorsichtig. Es klapperte leise, ich wollte endlich wissen, was Jayden vor mir versteckt hielt und öffnete es.

Vor mir lag meine Kette und der Stein glühte.

›Endlich!‹, hörte ich die Stimme meiner Mom sagen, während ich den Stein in meine Hand nahm.

»Was bedeutet das?«, fragte ich laut und sah mir den Anhänger genauer an, der an meiner Kette baumelte.

Er war eine exakte Kopie und in mir stieg eine unbändige Wut hoch! Jayden hatte die Anhänger vertauscht und das erklärte, warum ich seit einem Jahr nichts mehr von meiner Mutter gehört hatte.

»Diesmal bist du zu weit gegangen, Jayden West«, sagte ich mit einer Entschlossenheit, die keinen Zweifel offen ließ.

»Mom?«, flüsterte ich mit tränenerstickter Stimme.

›Du musst weiter auspacken, Becky und handeln! Du bist stark, viel stärker, als du denkst. Ich liebe dich.‹

›Ich liebe dich auch, Mom.‹

Vorsichtig wickelte ich den Gegenstand aus, den Jayden in Zeitungspapier aufbewahrt hatte.

Es war eine alte, beschriftete Videokassette und ich erkannte Jaydens krakelige Handschrift: »Dirty Boys.«

Im ersten Moment dachte ich an ein Privatvideo von seinen Söhnen, aber der Titel kam mir merkwürdig vor.

Außerdem wusste ich, wo er seine Videos aufbewahrte – dieses hier hatte er bewusst vor mir versteckt.

Ahnungsvoll lief ich die Treppe hinunter und schob mit zitternden Händen die Kassette in das Videogerät. Ich überlegte, wie ich den Wechselmodus vom TV zum Videorekorder ändern musste, um das Band abzuspielen. Ich kannte mich nicht mit dem Gerät aus und probierte verschiedene Knöpfe aus.

»Verflixt, irgendwie muss das doch gehen?«, schimpfte ich laut.

Genervt probierte ich weiter und landete einen Zufallstreffer!

Die Kamera flimmerte, das Video war schon ein älteres Kaliber und die Beleuchtung war schummrig, sodass ich wenig von der Umgebung erkennen konnte, die auf den ersten Blick wie eine Studentenbude aussah. Auf einem Bett lag ein nackter Mann und sah aufreizend in die Kamera.

Langsam ging der »Kameramann« näher an den aufgerichteten Körperteil des Mannes heran.

Plötzlich begann die Kamera zu wackeln und Minuten später war Jayden zu sehen. Er sah jünger aus und der andere Mann war vermutlich gerade mal volljährig.

Ekel stieg in mir hoch – ich musste würgen.

Es lag nicht daran, dass zwei Männer Sex miteinander hatten, es lag daran, dass einer der beiden mein Ehemann war, der seinen ›Dick‹ in den Mund eines Mannes steckte.

Angewidert schaltete ich das Gerät aus. Das war also der Fleck auf Jaydens weißer Weste, die jeder für makellos hielt – er war bisexuell! Ich erinnerte mich an Situationen, in denen Jayden angetrunken unbedingt Sex wollte. Er war ein zärtlicher Liebhaber, aber wenn er zu viel getrunken hatte, nahm er mich fordernd von hinten und seine

Erregung wuchs, sobald er meinen Po sah. Schon damals hatte ich das Gefühl, dass er lieber weiter gehen wollte …

Schnell zog ich die Kassette heraus und verstaute sie wieder in das Päckchen. Mit einer erstaunlichen Ruhe rief ich Susi an.

»Susi, wie heißt doch gleich dein Scheidungsanwalt? Ja, ich werde die Scheidung einreichen. Kannst du mich in drei Stunden von zu Hause abholen?«

Ich schrieb ein paar Zeilen und legte sie in das Päckchen, welches ich anschließend zur Post brachte.

Dann wartete ich auf Jayden …

DIE SCHEIDUNG

H i Darling, ich bin wieder da!«, rief Jayden laut.
Er lauschte.
Nichts!

Es blieb still im Haus.

Vielleicht ist sie unter der Dusche?

Ich hatte mich nicht bei seiner Sekretärin gemeldet und er fragte sich, was mit mir los war?

In letzter Zeit wirkte ich zerstreut, hatte oft Kopfschmerzen und meine Lust auf Sex wurde immer weniger.

Ich werde sie gründlich von meinem Doc durchchecken lassen.

Schnell zog er die Schuhe aus und ging ins Badezimmer, um sich die Hände zu waschen.

Dabei fiel ihm auf, dass meine ganzen Toilettenartikel verschwunden waren.

Ein leises Gefühl der Panik überkam ihn und er versuchte, ruhig zu bleiben. Im Schlafzimmer riss er den Kleiderschrank auf und prallte zurück – er war zur Hälfte leer!

»Was, zum Teufel, ist hier los?«, brüllte Jayden hilflos und rannte in das Gästezimmer.

Dann entdeckte er mich in seinem geliebten Ohrensessel, neben mir stand ein riesiger Koffer und auf der anderen Seite Joschis Katzenbox, in dem der Kater saß und ihn anklagend ansah.

»Was hat das zu bedeuten, Becky?«

Ruhig stand ich auf und ging auf meinen Mann zu.

»Wonach sieht es denn aus, Jayden?«

Der Verstand meines Mannes hatte die Situation erfasst, nur sein Herz weigerte sich, sie anzunehmen.

Jayden schluckte.

»Du kannst mich nicht verlassen!«, stieß er spöttisch hervor.

»Oh doch, das kann ich.«

Meine Sicherheit kämpfte mit Jaydens Unsicherheit.

»Warum?«, fragte Jayden argwöhnisch.

»Weil ich dein Geheimnis kenne!«

Jayden wurde leichenblass. Wortlos ging er zu dem Sekretär und untersuchte das leere Geheimfach. Fluchend trat er gegen die Tür und drehte sich zu mir um.

»Wo ist das Video?«

»Bei meinem Anwalt. Ich lasse mich von dir scheiden, Jayden und du wirst mich gehen lassen!«

Wütend machte Jayden einen Schritt auf mich zu.

»Du gibst mir sofort die Kassette!«

»Hörst du mir nicht zu? Das Video ist nicht hier, es ist bei meinem Scheidungsanwalt und dort bleibt es bis zu unserer Scheidung. Du bekommst es wieder und ich werde schweigen, Jayden. Aber wenn du mich anrührst, dann lasse ich dich hochgehen, das schwöre ich dir! Du hast mich belogen und manipuliert, damit ist jetzt Schluss.«

Die Türklingel ertönte und ich atmete erleichtert auf.

Ungläubig sah Jayden mich an, während ich meinen Koffer und Joschis Box nahm. So schnell ich konnte, lief ich die Stufen hinunter und hörte, wie Jayden anfing, in die Hände zu klatschen.

Erneut schellte es an der Tür.

»Schach, Darling«, rief er hinter mir her und brach in ein irres Gelächter aus.

Unten angekommen, drehte ich mich um und warf einen letzten Blick auf meinen Mann.

»Nein, Darling, Schach matt!«

Ich öffnete die Tür und Susi fiel mir in die Arme.

»Mein Gott, Becky, ich habe mir solche Sorgen um dich gemacht!«

»Alles gut, Susi. Komm, lass uns hier verschwinden!«

Dann hörte Susi Jaydens Lachen.

»Wer ist das?«, flüsterte sie angstvoll.

»Jayden.«

Susi nahm Joschis Box und ich schleppte meinen Koffer zu ihrem kleinen Fiat. Meine Sachen lagen zusammengelegt in dem Koffer, mit dem ich gekommen war. Die gesamte Abendgarderobe ließ ich zurück; ich brauchte sie nicht mehr. Den Schmuck hatte ich im Safe gelassen – nichts davon wollte ich behalten.

»Er steht am Fenster, Becky.«

Ich drehte mich nicht um. Ich wusste, dass dieses Kapitel mit Jayden beendet war und ein neues Leben auf mich wartete. Zumindest dachte ich das …

Erik W. Suthor las die Zeilen, die er von seiner neuen Klientin Mrs. West zusammen mit einem Päckchen erhalten hatte:

Sehr geehrter Herr Suthor,

Sie sind mir von meiner Freundin Susanne Schneider (ehemals Heesen) empfohlen worden. Ich habe eine ungewöhnliche Bitte: Öffnen Sie unter keinen Umständen das Päckchen!

*Darin befindet sich eine Videokassette meines Mannes
Jayden West mit kompromittierendem Material und ich
bitte Sie, dieses bis zu meiner Scheidung in ihrem Safe zu
verwahren.
Ich kann Ihnen jetzt nicht mehr sagen, wir besprechen
alles persönlich, bitte vertrauen Sie mir!*

Rebecca West

Der Anwalt war in Versuchung, das Päckchen zu öffnen, aber die dringliche Bitte dieser Rebecca West hielt ihn davon ab. Susanne Schneider war eine patente Frau und er konnte sich nicht vorstellen, dass sie mit einer Verrückten befreundet war. Sorgsam verstaute er das Päckchen in seinem Safe und wartete gespannt auf den Termin mit seiner nächsten Klientin.

Es sah nach einem interessanten Fall für ihn aus und er liebte Herausforderungen. Niemand wusste, dass seine eigene Ehe im Grunde auch vor Gericht gehörte, denn seine schöne Frau Roxanna war ein russischer Eisblock und die Ehe bestand nur noch auf dem Papier. Erik liebte seinen Sohn Victor und er war der Grund, warum er mit seiner Frau zusammenblieb.

Er war bestrebt, für Victor eine heile Welt zu erschaffen, damit sein Junge unbeschadet zu einem glücklichen Menschen heranwachsen konnte. Roxanna war eine erfolgreiche Maklerin und für sie stand das Geld an erster Stelle. Mit Anfang 20 war sie aus einem kleinen Dorf in der Nähe von Moskau nach Berlin gekommen und hatte ein klares Ziel vor ihren blauen Puppenaugen: Sie wollte viel Geld verdienen und nie wieder in Armut leben müssen! Ihre kühle Ausstrahlung zog Erik an; unbewusst erinnerte Roxanna ihn an seine Mutter, um deren Zuneigung er immer hatte kämpfen müssen.

»Nichts ist umsonst«, pflegte seine Mutter zu sagen und Erik verinnerlichte diesen falschen Glaubenssatz.

Er strengte sich in der Schule an, um gute Noten zu bekommen, aber egal, wie gut seine Zeugnisse ausfielen, seine Mutter war nie zufrieden mit seinen Leistungen.

Sein Vater war ein angesehener Politiker und er bekam ihn wenig zu Gesicht. Wärme und Zuneigung erhielt Erik durch zwei ältere Damen in der Nachbarschaft, die den sensiblen, klugen Jungen in ihr Herz geschlossen hatten. Durch sie bekam seine Seele Nahrung und er liebte die beiden für ihre Fürsorge und Liebe, die sie ihm bedingungslos schenkten.

Auf seinem Schreibtisch stand ein Foto von Roxanna und Victor aus besseren Tagen. Allein der Anblick seines Jungen gab ihm die Kraft, durchzuhalten. Eriks Einsamkeit war verborgen, tief vergraben in seinem Herzen, das immer schwächer wurde. Jeder Mensch braucht Liebe und Erik bildete keine Ausnahme – er wusste es nur nicht.

Stattdessen vergrub er sich in seiner Arbeit, die ihn ausfüllte.

Das Licht seiner Seele war fast erloschen und er konnte nicht ahnen, dass Mrs. West der helle Strahl war, auf den sein Herz so lange gewartet hatte. Erik sah auf die Uhr.

In wenigen Minuten würde sich sein Leben für immer verändern …

DIE ZWEITE
BEGEGNUNG

Berlin ist im Frühling besonders voll mit Touristen. Nach dem langen Winter drängte es die Menschen, sich wieder zu zeigen – Frühlingsstimmung lag in der Luft!

Überall konnte man das zarte Grün entdecken; im Vergleich zu anderen Großstädten ist Berlin mit seinen 430.000 Bäumen eine ›grüne Stadt‹. Die ersten Frühblüher reckten keck ihre gelben und zart violetten Blüten gen Sonne. Die Havel, die Spree und die Dahme schlängeln sich durch die Hauptstadt, auf der Touristen mit gezückten Handys und Kameras die Sehenswürdigkeiten einfangen. Neben den großen Gewässern gibt es noch kleine Bäche und Gräben – stolze 23 sind es an der Zahl.

Schon als kleines Mädchen zog mich das Wasser magisch an und hier, am Ufer der Spree unweit der Monbijou-Brücke im Regierungsviertel, sah ich den Dampfern zu, die emsig die Touristen hin und her beförderten. Zur Mittagszeit brodelte es hier regelrecht vor Menschen, aber das Wasser mit seiner glitzernden Oberfläche ließ mich für eine Weile vergessen, dass ich in einer Stadt lebte, in der man seine Ruhezonen suchen musste …

In der Abenddämmerung strömten die Menschen in Richtung Monbijou-Theater, einem Freilufttheater, das immer ausverkauft ist. Getränke gab es an einer überdachten

Theke; lange Warteschlangen waren garantiert und wurden von den Durstigen in Kauf genommen. In der Nähe gibt es eine riesige Tanzfläche, mit bunten Girlanden gerahmt, wo Alt und Jung ihren Tanzkünsten freien Lauf lassen konnten. Tangomusik wechselte in heiße Salsa-rythmen und zog noch mehr Publikum an.

Ich liebte diese lockere Atmosphäre der Lebendigkeit und sah mir die verliebten Pärchen an, die an mir vorbeischlenderten. Dieser Platz gehörte zu meinen Lieblingsplätzen und jeder, der einmal hier war, kam wieder.

Plötzlich hörte ich Moms Stimme, die mich drängte: ›*Los, Liebes, hol dir etwas zu trinken!*‹

›*Ich habe keinen Durst*‹, antwortete ich ihr telepathisch.

›*Das spielt keine Rolle.*‹

Etwas verwundert stand ich auf und sah in Richtung Bar, wo sich eine lange Warteschlange gebildet hatte.

Ich wusste, dass meine Mutter niemals ohne einen Grund sich bei mir meldete, daher lief ich zu der wartenden Menge, um mich einzureihen. Vor mir stand ein hochgewachsener Mann, der auf sein Handy sah. Langsam schob sich die Reihe vorwärts. Plötzlich hörte ich die Bestellung des Mannes vor mir:

»Ich hätte gern ein alkoholfreies Bier.«

Freudig schlug mein Herz einen Purzelbaum und landete direkt vor Eriks Herz.

»Hallo Herr Suthor.«

Erik drehte sich um, ein Lächeln huschte über sein Gesicht.

»Mrs. West! Das ist ja ein Zufall.«

»Es gibt keine Zufälle.«

Fragend zog mein Kugelmensch seine rechte Augenbraue hoch.

»Gibt es nicht? Das müssen Sie mir erklären!«

Jetzt war nicht der richtige Moment, um meinen Anwalt mit Spiritualität zu konfrontieren.

»Das erkläre ich Ihnen ein anderes Mal.«

Meine Antwort schien Erik neugierig zu machen.

»Warum nicht jetzt? Haben Sie Zeit für einen Kaffee?«

»Gern. Machen Sie hier ihre Mittagspause?«

»Ja, ich komme oft hierher, na ja, wenn meine Zeit es zulässt.«

Erik lächelte mich warm an.

»Ich liebe das Wasser.«

»Wie ich«, entfuhr es mir.

»Sind Sie schon mal mit einem Motorboot gefahren?«

»Nein, leider nicht. Jayden und ich waren mal auf einer Party eingeladen, die auf einem Segelboot stattfand. Mein Mann wurde seekrank.«

»Auf einem Motorboot würde ihm das nicht passieren. Meine Frau ist auch keine Wassernixe. Ich muss mit meinem Boot oft allein hinausfahren, manchmal begleitet mich mein Sohn Victor.«

»Wie alt ist ihr Sohn?«

»Er wird jetzt zwölf, mein kleiner Rabauke.«

Ein Strahlen zog über Eriks Gesicht und sein liebevoller Ton verriet mir, dass Victor sein ganzer Stolz war.

Plaudernd liefen wir am Ufer entlang und suchten uns ein abgelegenes Plätzchen. Eriks Nähe beruhigte und beunruhigte mich zugleich. Es war ein vertrautes Gefühl, mit

ihm zu sprechen und seine Gegenwart löste in mir Glücks-
gefühle aus.

Ich konnte mich genauso zeigen, wie ich bin, musste
mich nicht verbiegen oder anpassen. Solche Emotionen
kann man nicht in Worte fassen – so leicht und glücklich
konnte ich mich nur mit Erik fühlen …

Bewusst vermieden wir es, über Jayden zu sprechen.

Erik räusperte sich verlegen.

»Ich kann es mir nicht erklären, Mrs. West, kann es sein,
dass wir uns schon einmal begegnet sind? Darüber denke
ich seit unserem ersten Termin nach. Irgendwie sind Sie
mir vertraut.«

Er warf mir einen unsicheren Blick zu.

Ich schmunzelte. Natürlich kannte ich die Antwort, aber
was sollte ich ihm jetzt darauf antworten?

Erik war ein Kopfmensch und er war es gewohnt, Entscheidungen nicht über sein Herz zu treffen.

In ihm schlummerten tiefe Emotionen, die er noch gar
nicht kannte. Und eines konnte er sich als Anwalt nicht
leisten – die Kontrolle über seine Gefühle zu verlieren …

»Nicht in diesem Leben«, wagte ich einen kleinen Vor-
stoß, und wartete gespannt auf seine Reaktion.

Erik lachte und warf mir einen faszinierten Blick zu.

»Sie glauben an Reinkarnation?«

»Ja«, antwortete ich und setzte alles auf eine Karte.

»Außerdem habe ich mediale Fähigkeiten.«

»Das ist ein interessantes Thema, Mrs. West. Ich würde
das gern vertiefen, aber leider muss ich jetzt wieder zurück
in mein Büro.«

Erik fasste seinen ganzen Mut zusammen.

»Würden Sie mir das morgen näher erklären?«

Zu meiner Freude hatte sich Eriks Herz ein Stück geöffnet.

Normalerweise käme ein verheirateter Mann für mich nicht infrage, die Ehe ist eine heilige Institution, doch meine Seele hatte keine Wahl: Sie musste ihrer Bestimmung folgen!

Mein Leben lang hatte ich mich nach dieser Begegnung gesehnt und nichts und niemand konnte mich jetzt noch aufhalten!

Ich wusste, dass er mit seiner Frau unglücklich war und warum er sie als Partnerin gewählt hatte. Karmische Lernpartner hat man nur für eine bestimmte Zeit; sobald man seine Lektionen gelernt hat, löst sich der Seelenvertrag auf und die Verbindung endet.

Erik war mein Schicksal und ich war das Seine.

»Mrs. West – Rebecca, geht es Ihnen gut?«

Besorgt sah Erik mich an. Meine Stimme zitterte, aber mein Herz jubelte vor Freude, als ich ihm antwortete:

»Ja, gerne.«

Eriks Lächeln traf mich mitten ins Herz.

»Dann sehen wir uns morgen wieder, sagen wir um 12 Uhr?«

»Ja.«

»Mrs. West?«

»Ich heiße übrigens Erik.«

»Ich bin Rebecca.«

Erik gab mir die Hand, seine Berührung löste eine Flut an Gefühlen aus und mein Topas begann, zu vibrieren. Und dann sah ich den Grund für seine Ur-Wunde, die meiner entsetzlich ähnlich war …

ANZIEHUNG

Ungeduldig blickte ich auf das goldschimmernde Ziffernblatt.

Es kam mir so vor, als ob jemand sich auf den Zeiger gesetzt hatte, um meine Geduld auf die Probe zu stellen.

Susi hatte sich ein paar Tage freigenommen und während ich auf den Startschuss meiner Uhr wartete, erzählte ich ihr meinen Traum, der ziemlich verwirrend für mich war:

Susi überbrachte mir die Nachricht, dass Erik krank in einem Krankenhaus auf der ›Pfaueninsel‹ stationiert sei.

Die Pfaueninsel liegt in der Havel im Südwesten Berlins. Sie ist ein zur Stiftung Preußischer Schlösser und Gärten Berlin-Brandenburg gehörender 67 Hektar großer Landschaftspark und steht seit 1990 gemeinsam mit den Schlössern und Parks von Sanssouci in Potsdam und mit dem Schloss Glienicke in Berlin als Weltkulturerbe auf der Liste der UNESCO. Als ich hörte, dass er krank sei, wollte ich sofort zu ihm!

»Ich bringe dich hin«, sagte Susi und nahm mich in den Arm.

Auf der Insel angekommen, gingen wir in ein Café und dort stand Erik hinter der Theke und arbeitete. Als ich ihn sah, war ich geschockt – er hatte eine rote Gesichtsfarbe wie ein Alkoholiker und roch nach Alkohol. Ich weigerte mich, zu glauben, dass dieser Mann Erik war und fragte ihn, ober er wirklich Erik sei? Er bejahte.

Ich hatte nicht das Gefühl, dass er mich erkannte, daher

wiederholte ich meine Frage. Mein Blick auf seine Hände und ich stellte ihm die Frage, wo denn sein Ehering sei?

Daraufhin bekannte sich der Mann als Eriks Zwillings-bruder und sagte folgende, bedeutsame Worte: »Du bist die einzige Frau, die Erik je geliebt hat. Diese starken Emotionen haben ihn in jedem Leben, in dem ihr euch wieder begegnet seid, immer in die Flucht geschlagen, weil er Angst hat, die Kontrolle zu verlieren.«

Dieses Geständnis machte mich unsagbar glücklich.

Eriks Bruder brachte uns in das Krankenhaus.

Zu meinem Erstaunen war mein Liebster ein kleiner Junge, der vor mir Angst hatte!

Erik versteckte sich unter der Bettdecke und lugte angst-voll hervor. Ich sagte ihm, dass ich ihn liebe und mir Sorgen um ihn mache, aber er blieb unter der Decke.

Am liebsten hätte ich ihn mitgenommen …

Traurig verließ ich mit Susi das Krankenhaus und wachte auf.

Susi nahm einen Schluck von ihrem Cappuccino und über-legte.

»Also, ich denke, dass Erik als kleiner Junge durch sein ›inneres Kind‹ dargestellt wurde.«

»Was genau ist das?«

»Sinnbildlich verkörpert das innere Kind die in der Kindheit vorhandenen Muster in unserem Fühlen, Denken und Handeln. Im besten Fall entwickeln Kinder Urvertrauen, also eine sichere Bindung und damit ein gutes Modell für künftige Beziehungen. Im schlimmsten Fall erleben sie Missbrauch, Vernachlässigung, Kränkungen und diese Erfahrungen beeinflussen ihr Erleben und Verhalten in Beziehungen.«

»Aha, ich verstehe. Also hat Eriks inneres Kind Angst vor seinen tiefen Gefühlen und deshalb versteckte er sich vor mir?«

»Ich würde es so deuten, ja.«

»Interessant, Susi. Und wie heilt er sein inneres Kind oder: Wie verliert er seine Angst vor der wahren Liebe?«

»Das kann ich dir nicht beantworten, das musst du selbst herausfinden, Becky.«

Susi hatte recht. Vielleicht war das meine Aufgabe, ganz sicher war es aber eine von Eriks Lernaufgaben, mit denen er wiedergeboren worden war.

»Willst du ihm von dem Traum erzählen?«

»Oh nein, das wäre viel zu früh. Erik ist zwar interessiert an dem Thema ›Spiritualität‹, ich möchte ihn aber nicht damit überfordern.«

»Kluges Mädchen«, stimmte Susi zu.

»Ich bin echt gespannt, wie es mit euch weitergeht.«

»Frag mich mal, Susi«, sagte ich lachend und gab ihr einen Abschiedskuss auf die Wange.

»Viel Spaß, Becky!«

»Danke dir, bis heute Abend.«

Ich trug ein buntes Kleid mit Schmetterlingen, das ich besonders liebte. Die kleinen Falter stehen für Veränderung und genau das passierte gerade mit Erik. Natürlich steckte er noch in seinem Kokon und ich musste ihm Zeit geben.

Wie wohl unsere dritte Begegnung verlaufen würde?

Ich war bereit, es herauszufinden!

Erik konnte sich die starke Anziehungskraft zwischen uns nicht erklären und das beunruhigte ihn. Er war ein besonnener Mensch, der seinem analytischen Verstand folgte.

Auf ihn konnte er sich verlassen, klare Fakten jagten ihm keine Angst ein. Gefühle … waren eine andere Sache.

Sie ließen sich nicht vorhersagen, geschweige denn berechnen und er hatte früh gelernt, dass man sich nicht auf sie verlassen konnte, wenn es um Frauen ging.

Seine Erfahrungen mit dem weiblichen Geschlecht waren von Enttäuschungen geprägt. Frauen setzten zuerst sein Herz in Flammen, um es später mit einem Feuerlöscher wieder zu löschen. Mit dem Spiel ›heiß – kalt‹ lockten und verwirrten sie Erik, der von seinem Charakter her ein ehrlicher Mensch war.

Immer hatte er das Gefühl, dass er etwas für die Liebe tun musste, in erster Linie finanzieller Art. Reichte man den Frauen den kleinen Finger, so rissen sie ihm den Arm ab.

Als Scheidungsanwalt waren ihm die kuriosesten Fälle unter die Augen gekommen. Frauen, die ihre Ehemänner bis auf den letzten Blutstropfen aussaugten, um ihn dann wie einen alten Lappen zu entsorgen. Seinen Klienten riet Erik immer, vor der nächsten Eheschließung eine Gütertrennung zu vereinbaren – einen Schritt, den er selbst bei Roxanna versäumt hatte!

Das war der zweite Grund, warum er sich nicht von ihr scheiden ließ. Seine Frau würde ihn gnadenlos ausnehmen und Erik hatte neben seinem geliebten Sohn auch einiges an Luxusgütern zu verlieren. Er besaß ein schönes Haus in Kroatien und eine Villa im noblen Stadtteil Westend, wo er mit seiner Familie lebte.

Wenn er abends müde nach Hause kam, war es Victor, der ihm in die Arme fiel und ihn begrüßte. Seine Frau war eine hervorragende Köchin, die viel Wert auf eine gesunde Ernährung legte und das gemeinsame Abendessen war ein festes Ritual bei der Familie Suthor.

»Hallo Schatz«, grüßte Erik seine Frau und gab ihr einen Kuss auf die Wange.

Roxanna sah flüchtig von ihrem Laptop auf.

»Hallo Schatz, wir können gleich essen, ich muss mich aber heute beeilen, um 20 Uhr fängt meine Botox-Party an.«

Roxanna war ein echter Hingucker und ihre äußere Fassade wurde durch teure Designerklamotten unterstrichen.

Jeden Morgen joggte sie durch den Grunewald, um ja kein Gramm zuzunehmen, und ihre Laune war mies, wenn sie nicht wenigstens ein Kompliment am Tag erhielt.

Erik betrachtete ihr makelloses Gesicht. Ihre langen, blonden Haare waren zu einer eleganten Hochfrisur gesteckt.

Mit ihren 1,75 m hätte sie als Mannequin arbeiten können und mit ihrer Schönheit hatte sie Erik vom ersten Moment an eingefangen.

»Ich kann keine Falten entdecken«, sagte Erik.

»Eben, deshalb mache ich es ja«, sagte sie augenzwinkernd.

»Du bist 35, da hat man noch keine Falten.«

»Ach, Erik, das verstehst du nicht. ›Wehrt den Anfängen‹, so sagte man doch bei euch, oder?«

›Wehret den Anfängen‹, verbesserte Erik sie.

»Von mir aus.«

Roxanna zuckte mit den Schultern.

»Ich zahle es von meinem Geld«, warf sie spitz ein.

Er wandte sich Victor zu.

Seine Leistungen waren hervorragend, sein IQ lag bei 130 und wurde auf einer Privatschule gefördert. Erik war mächtig stolz auf seinen Sohn. Das Lernen fiel ihm leicht und seine Eltern mussten sich keine Sorgen um ihn machen. Erik ertappte sich, dass seine Gedanken immer wieder zu mir wanderten.

Meine Natürlichkeit faszinierte ihn und er hatte seiner Frau gegenüber ein schlechtes Gewissen. Obwohl die Liebe zwischen ihnen erloschen war oder vielleicht nie wirklich existiert hatte, war er Roxanna treu. Er wollte keinen Schatten auf das Zuhause von Victor werfen, darüber hinaus gehörte Loyalität zu Eriks Wesenszügen. Ich war ein Rätsel für ihn, noch rätselhafter war meine spirituelle Einstellung zum Leben.

Und gleichzeitig fand er es hochinteressant und wollte mehr darüber erfahren. Erik fragte sich, ob ich eine Bedrohung für seine Gleichgültigkeit darstellen könnte?

»Papa, hörst du mir zu?«

Erschrocken fuhr Erik zusammen und versuchte, seine Gedanken, die wie eine Horde Insekten umherschwirrten, zu fokussieren.

»Entschuldige, ich hatte einen anstrengenden Fall heute, der mich irgendwie immer noch beschäftigt.«

»Erzähl mal!«

»Du weißt doch, dass ich der Schweigepflicht unterliege und nichts sagen darf.«

»Och, kannst du nicht mal eine Ausnahme machen?«

»Nein, mein Sohn. Komm, lass uns jetzt mit Mama essen!«

»Ok, aber nachher spielen wir Schach und ich gewinne.«

DIE DRITTE
BEGEGNUNG

Ungeduldig hielt ich nach meinem Seelenpartner Ausschau. Am Himmel war kein Wölkchen zu sehen und die Sonne wärmte bereitwillig mit ihren Strahlen jedes Lebewesen, das aus dem Schatten trat.

Abgehetzt erschien Erik kurz nach 12 Uhr mit einem vollen Picknickkorb.

»Hallo, Rebecca.«

»Hallo, Erik.«

Unsere Hände berührten sich kurz – unser Strahlen machte der Sonne Konkurrenz und wir suchten uns ein schattiges Plätzchen unter einem Baum.

»Wow, was haben Sie denn da mitgebracht?«, fragte ich neugierig und schielte in den Korb, aus dem die köstlichsten Gerüche kamen.

Erik lächelte verschmitzt.

»Ich habe das ganze Delikatessengeschäft leer gekauft.«

»Tolle Idee!«, sagte ich und mein Magen bestätigte dies mit einem lauten Knurren.

Erik brach in schallendes Gelächter aus.

»Da bin ich wohl gerade noch zur rechten Zeit gekommen.«

Und ob du das bist, dachte ich selig.

»Das kann man wohl sagen.«

Gemeinsam breiteten wir eine leichte Sommerdecke auf der Wiese aus und begannen eifrig, den Inhalt des Korbes auszupacken. Allein beim Anblick der vegetarischen Bou-letten, knusprigen Hähnchenkeulen, frischen Weintrauben, schwarzen Oliven, Baguette und Käse lief mir das Wasser im Munde zusammen. Erik reichte mir eine Serviette, dann schenkte er uns ein Glas Rose ein. Er fühlte sich sicht-lich wohl, war gelöst und sein Lächeln schien sich nicht mehr verabschieden zu wollen. Erik zog seine Schuhe aus, krempelte seine Hose etwas hoch und lockerte seine hell-grüne Krawatte. Sein dunkelblauer Designeranzug stand ihm fantastisch, war aber für dieses Frühlingswetter viel zu warm.

»Sie wollten mir noch erklären, warum es keine ›Zufälle‹ gibt«, erinnerte er mich.

»Zufall ist, was einem ›zufällt‹. Das bedeutet, dass das, was mir zufällt, für mich gedacht ist, ich muss es nur sehen oder beachten. Nichts geschieht ohne Grund.«

Erik überlegte kurz.

»Sie meinen, das Universum schickt uns Möglichkeiten, wir müssen sie nur erkennen?«

»Genau! Wir müssen nur aufmerksam und offen sein für alles, was da zu uns kommen möchte. Entweder es fällt mir zu, weil ich es erkenne, oder eben nicht. Die Menschen sagen oft: ›Was für ein Zufall‹. Und selbst wenn die ›Zu-fälle‹ sich häufen oder ähneln, kommen sie nicht auf die Idee, dass sie eine Bedeutung haben könnten, weil sie nicht darüber nachdenken.«

Herzhaft biss Erik in eine Hähnchenkeule und schluckte das zerkleinerte Huhn hinunter.

»Wir bekommen also Hinweise von ›oben‹, vom Uni-versum?«

»Ja. Entweder wir beachten sie oder eben nicht, was

durchaus schade ist, denn so entwickeln wir uns spirituell weiter.«

»Aber viele Menschen wissen das nicht.«

»Richtig, das hängt mit dem Bewusstseinszustand zusammen. Wenn ich ein hohes Bewusstsein habe, dann bin ich aufmerksamer und offener für alles.«

»Was bringt den Menschen ein höheres Bewusstsein?«

Ich lachte. »Eine ganze Menge! Wir gestalten unser Leben nach unseren Wünschen und Bedürfnissen und können ein glückliches und selbstbestimmtes Leben führen.«

»Sie denken, dass unsere Begegnung eine höhere Bedeutung hat?«

Während Erik diese Frage stellte, kannte er bereits die Antwort.

Diese seltsame Vertrautheit zwischen uns fühlte sich magisch an und war über den Verstand nicht zu erklären.

»Sie kennen die Antwort«, sagte ich leise und berührte leicht seine rechte Hand.

Sofort zog Erik sie weg, als ob er sich verbrannt hätte.

»Es gibt vieles, was sich nicht mit dem rationalen Verstand nicht erklären lässt«, fuhr ich fort.

»*Ich glaube nur, was ich sehe*«, sagen die Menschen häufig.

»Dann stelle ich die Gegenfrage: Okay, Gas können Sie nicht sehen, richtig? Dennoch existiert es. Es hat nur eine andere Form, eine andere Konsistenz.«

Erik nickte zustimmend.

»Oder das ›*Gesetz der Anziehung*‹, auch als Resonanzgesetz bekannt. Es besagt: ›*Gleiches zieht Gleiches an*‹ und ist ein beliebtes Thema in der Soziologie. Jeder Mensch hat eine individuelle Energie und sendet Schwingungen aus und zieht dadurch eine ähnliche Frequenz an. Im Volksmund heißt es: ›Gleich und gleich gesellt sich gern‹, das ist im Grunde das gleiche Prinzip.«

Erik hatte mir aufmerksam zugehört.

»Aber warum zieht man die ›falschen‹ Partner an?«

»Da kommen wir wieder auf den Bewusstseinszustand zu sprechen, Erik. Jeder zieht garantiert den Lernpartner an, der seinem augenblicklichen Stand entspricht. Dadurch ändern sich im Laufe des Lebens unsere Partnerschaften, wir gehen ja immer weiter und entwickeln uns nicht zurück, Gott sei Dank.

Manchmal dauert so ein Prozess mehrere Jahrzehnte und es kann sehr schmerzhaft sein, wenn man plötzlich entdeckt, dass die Partnerin sich in eine andere Richtung entwickelt hat.«

Ich forschte in Eriks Gesicht. Alter Schmerz kletterte an der Wand seines Herzens hoch und spiegelte sich in seinen Augen wider. Das Thema war unangenehm für ihn. Nur zu gut wusste er, dass er nicht zu Roxanna passte. Ich ahnte, warum er seine Frau gewählt hatte, jetzt musste es nur Erik selbst erkennen.

Plötzlich klingelte Eriks Handy. Es war Fräulein Rotten-meier, die mit lauter Stimme in das Telefon schnarrte: »Herr Suthor, hier sind zwei Herren von der amerikanischen Botschaft und wollen Sie sofort sprechen.«

Entsetzt sprang ich auf! Die Angst schnürte mir die Kehle zu. Erik blieb ruhig.

»Geben Sie den Herren etwas zu trinken, wir sind in zwanzig Minuten da.«

»Er will die Kassette!«, rief ich angstvoll und begann zu zittern.

Beruhigend schaute Erik mich an.

»Keine Sorge, Rebecca, ich habe mir schon so etwas gedacht und vorgesorgt, bitte bleiben Sie ruhig!«

Überraschenderweise trat er einen Schritt auf mich zu und nahm mich den Arm. Augenblicklich überkam mich ein tiefes Gefühl von Geborgenheit und meine Angst löste sich langsam in Luft auf. Weder Erik noch ich wollten uns aus dieser spontanen Situation befreien.

Wie zwei Ertrinkende umklammerten wir uns und blendeten die Welt um uns herum aus.

Erik fand als Erster zurück …

»Wenn wir die zwanzig Minuten schaffen wollen, müssen wir jetzt los.«

Verlegen lächelte er mich an.

»Natürlich.«

Schnell packten wir alles zusammen und liefen zu Eriks Wagen. Der Smart parkte im Halteverbot, wortlos ließ Erik das Ticket in seiner Hosentasche verschwinden.

»Sagen Sie nichts, ich werde mit ihm reden – vertrauen Sie mir!«

KEIN WEG ZURÜCK

Wie ein verwundetes Tier lief Jayden durch das einsame Haus. Sein Ego war verletzt, er konnte nicht glauben, dass Rebecca ihn verlassen hatte und obendrein noch erpresste! Er verfluchte sich selbst, weil er das Video behalten hatte – wenn er es doch nur vor seiner Hochzeit vernichtet hätte! Nun war es zu spät.

Jayden hatte sich bei Jane krankgemeldet. Er war nicht in der Lage, irgendeinen klaren Gedanken zu fassen. Seine Unruhe ließ ihn auch nachts nicht zur Ruhe kommen. Mit glasigen Augen betrachtete er sich im Spiegel. Er sah furchtbar aus!

Als Jayden das Klappern des Briefkastens hörte, rannte er die Treppe hinunter und schoss wie ein Pfeil aus dem Haus.

Der Briefträger, der gerade wieder auf sein Fahrrad gestiegen war, bekam einen gehörigen Schreck!

Auf ihn wirkte dieser Amerikaner wie ein ungepflegter Irrer. Jayden durchwühlte seine Neuzugänge, bis er den Brief von der Anwaltskanzlei des Erik W. Suthor entdeckte.

Hastig riss er den Umschlag auf und erstarrte. Rebecca war nicht zur Besinnung gekommen, im Gegenteil, sie hatte ihre Androhung wahr gemacht und die Scheidung eingereicht.

Ohne auf den Gruß des Briefträgers zu antworten, lief er ins Haus zurück und bekam einen Wutanfall!

»Dieses undankbare Weib! Wie kann sie es wagen, mich zu verlassen? Sie ist nichts ohne mich, gar nichts!«

Jayden tobte. Es war ihm egal, ob die Nachbarn ihn hörten; er war wie ein wilder Stier, der rot sah …

Nach einer Weile beruhigte er sich und griff zu seinem Handy. Er würde Rebecca nicht kampflos ziehen lassen und rief seinen Anwalt an: »Hi Bill, ich brauche dich sofort! Ja, es ist ein Notfall, Rebecca hat die Scheidung eingereicht, sie hat etwas aus meinem Geheimfach gestohlen. Nein, es geht nicht um eine andere Frau. Ich springe unter die Dusche, dann komme ich zu dir ins Büro.«

Jaydens Ton duldete keinen Widerspruch und Bill stimmte zu.

»Okay Jayden, dann sehen wir uns in einer dreiviertel Stunde.«

Gefasst beendete Jayden das Telefonat.

Es war 12:05 Uhr und er wollte so schnell wie möglich zu Bill fahren. Jaydens Dreitagebart schrie nach einer Rasur und er wusste, dass er sich nach einer Dusche schon viel besser fühlen würde. Auf seinem Bett wartete sein schwarzer Lieblingsanzug und die rote Seidenkrawatte, die Becky ihm zu Weihnachten geschenkt hatte.

20 Minuten später betrachtete er sich zufrieden im Spiegel.

»Jetzt wirst du mich kennenlernen, Rebecca West.

Du gehörst MIR!«, sagte Jayden mit einer dunklen Stimme, in der ein gefährlicher Unterton mitschwang.

Der Türsummer ertönte und Fräulein ›Rottenmeier‹ ließ missmutig ihre Salatgabel auf den Teller zurückfallen.

Es war ihre Mittagspause, die sie am liebsten ohne ihren

Chef allein genoss. Sie wusste genau, dass sie um diese Zeit keine Klienten bestellt hatte, daher fragte sie barsch über die Sprechanlage: »Wer ist da?«

»Hier ist Bill Cordes und mein Mandant Jayden West. Wir wollen sofort Herrn Suthor sprechen!«

Die Sekretärin schluckte ihren Ärger hinunter. Sie wusste, dass Jayden über ›diplomatische Immunität‹ verfügte, genauso wie seine Frau und alle Familienangehörigen.

Besonders unfair fand sie, dass ein Diplomat und seine Familie weder Steuern noch Zoll zahlen mussten und hegte einen leisen Groll gegenüber diesem versnobten Klienten.

»Einen Moment, bitte.«

Was sollte sie jetzt tun? Sie musste ihren Boss informieren!

Aufgeregt rief sie ihren Vorgesetzten an und wartete auf Anweisungen.

Ungeduldig lief Jayden die Treppe hinauf. Bill war eher von der gemütlichen Sorte und nahm lieber den Fahrstuhl. Der Aufzug war leer und Bill hatte die Gelegenheit, sein Äußeres im Spiegel zu überprüfen. Er strich sich über sein schütteres Haar, rückte seine schwarze Hornbrille zurecht und löste den Knopf von seinem schwarzen Jackett, das sich über seinen Bauch spannte.

Ruckelnd hielt der Lift an, zögerlich öffnete sich die Tür und Bill sah in das kühle Gesicht von Jayden.

»Was für ein langsamer Fahrstuhl, in der Zeit renne ich ja dreimal die Treppen hoch!«

»In Ordnung, Herr Suthor«, sagte Eriks Sekretärin beruhigt und legte auf.

»Dann wollen wir die Herren mal hineinbitten«, sagte sie zu sich selbst und öffnete die Tür.

»Wo ist Herr Suthor?«, blaffte Jayden sie an und ihre Augen wurden schmal.

»Guten Tag, meine Herren, ich bin Frau Knispel, seine Sekretärin. Herr Suthor ist auf dem Weg hierher, bitte kommen Sie herein!«

Bill warf Jayden einen vorwurfsvollen Blick zu und antwortete:

»Guten Tag, Frau Knispel, ich bin Mr. Cordes und das ist mein Mandant Mr. West.«

»Möchten Sie einen Kaffee trinken?«, entgegnete sie kühl.

»Nein, danke, wir warten hier vorne.«

Jaydens Blutdruck stieg unaufhörlich und Bills war immer zu hoch. Unruhig schritt Jayden auf und ab.

»Was ist eigentlich passiert? Eben war ich noch auf eurer Hochzeit und jetzt soll Becky dich verlassen haben?«

Verständnislos schüttelte Bill den Kopf.

»Es ist … kompliziert«, antwortete Jayden und eine tiefe Verzweiflung war in seiner Stimme zu hören.

Dann setzte er sich neben Bill und sagte leise:

»Rebecca hat etwas gefunden, womit sie mich erpresst, Bill.

Es ist eine Videokassette und ich muss sie zurückbekommen, verstehst du?«

Bill sah Jaydens leeren Blick, den er gut kannte.

Oft genug hatte er ihn bei verlassenen Ehemännern gesehen.

Er wusste, dass in diplomatischen Kreisen längst nicht alles Gold war, was glänzt.

Heimliche Affären machten vor einem Diplomatenstatus nicht halt – früher oder später flogen sie auf –alles war nur eine Frage der Zeit.

»Bist du sicher, dass sie keinen anderen Mann hat, Jayden?«

In diesem Moment schloss Erik die Tür auf und ich trat in den Flur hinein. Erik folgte mir und musterte die ungebetenen Gäste. Jayden sprang auf, fixierte erst den Anwalt und dann mich. Er war überrascht, uns zusammen zu sehen. Beide Männer waren fast gleich groß, trugen Designeranzüge und musterten sich abschätzend. Ich kam mir wie einem alten französischen Film vor, wo sich die Duellanten vor dem Showdown in die Augen sahen, um den Gegner einzuschätzen.

»Guten Tag, Mr. West, ich bin Rebeccas Anwalt. Ich nehme an, Sie haben den Brief von mir erhalten?«

»Genau! Ich bin Jayden West und das hier ist mein Anwalt, Bill Cordes.«

Mit einem flauen Gefühl in der Magengegend beobachtete ich die Szene.

»Hi, Becky, du siehst bezaubernd aus!«

»Hi, Bill, danke dir. Wie geht es Ellen und den Kindern?«, fragte ich höflich.

»Alles bestens, danke.«

»Hi Rebecca«, sagte Jayden und bedachte mich mit einem Blick, der mich frösteln ließ.

»Hi Jayden.«

Bill räusperte sich und Frau Knispel erschien in der Tür, als ob sie auf dieses Zeichen gewartet hätte.

»Ich habe den Konferenzraum hergerichtet, bitte folgen Sie mir!«

»Wir sind nicht hier, um zu plaudern. Sie bewahren etwas in Ihrem Safe auf, das Mr. West gehört und ich fordere jetzt im Namen von Mr. West sein Eigentum zurück!«

Gelassen ging Erik zu seinem Safe und öffnete ihn.

Mir wurde speiübel und ich warf Erik einen fragenden Blick zu.

Seine Augen schienen zu sagen: »Es ist alles in Ordnung«, und ich erinnerte mich an seine Worte im Auto.

»Vertrauen Sie mir!«

»Was genau soll das für ein Gegenstand sein?«, fragte Erik. Jayden, der seine diplomatische Maske zu Hause gelassen hatte, schnaubte vor Wut.

»Eine Videokassette«, antwortete Bill und warf Jayden einen fragenden Blick zu.

»Oder gibt es noch etwas, Jayden?«

»Nein, es geht nur um die Kassette und das wissen Sie auch ganz genau! Meine Frau hat sie Ihnen gegeben, sie erpresst mich damit und ich werde mir das nicht länger gefallen lassen!«

Wütend schob Jayden Erik beiseite, um den Inhalt des Safes zu inspizieren.

Es war keine Videokassette da!

»Wo ist sie?«, brüllte Jayden Erik an und Bills Versuche, ihn zur Ruhe zu bringen, scheiterten kläglich.

Während Jayden tobte, blieb Erik seelenruhig.

Fassungslos starrte ich in den Safe.

Erik zwinkerte mir heimlich zu, dann wandte er sich an seine Besucher.

»Wie Sie sehen, befindet sich hier keine Kassette, meine Herren. Ich fordere Sie nun auf, mein Büro zu verlassen! Alles Weitere wird nur noch in schriftlicher Form erfolgen.

Frau Knispel, bitte bringen Sie die Herren zur Tür!«

Bill sah ein, dass er hier nichts ausrichten konnte und zog Jayden beiseite.

»Wir können jetzt nichts machen, Jayden.«

Wortlos verließ er das Zimmer, Jayden trottete wie ein geprügelter Hund hinter ihm her.

»Wo ist die Kassette, Erik?«, fragte ich leise.

MAGIE

Erik lächelte verschmitzt.

»Zu Hause in meinem Safe. Ich dachte mir schon, dass Ihr Mann hier mit seinem Anwalt aufkreuzen wird, daher habe ich die Kassette mitgenommen. Dort ist sie in Sicherheit.«

»Das ist eine brillante Idee, Erik! Darauf wird Jayden nicht so schnell kommen, wenn überhaupt«, überlegte ich.

Jayden war ein schlauer Fuchs, der sich nicht lange an der Nase herumführen ließ.

»Wissen Sie, ich habe ein Tagebuch, von dem mein Mann nichts weiß und ich musste mir ein gutes Versteck ausdenken, damit er es nicht findet …«

»Sie führen ein Tagebuch? Rebecca, das könnte uns vielleicht weiterhelfen!«

»Ja?«

»Natürlich. Ich gehe davon aus, dass Sie bestimmte Ereignisse, wie z.B. die Vasektomie, darin notiert haben?«

»Ja, das habe ich natürlich aufgeschrieben, es half mir, mit der Situation klarzukommen.«

»Das ist unser Vorteil, zumal ihr Mann nichts davon weiß. Wie gut kennen Sie seinen Anwalt?«

»Nicht so gut, eher flüchtig. Er kam mit seiner Frau Ellen und den Kindern oft zum Barbecue, das einmal im Monat in der Botschaft stattfindet.«

Gelangweilt verdrehte ich die Augen. Erik lachte.

»So schlimm? Vermutlich gab es viele gesellschaftliche Verpflichtungen für Sie?«

»Ja, leider. Smalltalk langweilt mich. Ich bin eher für tiefe Themen, Oberflächlichkeiten gibt es doch genug in unserer Welt.«

»Da stimme ich Ihnen zu.«

»Immer wieder bin ich mit meiner direkten Art unangenehm aufgefallen. Jayden gefiel das gar nicht, am liebsten hätte er mir einen Maulkorb verpasst.«

Intensiv schaute Erik mich an und mir wurde heiß.

»Sie sind eine bemerkenswerte Frau, Rebecca.«

Mir wurde noch heißer und ich begann, mir Luft zuzufächeln.

»Finden Sie?«

Als Antwort warf Erik mir einen Blick zu, den ich mir von ihm erhofft hatte.

Ich lächelte und fragte mich insgeheim, ob dies der Auftakt zu einem Flirt mit ihm war? Die Luft zwischen uns flirrte und Erik ging zum Fenster, um es zu öffnen.

»Hier ist es ganz schön warm.«

Mein Topas wurde heiß. ›Nicht JETZT, Mom!‹

Eriks Blick fiel auf den Anhänger, der zu vibrieren begann.

»Mein Gott, was ist mit dem Stein los?«

Neugierig trat er näher.

Seine Nähe machte mich verrückt!

»Warum fühle ich mich so stark zu Ihnen hingezogen?«

Eriks Augen wurden dunkler.

»Das ist *Magie*«, flüsterte ich.

Unaufhaltsam bewegten sich unsere Körper wie zwei Magnete aufeinander zu.

Sanft hob Erik meinen Topas an und spürte das Feuer, das in ihm brodelte.

»*Warum* sind wir uns begegnet?«

Eriks Stimme war heiser vor Begehren; mühsam versuchte er, seine Beherrschung nicht zu verlieren.

»Das ist nicht so einfach zu erklären …«

»Versuch es!«

»Weil du meine Zwillingsseele bist und wir füreinander bestimmt sind.«

Ich schloss meine Augen und dachte:

›*Küss mich!*‹

Gespannt wartete ich auf seine Antwort.

›*Ich kann nicht.*‹

Enttäuscht wandte ich mich von Erik ab.

Natürlich konnte er nicht … Roxanna.

Wie Nebelschwaden, die von der Sonne durchflutet wurden, löste sich der Zauber der Anziehung auf und ich fühlte Eriks Erleichterung. Ich war die Versuchung, die sein geordnetes Leben durcheinanderwirbelte. Eriks Seele wurde von meiner Seele auf einer tiefen Ebene berührt, die ihn überflutete.

Er fühlte sich wie in einem Kanu auf einem reißenden Fluss, auf dem es kein Zurück mehr gab. Und Erik wusste: Irgendwann würde ein Wasserfall kommen und er würde kopfüber herunterstürzen …

»Über den Stein bin ich mit meiner verstorbenen Mutter verbunden«, nahm ich den Gesprächsfaden wieder auf.

Erik trat einen Schritt zurück und versuchte, seine Fassung zurückzuerobern.

»Was soll ich mir darunter vorstellen?«

»Das kann ich nicht genau erklären, es ist auch für mich

ein seltsames Phänomen. Der Stein ist ein Familienerbstück seit mehreren Generationen. Als meine Mutter starb, habe ich ihn geerbt. Zunächst gab es keine ›*Kommunikation*‹ zwischen uns, das hat sich erst im Laufe der Zeit entwickelt.«

»Vermutlich hat das etwas mit meiner spirituellen Entwicklung zu tun«, sagte ich nachdenklich.

»Manchmal bekomme ich ›*Visionen*‹ über den Stein, ein anderes Mal kurze telepathische Botschaften von meiner Mom.«

Eriks zweifelnder Blick ließ mich verstummen. Er war einfach noch nicht so weit und ich wollte ihn nicht weiter überfordern.

Schnell nahm ich meine Handtasche und ging zur Tür.

»Ich denke, es ist besser, wenn ich jetzt gehe. Sie haben bestimmt noch viel zu tun.«

»Ja, das stimmt. Ich melde mich bei Ihnen, wenn es etwas Neues gibt.«

Während ich nickte, versuchte ich, meine Enttäuschung darüber zu verbergen, dass Erik mich nicht so schnell wiedersehen wollte. Gleichzeitig verstand ich ihn – er musste seine Gefühle sortieren und das konnte er nur – wenn er Abstand von mir hielt …

Bill drückte den Fahrstuhlknopf und sah Jayden von der Seite an. »Und du bist sicher, dass sie keinen anderen Mann hat? Warum kamen sie zusammen ins Büro – das ist doch kein Zufall?«

Jayden presste seine Lippen zusammen. Er versuchte, seiner Eifersucht so wenig Raum wie möglich zu geben. Dennoch fiel seine Antwort schärfer aus, als er es zeigen wollte.

»Das werde ich herausfinden und sollte es so sein, dann Gnade ihr Gott!«

Obwohl Bill ein hartgesottener Anwalt war, bekam er bei Jaydens Worten eine Gänsehaut. Er wusste, dass dieser Mann seine Frau anbetete und Verbrechen aus Eifersucht gab es täglich auf der ganzen Welt.

»Willst du sie beschatten lassen?«

»Nicht sie, Bill, sondern den Suthor. Jeder Mensch hat irgendwo einen Fleck auf seiner Weste, man muss nur suchen.«

Bill schaute seinen Mandanten ernst an.

»Das kann gefährlich werden, Jayden. Er darf unter keinen Umständen merken, dass er observiert wird! Auch dein Diplomatenstatus könnte in Gefahr sein, denke bitte immer daran.«

»Wenn ich die Kassette nicht zurückbekomme, ist der sowieso in Gefahr«, antwortete er eigensinnig.

Bill machte ein schnalzendes Geräusch.

»Willst du mir nicht endlich sagen, was es damit auf sich hat? Du weißt doch, dass ich der Schweigepflicht unterliege.

Du kannst mir vertrauen.«

Der Fahrstuhl ruckelte und die Tür öffnete sich.

»Nein, Bill. Ich vertraue niemandem.«

ZERRISSENHEIT

Wir haben uns fast geküsst!«
In meinem Unterton schwang Bedauern mit und Susis mitleidiger Blick verstärkte meine Emotion.

»Das ist doch verrückt, Becky!«

Gemütlich kuschelten wir uns auf Susis geblümten Sofa, schnurrend lag mein Kater Joschi auf meinen Knien, während Susi mich ausquetschte.

Ich starrte in das flackernde Kerzenlicht, das auf dem eleganten Glastisch seine wilden Schatten an die Wand warf. Susi liebte Kerzen, selbst im Sommer brannte bei ihr immer ein Docht und tauchte ihr Wohnzimmer in ein romantisches Ambiente.

»Du kannst dich wirklich mit Erik telepathisch verständigen? Krass! Ich kann mir das nicht vorstellen – mit Peter konnte ich mich nicht mal in unserer Dimension unterhalten!«

Susi versuchte, mich aufzuheitern und ich ging darauf ein.

Was brachte es mir, traurig auf dem Sofa zu hocken? Nichts! Liebe braucht Zeit.

»Das funktioniert wirklich. Ich konnte ›innerlich‹ seine Antwort hören.«

»Das ist irgendwie spooky.«

Susi stand auf und holte uns ein Glas Rotwein.

»Auf diese Art habe ich mit meiner Mutter ja auch Kontakt.«

Meine Freundin erhob ihr Glas.

»Auf das Universum, auf deinen Kugelmenschen und auf mich, die euch wieder miteinander vereint hat.«

Ich lächelte schwach.

»Von einer Reunion sind wir noch weit entfernt, Susi.«

»Papperlapapp, Erik wird dir nicht lange widerstehen können, du wirst sehen.«

»Darauf trinken wir!«, antwortete ich, obwohl ich nicht davon überzeugt war. Dies war nicht das erste Leben, in dem wir uns begegnet waren. Zwar konnte ich mich nicht vollständig an das Vorherige mit Erik erinnern, doch es gab Momentaufnahmen, die Zweifel durch meine Träume schürten.

Immer gab es Probleme und Hindernisse, die wir überwinden mussten und die kurze Zeit, die wir zusammen hatten, war kostbarer als alles Gold dieser Welt.

›Sie hatten nicht viel und doch hatten sie alles.‹

»Wie hat sich Jayden benommen?«

»Er hat sich wie ein wilder Stier aufgeführt.«

Ich zog eine Grimasse. »Er ist nicht wiederzuerkennen, Susi. Ich habe Angst vor ihm, er scheint zu allem fähig zu sein!«

Susi legte den Arm um mich.

»Du bist bei mir, wir halten zusammen. Jayden ist verrückt nach dir, er wird dir nichts tun. Aber wenn er von Erik erfahren würde …«

»Er wäre in der Lage, Erik umzubringen«, sagte ich leise und merkte, wie leise die Angst in mir aufstieg.

Währenddessen telefonierte Jayden mit seinem Informanten.

»Ich will, dass du diesen Kerl Tag und Nacht beobachtest, hörst du, John? Und wenn er mit einer Maus spricht, will ich das wissen! Alles ist wichtig, ich muss mir ein genaues Bild über ihn machen können. Auf keinen Fall darf er das merken und sollte meine Frau auftauchen, rufst du mich sofort an und berichtest mir live! Ja, ich schicke dir ein Foto von ihr.

Niemand darf davon erfahren!«

Nach dem Telefonat rannte Jayden los. Er joggte mit einem Tempo, dass jeder, der an ihm vorbeilief, nur den Kopf schüttelte. Es war ihm egal, er musste seinen aufgestauten Ärger loswerden und einen klaren Kopf bekommen.

Für Jayden ging es um alles: Seine Ehre, seine Liebe, sein Status.

Alles stand für ihn auf dem Spiel und er war nicht bereit zu verlieren …

Etwas verloren saß Erik genau an der Stelle, wo er mit mir gefrühstückt hatte. Ich war immer da und das machte ihm mehr Angst als mein eifersüchtiger Ehemann, der sicherlich gewalttätig werden konnte. Jayden West hatte versucht, ihn einzuschüchtern und Erik war stolz, dass er sich so gut geschlagen hatte. Er schloss die Augen und sah erneut die Szene, in der er fast seine Beherrschung verloren hätte. Noch immer roch er mein zartes Parfum, fühlte meine körperliche und seelische Präsenz, die ihn schier um den Verstand brachte! Hinter seiner klugen Fassade meldete sich sein Herz zurück und er hatte keine Ahnung, wie lange er es zurückdrängen konnte. Sogar meine Stimme hatte er in seinem Kopf gehört: ›*Küss mich!*‹

Erik wusste, dass er fähig war, sich mit mir telepathisch zu verständigen und er war nicht einmal besonders überrascht darüber. Die Verbindung mit mir war unbeschreiblich intensiv und er verbot sich, darüber nachzudenken, wie der Sex wohl mit uns wäre? Irgendwie musste er wieder einen emotionalen Abstand bekommen, er wusste nur nicht, wie.

Plötzlich nahm er den lieblichen Geruch von Maiglöckchen wahr und öffnete die Augen.

»Wollen Sie schon gehen?«, fragte ich sanft und lächelte ihn an.

»Rebecca! Was für ein …«

Erik verschluckte das Wort und strahlte mich an.

Dann besann er sich und verbot sich seine Freude.

»Ja, ich muss ins Büro zurück.«

»Schade. Erik?«

»Ja?«

»Sie können nicht ewig davonlaufen.«

›Ich weiß.‹

Stumm nickte mein Kugelmensch und verschwand so schnell er konnte. Traurig blieb ich zurück und schaute auf das Wasser.

Es war friedlich, doch sobald ein Dampfer vorbeifuhr, veränderte sich das Bild. Wellen schlugen ihren Pfad in die Oberfläche und brachten eine Form der Unruhe mit.

So war es auch mit dem Lebensweg. Mal still, fast unbeweglich, dann unruhig, voller Bewegung und Leidenschaft.

»Du bist zu emotional«, hatte Jayden mir einmal vorgeworfen.

»Gefühle sind dazu da, um gelebt zu werden. Sie machen uns zu dem, was wir sind: fühlende Wesen. Ich werde keines meiner Gefühle unterdrücken, nur damit du dich besser fühlst und nicht über deine Emotionen nachdenken musst!«

Erik stieg in seinen roten Smart und startete den Motor.

Er wollte weg, weg von mir, weg von seinen Emotionen, die immer stärker wurden. Meine Ehrlichkeit hatte sein Herz durchbohrt und dennoch war er handlungsunfähig.

Seine Gedanken wirbelten durcheinander, sprangen von einem Satz zum nächsten.

»*Über den Stein bin ich mit meiner Mutter verbunden.*«

Sein analytischer Verstand weigerte sich, diese spirituelle Sichtweise anzunehmen, seine Seele hingegen nickte zustimmend. Dieser Konflikt war mindestens ebenso schwer auszuhalten, wie die Tatsache, dass er mich als seinen Kugelmenschen erkannt hatte.

»*Du bist meine Zwillingsseele und wir sind füreinander bestimmt.*«

Energisch schüttelte Erik den Kopf.

»So etwas gibt es nicht!«, murmelte er und schaltete das Radio ein, um die Stimme in seinem Kopf zu übertönen. Eindringlich drang ›*Marriage d‹Amour*‹ aus dem Lautsprecher. Erik stöhnte auf und drehte hastig am Knopf, um einen anderen Sender einzustellen. Plötzlich hörte er den Namen ›*Rebecca*‹ in einem Interview und drehte abermals an dem Radio. An einer roten Ampel sah er ein Reklameschild mit dem Namen ›*Winter*‹.

Das Universum schickte ihm Zeichen und langsam begann Erik, die Botschaften zu verstehen.

Nachdenklich hielt er vor seinem Büro und parkte ein.

Dabei bemerkte er nicht den schwarzen Audi auf der anderen Straßenseite, wo ein Mann seine Aufmerksamkeit voll auf ihn richtete.

»Welcome!«, sagte John zufrieden und sein Auftrag begann …

DIE BOOTSTOUR

Willst du heute mit auf mein Boot kommen?«, fragte Erik seinen Sohn.

Der Teenager grinste. Das war eine gute Gelegenheit, um mit seinem Vater über sein Thema Nr. 1 zu sprechen: Mädchen.

»Geht klar«, antwortete er cool und trollte sich in sein Zimmer.

Roxanna saß an ihrem Laptop und checkte ihre E-Mails.

»Willst du heute auch mal mitkommen?«

Erstaunt sah seine Frau auf.

»Heute ist doch Sonntag, ich habe nachher einen Besichtigungstermin. Fahrt ihr mal alleine.«

Erik sah Roxanna an, die sich sofort wieder in ihren elektronischen Papierwall vertiefte.

»Wann ist es eigentlich genug?«

»Was meinst du?«

»Das Geld … Wir haben mehr, als wir jemals ausgeben können. Die Familie kommt an erster Stelle, zumindest für mich.«

Verärgert verzog Roxanna ihre Botoxstirn, die wenig Spielraum zuließ. Ihre Kindheit, die durch bittere Armut geprägt war, hielt sie in einem dunklen Käfig gefangen. Die Angst, das Vermögen zu verlieren, war stärker als die Angst vor dem Tod.

Erik wusste nicht, wie schwer es ihre alleinerziehende Mutter gehabt hatte, die hungrigen Mäuler ihrer drei Lieblinge zu stopfen. Um ihre Kinder nicht jeden Abend hungrig ins Bett schicken zu müssen, fiel der ehemaligen Schauspielerin immer wieder etwas Neues ein. Aus bunten Stoffresten nähte sie ein Kleid, sprang auf den wackligen Küchentisch und spielte Szenen aus ›Romeo und Julia‹ nach. Roxanna hasste den Gedanken, jemals wieder hungern zu müssen, auch wenn er völlig unrealistisch war.

»Es ist nie genug, Erik. Wenn du in den Segelclub eintreten würdest, hätte ich sicher mehr Klienten. Denk mal darüber nach!«

Widerwillig schüttelte Erik den Kopf. Seine Frau war raffiniert und besaß ein sicheres Gefühl für das Aufspüren von Geld.

Wie eine gefräßige Raupe suchte sie unermüdlich nach neuen Möglichkeiten, um ihren ›Dagobert-Duck-Berg‹ zu erhöhen.

»Bitte fange nicht schon wieder mit diesem elitären Club an!

Auf keinen Fall werde ich dort Mitglied werden, Roxanna.

Das ist nicht meine Welt, das weißt du.«

Genau wie ich lehnte Erik jede Form des Snobismus ab.

Am liebsten tauschte er seinen teuren Designeranzug gegen Jeans und T-Shirt ein. Natürlich musste er in seinem Job Anzüge tragen, wohl fühlte er sich darin nicht.

Irgendwie kam er sich wie in einer Art ›Uniform‹ vor und Uniformträger waren immer Regeln und Zwängen unterworfen. Tief in seinem Innern war Erik ein Freigeist, den er aber noch nicht freilassen konnte. Solange er einen Versorgungsauftrag für seine Familie hatte, war dies unmöglich für ihn.

»Victor ist ein Papakind und er ist am glücklichsten, wenn er mit dir zusammen ist.«

»Das stimmt, aber das liegt nur daran, weil du zu wenig Zeit mit ihm verbringst. Er braucht dich ebenso wie mich.«

Roxanna zuckte innerlich zusammen. Erik hatte es ihr nie vorgeworfen, dass sie nach Victors Geburt lange mit einer Wochendepression im Krankenhaus zu kämpfen hatte, dennoch waren da manchmal Schuldgefühle, dass sie für ihren Sohn nicht so da sein konnte, wie andere Mütter nach der Geburt ihres Kindes.

Erik musste Victor monatelang allein versorgen. Es war hart für ihn, denn er hatte ja keine Ahnung, wie man ein Baby versorgt! Als einziger Mann besuchte Erik Mutter-Kind-Kurse, machte Checklisten, um ja nichts falsch zu machen. Die Frauen in den Kursen kicherten oft, wenn sie ihn schwitzend mit dem kleinen Würmchen sahen. Aber Erik meisterte die Situation mit Bravour. Insgeheim fühlte er sich von seiner Frau im Stich gelassen, aber er ließ es sie nie spüren und umsorgte Roxanna, so gut er eben konnte. Die ganze Verantwortung für sie und Victor lag allein auf seinen Schultern und doch war diese Zeit für ihn kostbar gewesen. Rund um die Uhr war er für dieses kleine, unschuldige Wesen da und er konnte sich keine tiefere Liebe vorstellen, bis zu dem Tag, an dem er mir begegnete.

Mit mir fühlte er sich leicht und angenommen. Ich gab ihm das Gefühl, dass er ›richtig‹ war, so wie er war. Von seiner Frau wurde er nur anerkannt, wenn er ihr teure Geschenke machte oder einen besonders guten Klienten an Land zog, durch den ein Extraurlaub finanziert wurde.

Einmal im Monat wusch er ihren Mercedes und tankte ihn voll.

Als er ihr eines Tages eine rote Rose an das Lenkrad klemmte, statt eines vollen Tanks, warf sie verächtlich die Blume aus dem Fenster und sagte zu Victor: »Ein voller Tank wäre mir lieber gewesen!« So erkannte Erik im Laufe der Zeit immer mehr, dass Roxanna außer ihrer äußeren Schönheit wenig zu bieten hatte. Die Bindung zwischen Erik und Victor war stark und Roxanna fühlte sich ausgeschlossen.

Die Erfahrung der beschwerlichen Schwangerschaft und die anschließende Depression verschlossen ihr Herz für weitere Kinder, was Erik bedauerte. Nur zu gern hätte er noch ein Geschwisterkind für Victor gehabt. Seine Erfahrung als Einzelkind war von Einsamkeit geprägt und er wollte alles dafür tun, damit Victor nicht diesen Schmerz erfahren musste.

»Streitet ihr euch wieder?«

Victor stand in der Tür und sah Erik mit einem traurigen Blick an, sodass sich das Herz seines Vaters schmerzhaft zusammenzog.

»Nein, mein Junge, wir diskutieren nur. Bist du fertig?«

Victors sensible Seele wusste genau, wie es um die Ehe seiner Eltern stand.

Beide behaupteten immer, dass alles in Ordnung sei – er fühlte aber genau das Gegenteil und das verwirrte ihn. Ihm zuliebe spielten seine Eltern Theater und der Konflikt zwischen dem, was der Junge fühlte und was er sah, belastete ihn.

Victor dachte, er sei schuld an den Depressionen seiner Mutter und er schlussfolgerte daraus, dass seine Eltern miteinander noch glücklich wären, wenn er nicht auf Welt gekommen wäre …

Weder Erik noch Roxanna wussten von Victors Gedanken, weil er nicht darüber sprach. Er kannte nicht die Spielregeln der Erwachsenen, in denen Paare oft aus Bequemlichkeit oder aus materieller Gier zusammenblieben. Für dieses Lügenkonstrukt zahlten alle einen hohen Preis: Die Eltern leben nicht die Liebe, die sie mit einer anderen Person erfüllen könnte, und die Kinder lernen, dass sie ihrer Wahrnehmung nicht trauen dürfen.

Victors IQ-Test hatte ergeben, dass er ein hochsensibles Kind war. Ca. 15-20 Prozent der Weltbevölkerung sind hochsensibel. Hochsensibilität bedeutet, Sinnesreize und Emotionen viel stärker wahrzunehmen als andere. Geräusche, Düfte und Lichteinwirkungen nehmen diese Menschen verstärkt wahr, sodass es schnell zu Reizüberflutungen kommt.

Wenn bei Kindern dieses Persönlichkeitsmerkmal (es ist keine Krankheit!) nicht erkannt wird, beschreitet der Nachwuchs oft einen langen Leidensweg, denn es wird als zu zart besaitet oder gar als Sensibelchen angesehen.

Der Weg zum Einzelgänger wird gefördert und das Kind denkt, dass etwas nicht mit ihm stimmt, weil es anders als die anderen Kinder ist.

LUNA

Victor hatte Glück.

Seine Eltern waren darauf vorbereitet und förderten seine Talente, wo sie nur konnten. Er spielte hervorragend Klavier, jonglierte mühelos mit Zahlen und wurde von seinen Eltern in Ruhe gelassen; nur wenn er sie brauchte, waren sie für ihn da.

Eriks Boot überwinterte bei dem alten ›Seebären‹ Holger, der Vater von seinem Schulkameraden Markus. Holger war stolzer Besitzer eines kleinen Grundstücks in der Nähe des Wannsees und bot Bootsbesitzern, fernab der renommierten Segelclubs, einen Liegeplatz an.

Erik konnte es kaum erwarten, an Bord zu gehen!

Für ihn bedeutete dieses Hobby Freiheit, Energie auftanken und Victor kam in diesem Punkt ganz nach ihm.

Für seinen Sohn war es stets ein besonderes Ereignis, das das Band zwischen ihnen noch enger knüpfte.

Gemütlich lag Holger in seiner Hängematte und machte ein Nickerchen. Sein Basecap war verrutscht und er schnarchte laut.

Victor grinste wie ein Lausbub und zwinkerte seinem Vater zu.

Dann holte er aus seiner Hosentasche eine weiße Feder und Erik ahnte, was sein Sohn damit vorhatte.

Leise näherte sich der Junge dem schlafenden Matrosen und begann, dessen große Nase mit der Feder zu kitzeln.

Holger bewegte seinen Kopf ein wenig und schlug instinktiv nach dem lästigen Störenfried, der munter seine Attacken fortsetzte.

Abrupt hörte das Schnarchen auf.

»Was, zum Henker …«, murmelte er.

Erik und Victor brachen in lautes Gelächter aus.

Holger, der inzwischen im Rentenalter war, hievte sich langsam hoch und stimmte in das Lachen mit ein.

»Hey, Victor, schön, dich zu sehen!«

Victor fiel Holger in die Arme und wurde herzlich gedrückt.

Er mochte den alten Mann, der eine Ruhe ausstrahlte, die er oft bei anderen Menschen vermisste.

Dann umarmte Holger Erik und freute sich über das Körbchen, in dem verschiedene Sorten Weißbier eingepackt waren.

Er liebte es, bei Sonnenuntergang ein Bierchen am Wasser zu trinken und gemütlich eine Pfeife zu rauchen.

»Danke, Erik, da werde ich mir heute Abend eins gönnen.«

Erik klopfte ihm freundschaftlich auf die Schulter.

Holgers kluge grauen Augen hatten viel von der Welt gesehen und Erik schätzte die Gespräche mit dem alten Herrn, der immer einen weisen Rat parat hatte.

Holgers sonnengegerbtes Gesicht wandte sich Victor zu.

»Meine Güte, Victor, du bist ja gewachsen!«

Victor grinste.

»Pass mal auf, ich werde dich schon noch einholen!«

»Bestimmt«, feixte Holger und drückte den Jungen erneut an sich.

»Wie alt bist du jetzt?«

»Ich bin fast 12«, antwortete Victor und zeigte sich stolz in seiner vollen Größe.

»Wow, schon fast erwachsen, der kleine Matrose.«

Tatsächlich war Victor für sein Alter ziemlich weit und sein Vater wunderte sich oft, mit welchem Tiefgang sein Sohn die Welt betrachtete.

»Du bist ein ganz besonderer Junge«, sagte Holger freundlich und Victor wurde ganz verlegen.

»Wo ist denn unser Boot?«, fragte er.

»Hier drüben und es ist startklar, ihr könnt sofort losfahren.«

Ruhig lag die schöne ›Roxanna‹ im Wasser. 25 Grad mit Sonnenschein lockte Bootsbesitzer auf den Wannsee, auf dem etliche Boote segelten. Motorboote können mühelos zwischen 15 und 20 Knoten erreichen, da kann kein Segelboot mit seinen durchschnittlichen 7 Knoten mithalten. Erik hatte sich bewusst für ein Motorboot entschieden, um nicht mit Seilen, Fock, Segeln, Lazy Bags, Lazy Jacks oder dem Verbleib der Kurbel konfrontiert zu werden. Die Kehrseite der Medaille waren die hohen Benzinkosten, die er gern in Kauf nahm.

Eines Tages würde er sich ins Mittelmeer wagen!

Die Bora, ein kräftiger, kalter Nord-Nordostwind, der die Adria immer wieder in Schrecken versetzte, flößte ihm Angst ein und Erik hatte Respekt vor dieser Naturgewalt.

Vater und Sohn sprangen an Bord der Merry Fisher und verstauten ihr Proviant in der Kajüte.

Minuten später gab Erik seinem Sohn das Kommando: »Leinen los!«, das Victor sofort ausführte.

»Aye, aye Käpt'n!«

Langsam setzte sich die ›Roxanna‹ in Bewegung. Holger winkte und rief laut: »Viel Spaß, Männer!«

In einiger Entfernung saß John in seinem Wagen und beobachtete durch ein Fernglas die Abschiedsszene, die ihm eine lange Mittagspause bescheren würde.

Er ist jetzt mit seinem Sohn auf einem Motorboot.

Zufrieden schickte er die Nachricht an seinen Auftraggeber, wickelte sein Thunfischsandwich aus und biss herzhaft hinein. Kauend sah er sich das Foto von mir an, das sein Boss ihm geschickt hatte.

Verdammt hübsches Weib!, dachte er.

John bedauerte seine Position als Spion, die es ihm nicht erlaubte, mit den Familienmitgliedern in Kontakt zu treten – nicht einmal Jaydens Putzperle Corinna wusste von der Existenz des Informanten. Manchmal fühlte er sich wie ein ›Geist‹, der von allen abgeschnitten war, aber nur so konnte er sich seiner Tarnung sicher sein …

Mit leuchtenden Augen sah der Junge seinen Vater an, der das Steuerrad bediente.

»Darf ich nachher auch wieder ans Steuer?«

»Klar, mein Sohn«, schmunzelte Erik und freute sich über Victors Interesse. Vor fünf Jahren hatte er heimlich den internationalen Bootsführerschein gemacht, in jeder freien Minute gelernt und aufgepasst, dass seine Familie nichts davon mitbekam.

Nachdem Erik stolz seine Prüfung bestanden hatte, konnte er es kaum erwarten, sein Geheimnis zu lüften! Selbst Roxanna hatte sich über seine ständigen Ausreden gewundert. Sie hatte angenommen, dass ihr Mann Zeit mit seiner Geliebten verbrachte, was sie nicht weiter gestört hätte. Hin und wieder gönnte sie sich selbst eine kleine Romanze, um ihrem Alltag zu entfliehen.

Ihr Jagdgebiet, ein renommierter Golfclub, war eine sichere Option für sie, da Erik kein Golf spielte.

Nie würde er ihre Reaktion vergessen, als er sein Geheimnis lüftete.

»Ach, deshalb warst du so beschäftigt. Cool, eine Klientin von mir ist Mitglied in einem Segelclub am Wannsee.«

In ihren Augen blitzte die Gier auf und sie bemerkte nicht Eriks Enttäuschung, die sein Herz langsam schwarz färbte.

Roxanna war ein raffiniertes Weibsstück, deren Handlungen allein der Frage dienten: »Was bringt es *mir*?«

»Ich habe den Schein nicht gemacht, damit du auf Kundenfang gehen kannst.«

»Wow, Papa, das ist echt cool!«, jubelte Victor und sprang hoch, um ihm das Stück Papier aus der Hand zu reißen.

»Vorsichtig!« Eriks Enttäuschung schlug in Freude um.

Wenigstens hatte seine Überraschung bei Victor voll ins Schwarze getroffen.

»Papa, wie ist es eigentlich, wenn man ein Mädchen küsst?«

Vor Victors Augen tauchte seine liebliche Klassenkameradin Luna auf, die ihn mit ihren grünen Augen in den Bann gezogen hatte. Vor Eriks Augen tauchten ebenfalls grüne Augen auf …

»Nun, das kommt darauf an, Victor.«

»Worauf denn?«, fragte der Teenager ungeduldig.

»Wie sehr du das Mädchen magst. Je mehr du es magst, umso schöner ist es mit dem Küssen.«

Wie sollte er seinem Sohn das Mysterium der Liebe erklären, das er selbst nicht verstand?

»Gibt es etwa ein Mädchen, das dir den Kopf verdreht hat?«

Victors Gesichtszüge wurden weich, genauso wie seine Knie, sobald er an Luna dachte.

Noch schlimmer waren die Situationen, wenn sie in seiner Nähe war! Luna machte ihn nervös, obwohl sie ihn immer freundlich anlächelte und manchmal hatte er das Gefühl, dass Luna auf ein Zeichen von ihm wartete.

»Ja, ich denke schon«, gab Victor zu.

Prüfend sah Erik seinen Sprössling an.

Der entrückte Blick verriet seinen Sohn.

»Wie heißt die Auserwählte? Kenne ich sie?«

Victor schüttelte den Kopf.

»Nein, du kennst sie nicht. Sie hat den schönsten Namen auf der Welt, ›Luna‹.«

»Das ist wirklich ein schöner Name.«

Victor nickte heftig.

»Was hältst du davon, wenn du sie zu deinem Geburtstag einlädst? Dann kannst du mir Luna vorstellen und wer weiß, vielleicht ergibt sich die Gelegenheit für einen Kuss?«

Victors Gesicht hellte sich auf.

»Wie ist das nun mit dem Küssen?«, bohrte er weiter.

»Es ist besser als Eis essen, besser als ins Kino zu gehen, besser als Schoki! Die Wahrheit ist: Es gibt nichts Vergleichbares und ich kann es dir nicht erklären. Du musst selbst die Erfahrung machen, denn sie ist für jeden Menschen anders – so wie wir Menschen unterschiedlich sind, sind auch unsere Erfahrungen unterschiedlich. Aber eins kann ich dir verraten: »Wenn Luna die ›Richtige‹ ist, dann hebst du ab und fliegst zum Mond!«

Victor kugelte sich vor Lachen, dann wurde er ernst.

»Aber woher weiß ich, dass sie die Richtige ist?«

Besonnen sah sein Vater ihn an und gab seinem Sohn einen Rat, den er sich selbst nicht erlaubte.

»Folge deinem Herzen!«

Victor kuschelte sich an seinen Vater. »Ich hab dich lieb.«

»Ich dich auch, Victor.«

Erik konnte sich nicht daran erinnern, diese Worte jemals von seinen Eltern gehört zu haben. Victors Glück war wichtiger als sein eigenes und er verbannte seine tiefen Gefühle für mich in die hinterste Ecke seines Herzens.

Aufgetankt von der Sonne, dem Glitzern des Wassers und der bedingungslosen Liebe, gaben die beiden ein liebevolles Bild ab, als sie wieder in den Hafen einliefen. Stolz steuerte Victor das Boot seines Vaters, der seinen Arm um ihn gelegt hatte.

Diese Szene wurde von Johns Kamera festgehalten und an seinen Boss geschickt. Jayden betrachtete das Foto und erkannte den Schwachpunkt in Eriks Leben. Ein teuflischer Plan nahm in seinem Kopf Gestalt an …

VERZWEIFLUNG

Als Erik morgens seinen Kalender aufschlug, entdeckte er, dass Frau Knispel einen Termin mit mir für den Mittwochnachmittag vereinbart hatte. Ich wusste, dass ihn dieser Gedanke aufwühlte, aber ich konnte keine Rücksicht darauf nehmen. Meine Scheidung wollte ich so schnell wie möglich hinter mich bringen und mir war klar, dass ich mindestens mit einem Jahr rechnen musste, vorausgesetzt, Jayden würde zustimmen.

Meine Intuition sagte mir, dass er nicht daran dachte und nach einer anderen Möglichkeit suchte, um mich weiter an ihn zu binden. Durch seine grenzenlose Eifersucht schien er den Realitätssinn verloren zu haben und er flößte mir zunehmend Angst ein.

Tagsüber war ich in Eriks Gedanken und er in meinen. Nachts begegneten wir uns im Traum – der einzige Ort – an dem es uns erlaubt war, unsere Liebe zu leben.

Jahrzehntelang hatte das unsichtbare Band zwischen uns einen Winterschlaf gehalten und strahlte nun wie ein Stern in die Welt hinaus. Erik zerbrach sich den Kopf darüber, was ihn so sehr an mir faszinierte. Es war etwas in meinem Inneren, das seine Seele anzog, mein wahres Selbst. Erik kannte mich und genau das konnte er sich nicht erklären. Verzweifelt dachte er an den Sonntagabend zurück, als er sich beim Sex nicht hatte fallen lassen können. Er wusste nicht, dass es Roxanna ebenso erging, aber sie hatte von ihrer Mutter das schauspielerische Talent geerbt – vorgetäuschte Orgasmen waren ihre Spezialität.

Sie tat das aus dem Grund, wie jede Frau, die Probleme mit dem Erreichen der Glückseligkeit hatte: Sie wollte ihre Ruhe haben und dem Mann das Gefühl vermitteln, dass er ein guter Liebhaber ist, der sie mühelos in himmlische Sphären befördern konnte!

Zum ersten Mal in seinem Leben fühlte sich Erik wie ein Gefangener. Im Laufe der Jahre war das Gespür für seine eigenen Bedürfnisse immer weiter ausgelöscht worden.

Erik erfüllte Victors und Roxannas Wünsche, sofern es ihm möglich war. Konditioniert, wie er jetzt als Ehemann und Vater war, dachte er nie an sich selbst. Lange hatte er sich diese Beziehung schöngeredet und unbewusst die falschen Denkmuster seiner Eltern übernommen. Durch unsere Begegnung war ein unaufhaltsamer Prozess in Gang gebracht worden. Er ahnte, dass sein bisheriger Weg auf falschen Illusionen aufgebaut worden war und sein Kartenhaus wackelte bedrohlich. Irgendwie musste er eine Lösung finden, die weder seine Familie noch Rebecca verletzte.

Diese unmögliche Aufgabe raubte ihm die Kraft, denn es war klar, dass eine Person immer den Kürzeren ziehen würde.

Noch spielten beide ihre Rolle in dem Theaterstück ›Eine glückliche Ehe‹ und warteten darauf, dass der Vorhang fiel …

Während Erik unter der Dusche stand und sich schuldbewusst von Roxannas Geruch befreite, schrieb sie ihrem jungen Lover Dirk eine Nachricht: *Ich muss dich morgen sehen!*

Prompt kam seine Antwort, die ihr ein Lächeln auf den Lippen zauberte: *Kann es kaum erwarten!*

Nervös lief ich die Wendeltreppe zu Eriks Büro hinauf. Bei dem Tempo wehte mein dunkelrotes Chiffonkleid wie ein kleiner Tornado um meine Beine und mein schwarzer Designerhut fiel zu Boden. Rasch setzte ich ihn wieder auf und hoffte, dass er einigermaßen gerade auf meinem Kopf platziert war.

Unser letztes Wiedersehen war ein paar Tage her und ich hatte das unwiderstehliche Verlangen, in Eriks liebevollen Augen zu schauen. Mein Wunsch passte nicht zu dem bevorstehenden Gespräch, denn Erik würde mir sicher unangenehme Fragen über meine Ehe stellen. Wenn ich schon schmutzige Details preisgeben musste, wollte ich wenigstens elegant dabei aussehen!

Frau Knispel öffnete die Tür und bat mich kühl, im Flur Platz zu nehmen. Obwohl sie keine Ahnung von leidenschaftlichen Gefühlen hatte, bemerkte sie die Spannung zwischen Erik und mir. Unfreiwillig war sie zu einer alten Jungfer geworden, weil sie ihre Mutter bis zu deren Tod zu Hause gepflegt hatte.

Die alte Dame wurde 95 Jahre alt und Frau Knispel konnte die Zeit nicht mehr zurückdrehen, als sie ein junges Ding mit Träumen und Sehnsüchten gewesen war.

Seine Sekretärin tat mir leid, aber sie hatte ihre Wahl getroffen und nur sie allein kannte den Grund dafür. Die Wahl des Anderen zu akzeptieren, auch wenn es aus meiner Sicht unverständlich ist, gehört für mich zu einer Form der Akzeptanz und Toleranz. Aber ich verstand ihre Sorge um Erik.

Er war ein wertschätzender Chef, der ihr die nötige Anerkennung gab, die sie dringend brauchte.

Ich blätterte in einem Modemagazin und dachte an Erik.

›*Ich bin jetzt da.*‹

›*Ich weiß, aber ich bin noch nicht so weit.*‹

Ich musste lächeln. Äußerlich gab ich mich gelassen – innerlich tobte ein Sturm und ich klammerte mich an die Hoffnung, dass die wahre Liebe siegen würde, egal wie stark der Gegenwind unsere Chance auf Erfolg schwächte.

Mir kam der Satz von Pippi Langstrumpf in den Sinn:

»*Der Sturm wird immer stärker. Das macht nichts, ich auch!*«

Eriks Sekretärin erschien mit einem Stenoblock in der Hand.

»Wir können jetzt anfangen, kommen Sie bitte mit!«

Während ich ihr folgte, dachte ich darüber nach, was genau sie mit ‹wir› gemeint haben könnte?

›*Ich kann nicht mit dir allein sein, Rebecca.*

Du raubst mir sonst den Verstand!‹

Erik öffnete die Tür von seinem Büro und stand unvermittelt vor mir. Seine Seidenkrawatte leuchtete und die Farbe der Liebe strahlte zwischen uns. Als mein Seelenpartner seine Hand nach meiner ausstreckte, durchströmte mich die süße Qual der Sehnsucht.

»Hallo, Mrs. West, kommen Sie bitte herein!«

Ich spielte das Spiel mit und antwortete:

»Hallo, Herr Suthor, schön, Sie wiederzusehen.«

Ein Lächeln umspielte Eriks Lippen, dann räusperte er sich verlegen. »Äh ja, schön, Sie wiederzusehen.«

›Du siehst wundervoll aus!‹

›Danke schön.‹

Verwundert schaute Frau Knispel uns an.

Sie konnte sich diese stille Spannung nicht erklären und fragte mit ihrer schnarrenden Stimme: »Soll ich das Demoband einschalten oder genügt Ihnen mein Stenoblock, Herr Suthor?«

Erik riss sich von meinem Anblick los.

»Der Stenoblock wird genügen.«

»Leider muss ich Ihnen noch ein paar intime Fragen stellen, Mrs. West und bitte Sie, mir alles ehrlich zu beantworten, auch wenn es unangenehm sein könnte.«

Ich schluckte und ahnte, worauf er hinauswollte.

Tapfer nickte ich und stellte mich auf alles ein.

»Natürlich.«

»Hat ihr Mann Sie jemals geschlagen?«

›Dann breche ich ihm die Knochen!‹

Verwirrt blinzelte Erik mich an, denn er war selbst über seinen Gedanken überrascht, der nicht zu seinem friedlichen Wesen passte. Obwohl seine Frage unangenehm war, musste ich lächeln und verstärkte bei Frau Knispel den Eindruck, dass hier etwas nicht stimmte …

Ich unterdrückte mein Grinsen.

»Nein, das hat er nicht.«

DU GEHÖRST MIR!

Gut, aber es gab doch Situationen, die man durchaus als psychische Gewalt bezeichnen kann?«

»Ja, die gab es.«

»Würden Sie mir bitte eine Gegebenheit schildern?«

»Ja«, sagte ich zögerlich und wünschte mich plötzlich weit weg. »Mein Mann und ich wollten meinen Schwiegervater zu seinem 65. Geburtstag überraschen und flogen in die Staaten.

Mein Schwiegervater hat Probleme mit dem Alkohol und wenn er betrunken ist, führt er sich wie ein Prolet auf.«

»Ich verstehe. Was ist passiert?«

»Chris wollte in einer Redneck-Bar feiern, die etwas außerhalb lag.«

»Was ist eine Redneck-Bar?«, wollte Erik wissen.

»Das ist eine Bar für Arbeiter, also Männer, die den ganzen Tag auf dem Feld arbeiten und der Sonne ausgesetzt sind.

Die ganze Woche ackern sie bis zum Umfallen und am Wochenende trinken sie bis zum Umfallen, um ihre schmerzenden Körper nicht zu spüren. Jayden hatte mich vorgewarnt, dass es dort derbe zugeht, dennoch bestand er darauf, dass ich mitkam.«

Der Geruch von Zigaretten, Schweiß und Alkohol drängte sich in meine Erinnerung zurück – Ekel stieg in mir auf.

›Und ich hatte dich auch gewarnt!‹, schaltete sich Moms Stimme ein und der Stein glühte vorwurfsvoll auf meiner Haut.

›Ich weiß, Mom.‹

»Die Bar war irgendwo auf dem Lande und wir mussten uns ein Taxi nehmen. Es dämmerte bereits und als wir ankamen, war es stockfinster. Die Bar war eher ein ›Schuppen‹ und ich hatte noch nie etwas derart Heruntergekommenes gesehen.

Die Tür stand weit offen; das Gejohle von betrunkenen Männern und Countrymusik verteilte sich kilometerweit.

Als wir hineingingen, schlug uns der Geruch von Alkohol und Urin entgegen, denn die Tür von den Männertoiletten stand offen und war offensichtlich verschmutzt. In der Mitte des Raumes befand sich eine alte Badewanne, in der jede Menge angebrochener Spirituosen standen. Schummerlicht tauchte die Gesichter der Männer in ein anonymes Sichtfeld ein, denn zwei nackte Glühbirnen spendeten nur eine spärliche Beleuchtung.«

»Alte Stühle und Tische waren ungeordnet um die Wanne herum platziert und hinter dem Tresen stand ein bulliger Mann. Neugierig wurden wir von den sieben Männern beäugt, die abrupt ihren Gesang einstellten, sobald wir den Raum betraten. Mein Mann holte ein paar Drinks für uns und sagte: So einen Ort kann man nur mit viel Alkohol ertragen!«

»Ich rührte nichts an, selbst der Strohhalm, der sich in meinem Gin Tonic befand, war klebrig. Mein Mann trank selten zu viel Alkohol, aber wenn er es tat, wurde seine Macho-Seite enorm verstärkt. Niemand kannte uns und mein Mann musste nicht befürchten, erkannt zu werden.«

Die Erinnerung lähmte mich und ich nahm einen Schluck Wasser.

»Mein Mann und sein Vater tranken um die Wette und Chris fing an, Jayden zu provozieren. Ich würde ihm auf der Nase herumtanzen, mein Mann würde viel zu viel für mich tun; es wäre an der Zeit, mir mal zu zeigen, wer der Herr im Haus sei!«

Meine Stimme zitterte, während ich versuchte, mich zusammenzureißen.

»Der Verstand meines Mannes war umnebelt, dafür erwachten seine niederen Instinkte. Herrisch verlangte er einen Blowjob von mir. Trotz der lauten Musik hatten die Männer ihn gehört und begannen, zu grölen.«

In Eriks Augen regte sich kalte Wut, die sich langsam ihren Weg bahnte.

»Möchten Sie eine Pause machen?«

»Nein, danke, es geht schon. Ich flehte meinen Mann an, zur Besinnung zu kommen, aber ich drang nicht zu ihm durch.

Als ob zwei Seelen in seiner Brust wohnten. Nüchtern war er ein Gentleman und betrunken ein Monster!

Er warf mich wie einen Sack Mehl über die Schulter und sagte: Du gehörst *mir*!«

»Schwankend ging er mit mir auf die Männertoilette und zwang mich, vor ihm auf die Knie zu gehen. Mit der linken Hand hielt er mich an den Haaren fest und mit der rechten öffnete er seinen Hosenschlitz. Als ich ihn anflehte, mich gehen zu lassen, lachte er nur und sagte: Wenn du deinen Job gut gemacht hast!«

Nun liefen Tränen über meine Wangen und ich bemerkte den entsetzten Blick von Frau Knispel.

»Noch nie bin ich so gedemütigt worden und in diesem Augenblick hasste ich meinen Mann aus tiefstem Herzen!«

»Er zwang Sie zum Oralsex?«

Eriks Stimme kochte vor Wut.

»Ja. Inzwischen hatten sich die Männer in der Tür versammelt und feuerten ihn an. Es war entsetzlich!«

Eriks Sekretärin reichte mir stumm ein Taschentuch; dankbar nahm ich es an und putzte mir die Nase.

»Geht es wieder?«, fragte sie freundlich.

»Danke.«

Geräuschvoll schnäuzte ich in das Taschentuch.

»Würden Sie das auch vor Gericht wiederholen, wenn es sein müsste?«

Erschrocken sah ich Erik an.

»Ich habe das noch nie jemandem erzählt, wissen Sie?«

Mich ihm und seiner rechten Hand anzuvertrauen, war etwas völlig anderes, als mich vor fremden Menschen zu entblößen.

»Nur, wenn es sein muss, am liebsten würde ich das Ganze vergessen.«

»Natürlich. Ich werde Sie nie zu etwas zwingen, was Sie nicht tun möchten, Mrs. West«, sagte Erik.

Frau Knispel stutzte, dann konzentrierte sie sich wieder auf ihren Stenoblock.

»Was war mit den anderen Männern? So eine aufgehetzte Meute kann gefährlich werden.«

Erschöpft schloss ich die Augen und sah die nächste Szene vor mir.

»Ja. Die Männer drängten sich immer weiter um uns und als einer brüllte, dass er der Nächste sei, griff mein Schwiegervater ein. Er hielt dem Mann seinen Revolver an die Schläfe und sagte: Das glaube ich nicht!«

»Schlagartig war ihm der Respekt der Männer sicher und sie zogen sich knurrend wie eine Meute Wölfe zurück.

Während Chris mit mir draußen auf ein Taxi wartete, bezahlte mein Mann die Rechnung. Ich war wie erstarrt und zu keiner Regung fähig. Mein Herz fühlte sich dumpf an und in mir war jegliches Gefühl für meinen Mann gestorben. Ich fühlte mich beschmutzt und hatte nur einen Wunsch: Mich zu reinigen.«

Während Erik mit Frau Knispel das Protokoll durchging, stand ich am Fenster und sah gedankenverloren hinaus. Ein Mann in einem schwarzen Audi starrte mich an.

Schnell trat ich einen Schritt zurück und mein Herz pochte laut vor Aufregung. Ich hatte das Gefühl, dass dieser Mann genau wusste, wer ich war und dass er mich beobachtete.

Vielleicht war er ein Detektiv?

In dem Moment schrieb Jaydens Informant eine kurze Nachricht: *Sie sind jetzt schon über eine Stunde im Büro; Rebecca stand eben am Fenster und hat mich gesehen.*

Ich verschwinde jetzt besser und das solltest du auch tun, Jayden!

DAS TAGEBUCH

Wütend durchkämmte Jayden jeden Zentimeter von Susis Wohnung mit einem einzigen Ziel: Er musste das Video finden, das ihn in diese schwierige Situation gebracht hatte!

»Verdammt, wo bist du?«, fragte er verzweifelt.

John hatte ihn darüber informiert, dass Becky bei dem Anwalt

war und Susi konnte nicht auftauchen – dafür hatte er gesorgt.

Ein grimmiges Lächeln huschte über sein Gesicht, als er sich das Gesicht von ihr vorstellte, wenn sie ihre durchstochenen Reifen entdecken würde.

Das verschaffte ihm die nötige Zeit, um die Wohnung unter die Lupe zu nehmen. Als ehemaliger Special Agent war es ein Leichtes für ihn gewesen, in ihr Heiligtum einzudringen.

Jayden hatte Susis Schlafzimmer in einen Hort des Schreckens verwandelt und es war ihm egal, dass er Susis ganzen Stolz, ihren kleinen 2-Zimmerpalast, verwüstete.

Sie hatte sich diese Eigentumswohnung nach der Scheidung von Peter gekauft und hielt diese Form von Schmerzensgeld für angemessen.

Verängstigt saß mein Kater Joschi auf dem Kleiderschrank und beobachtete mit seinen gelben Augen, was Jayden dort unten trieb. Obwohl er mir den Kater geschenkt hatte, war er immer eifersüchtig auf Joschi gewesen und zog ihm am Schwanz, wenn er sich unbeobachtet fühlte.

Wenn ich ihn zur Rede stellte, stritt er alles ab und meinte, ich würde übertreiben, aber Joschis Körpersprache zeigte mir die Wahrheit …

Alle Kleidungsstücke lagen verstreut auf dem Boden herum, das Bad sah noch schlimmer aus!

Nun durchwühlte er das Wohnzimmer, wo ich seit meinem Einzug auf der Couch schlief. Für einen Moment unterbrach er seine Jagd und hielt sehnsüchtig seine Nase an mein Nachtgewand. Für ein paar Minuten schenkte ihm mein Duft die Illusion, dass ich noch bei ihm wäre und er gab sich diesem Gefühl hin.

Plötzlich bekam er eine Nachricht von John:

Sie sind jetzt schon über eine Stunde im Büro; Rebecca stand eben am Fenster und hat mich gesehen. Ich verschwinde jetzt besser und das solltest du auch tun, Jayden!

Jayden blieb cool.

Er wusste, dass er noch genügend Zeit hatte, bis ich wieder auftauchen würde.

Prüfend ließ er seinen Blick über das Sofa schweifen; seine Augen blieben an meinem geliebten Teddybären Bärchi hängen, den sich seit meinem sechsten Lebensjahr heiß und innig liebte.

Der Teddy war recht groß und Jayden schnappte sich den Bären, der ein lautes Brummen von sich gab. Dann sah er den Reißverschluss auf Bärchis Rücken und zog ihn hinunter.

Mein kleines, grünes Buch fiel ihm entgegen; neugierig klappte er es an einer Stelle auf und begann darin zu lesen:

Liebes Tagebuch!

Es ist unfassbar! Ich habe ihn endlich gefunden!
Mein ›Kugelmensch‹ existiert wirklich!
Ich bin so glücklich, mein Herz glüht vor Freude!
Wie oft habe ich von ihm geträumt und ihn mir herbei
gewünscht?
Skurril, dass es mein Scheidungsanwalt Erik ist!
Seine braunen Augen, seine Hände, sein Lächeln – alles
ist mir vertraut und doch ist alles neu für mich …

Natürlich gibt es ein Problem, denn er ist auch ver-
heiratet.
Wie könnte es auch anders sein? Bei Zwillingsseelen gibt
es immer Herausforderungen, die überwunden werden
wollen.
Wir bekommen jetzt die Chance dazu und ich hoffe so
sehr, dass wir dieser Aufgabe gerecht werden!
Susi ist entzückt, sie war es, die mir Erik empfohlen hatte
und so fügt sich ein Puzzleteilchen an das andere, das wir
Menschen ›Schicksal‹ nennen.
Noch ist nicht klar, wohin unser Weg führen wird und ich
bitte das Universum um ein Wunder, um unsere einzig-
artige Liebe leben zu können …

Blind vor Eifersucht rief Jayden seinen Informanten an.

»Ich will, dass du mir diese Susi noch zwei Stunden
vom Hals hältst und es ist mir scheißegal, wie du das
machst!

Ob du sie fesselst oder zum Essen ausführst, bleibt dir
überlassen.«

Dann legte er auf. Seine zusammengekniffenen Augen flogen über die verbotenen Zeilen hinweg:

Liebes Tagebuch!

Das ist Magie!
Moms Anhänger hat mich heute zu Erik geführt und wie hoch ist bitte die Wahrscheinlichkeit, dass er mir in einer Stadt über den Weg läuft, die fast 4 Millionen Einwohner hat? Ich war an meinem Lieblingsort und bekam von Mom plötzlich die Botschaft, dass ich mir ein Getränk besorgen sollte. Obwohl ich keine Lust hatte, tat ich es und wer stand genau vor mir in der Warteschlange? Erik! Genau wie ich liebt er das Wasser und verbringt dort seine Pausen.
Er erzählte mir von seinem Sohn Victor, der ein außergewöhnliches Kind zu sein scheint, und von seinem Motorboot. Wie gern würde ich mit ihm auf diesem Boot ein paar Tage verbringen! Nur Erik, das Wasser, die Sonne und ich, mehr brauche ich nicht, um glücklich zu sein …
Wenn sein Blick mich streichelt, weiß ich nicht, wohin mit meinen romantischen Gefühlen für ihn.
Das Schönste ist, dass er sich mit mir für morgen Mittag verabredet hat!

Liebes Tagebuch!

Ich kann es kaum erwarten, Erik wiederzusehen!
Noch zwei Stunden trennen mich von ihm, welch eine süße Qual …
Ich werde dir berichten!

Liebes Tagebuch!

Erik kam pünktlich zu unserem Date, kicher!
Er hatte sogar einen Picknickkorb dabei und ich fühlte
mich sooo wohl mit ihm, einfach unbeschreiblich! Ich
kann mich so zeigen, wie ich bin und weiß genau, dass er
mich so akzeptiert.
Spirituelle Themen interessieren ihn, er hat einen offenen
Geist und hat mir viele Fragen dazu gestellt.

Jayden war immer dagegen gewesen; er hat sogar den
Stein von Mom gegen ein Duplikat ausgetauscht, um den
Kontakt zu ihr zu unterbinden. Er weiß, dass ich mit ihr
durch den Stein verbunden bin.
Neuerdings habe ich Visionen, die sich auch durch den
Topas ankündigen. Sobald er anfängt zu vibrieren,
schließe ich meine Augen und empfange die Vision.

Anfangs irritiert, nehme ich es als eine weitere Gabe von mir an.
Dabei weiß ich nicht, ob sich diese Szenen jemals er-
eignen werden; bei einigen würde ich es mir wünschen,
bei anderen nicht.
Leider wurde unser Picknick durch einen Anruf von
Eriks Sekretärin gestört. Jayden war mit Bill in Eriks
Büro einmarschiert und wir mussten so schnell wie mög-
lich aufbrechen.
Ich hatte große Angst, dass Jayden das Video bekommen
würde, denn er verlangte von Erik, den Safe zu öffnen!
Nicht einmal ich wusste, dass es dort gar nicht ist und
aus meinem Bauchgefühl heraus werde ich es nicht ein-
mal dir anvertrauen …

Wütend klappte Jayden das Buch zusammen und warf es auf den Boden.

»Das kann doch nicht wahr sein!«, schrie er wutentbrannt.

Dieser Erik war ein cleverer Anwalt, das wurde ihm jetzt bewusst.

Dann hörte er, wie Joschi vom Schrank sprang, was für ihn ein sicheres Zeichen dafür war, dass ich im Anmarsch war! Mein Kater erkannte mich, noch bevor er mich sah und begrüßte mich immer mit hocherhobenem Schwanz an der Tür.

Ich schloss die Tür auf und wunderte mich über meinen schwarzen Kater, der aufgeregt um meine Beine strich und dabei laut miaute. »Na, mein Kleiner, was ist denn los? So lange war ich doch nicht weg.«

›Jayden ist da, er hat dein Tagebuch!‹, hörte ich Moms Stimme in meinem Kopf und bekam einen Riesenschreck.

Dann sah ich Jayden!

Bedrohlich kam er mit einer verzerrten Miene auf mich zu, dabei hielt er in seiner rechten Hand einen Revolver.

»Was machst du hier? Wie bist du hereingekommen?«

Mein Verstand setzte aus und ich hatte nur noch einen Gedanken: Flucht!

Blitzschnell nahm ich den Kater hoch, drehte mich auf den Absatz um und wollte mit einer Hand die Tür öffnen, als Jaydens eiskalte Stimme mich davon abhielt.

»Wenn du die Tür aufmachst – erschieße ich Joschi!«

Langsam drehte ich mich um, Angst schnürte mir die Kehle zu. Ich wusste, dass Jayden keine leeren Drohungen machte und als ich in seine Augen schaute, war mir klar, dass er völlig verrückt geworden sein musste.

Sein Blick jagte mir eine Höllenangst ein!

NICHT OHNE DICH

*D*u musst jetzt ruhig bleiben, Liebes!‹, hörte ich
Moms Stimme.

Sofort setzte ich Joschi wieder auf den Boden.
›Zeige keine Angst!‹

Mom hatte recht. Ich atmete durch und ging langsam
auf Jayden zu, der immer noch die Waffe auf mich gerichtet
hielt.

»Was soll das Ganze, Jayden? Willst du mich erschießen?
Dann geht das Video sofort an die Presse.«

Jayden ließ den Revolver sinken und ich lief an ihm vorbei in das Wohnzimmer. Entsetzt prallte ich zurück! Das
Zimmer sah wie nach einem Überfallkommando aus – Jayden hatte seiner Wut freien Lauf gelassen.

»Wo ist es?«, fragte er mich barsch.

»In Sicherheit. Du bekommst es nach der Scheidung zurück.«

»Ich will diese Scheidung nicht, Becky – du gehörst mir!«

»Du hast den Verstand verloren. Kein Mensch gehört
einem anderen. Die Brücke zwischen uns ist eingestürzt und
ich werde sie nicht wieder aufbauen!«

»Bist du sicher?«, fragte Jayden höhnisch und zog aus
seiner Jacke mein Tagebuch hervor.

»Gib es her, es gehört mir!«

»Und mir gehört das Video. Dein Tagebuch für meine
Kassette.«

Jayden hatte sein Pokerface aufgesetzt und fühlte sich in
seiner Position überlegen.

»Wie kannst du es wagen, Susis Wohnung in ein Inferno zu verwandeln?«, fragte ich wütend und wollte ihm das Buch aus der Hand reißen.

Blitzschnell hielt Jayden es hoch. Seine Augen sahen mich mit einem gequälten Ausdruck an und für ein paar Sekunden empfand ich Mitgefühl für ihn. Er war krank, krank vor Eifersucht und er dachte wirklich, dass ich sein Eigentum sei, genauso wie sein Auto oder seine Harley-Davidson.

»Ich kann nicht ohne dich leben, Becky«, sagte er rau.

»Ich liebe dich nicht mehr, Jayden.

Das ist schon lange vorbei und du musst der Tatsache ins Auge sehen!«

»Du liebst diesen Anwalt!«, stieß er hasserfüllt hervor.

Es war keine Vermutung, sondern ein Geheimnis, das er meinem Tagebuch entnommen hatte.

»Ja«, antwortete ich ehrlich und dachte nicht an die Folgen, die mein Bekenntnis bei ihm hervorrufen könnte.

Jayden packte mich an den Schultern und begann, mich durchzuschütteln! Schütteln ist eine unterdrückte Form von Wut und ich bekam noch mehr Angst.

Wie weit war er davon entfernt, mich zu schlagen oder vielleicht sogar zu töten?

Plötzlich drehte er sich auf dem Absatz um und stürmte in die Küche. Wie gelähmt blieb ich stehen und fragte mich entsetzt, was er als Nächstes vorhatte?

Ich lauschte.

Es hörte sich an, als ob er in den Schubladen herumwühlte.

Ich wollte wegrennen, aber meine Beine waren wie aus Blei, ich konnte mich nicht bewegen …

Minuten später stand Jayden wieder vor mir und hielt triumphierend ein Feuerzeug in der Hand.

»Mein Gott, Jayden, was hast du vor?«

»Wenn du mir nicht sagst, wo es ist, dann werde ich dein Tagebuch verbrennen!«

» Bitte, Jayden, nicht!«

»Ich frage dich nur noch ein einziges Mal – wo ist die Kassette?«

Schluchzend blieb ich ihm eine Antwort schuldig und sackte in mich zusammen. Es war einfach zu viel für mich.

Kurz darauf stieg der Geruch von verbranntem Papier in meine Nase und das gab mir einen Adrenalinschub!

Ich sprang auf und versuchte, an das lodernde Etwas heranzukommen, das Jayden mit einer grimmigen Miene hochhielt. Durstig fraßen sich die Flammen in das Papier und in mein Herz.

Ich hatte verloren.

Fluchend ließ er es fallen und trampelte darauf herum, bis die Flammen erloschen waren. Dann hob Jayden es hoch, seine Stimme klang eisig: »Das ist für die Frau, die mir mein Herz gebrochen hat«, und schlug mir das verkohlte Buch ins Gesicht, wieder und wieder, während ich kreischend versuchte, seine Angriffe abzuwehren.

Obwohl meine zitternde Hand mir nicht gehorchen wollte, wählte ich Eriks Handynummer. Ich hatte keine Ahnung, wie viel Zeit nach Jaydens Übergriff vergangen war; ich wusste nur, dass er endlich verschwunden und ich noch am Leben war.

Neben mir lag das verkohlte Buch auf dem Boden.

Alle Gedanken, die ich ihm jemals anvertraut hatte,

waren fort und nur die verstreute Asche konnte seine ehemalige Existenz bezeugen.

»Suthor«, meldete sich Eriks warme Stimme.

»Erik? Ich bin hier … in Susis Wohnung … Komm bitte!«, schluchzte ich leise.

»Rebecca, was ist passiert?«, fragte Erik bestürzt.

»Jayden hat mich überfallen.«

»Ich bin sofort bei dir, bleib, wo du bist!«

In mir breitete sich ein Gefühl von Hoffnung aus, allein, weil ich seine Stimme gehört hatte und wusste, dass er auf dem Weg zu mir war.

Langsam rappelte ich mich auf und ging in Richtung Badezimmer. Joschi kam aus seinem Versteck heraus, in das er sich ängstlich verkrochen hatte. Laut miauend folgte er mir und strich tröstend um mich herum.

»Jetzt wird alles gut. Erik kommt, er wird gleich hier sein«, sagte ich mehr zu mir selbst, um mich zu beruhigen.

›Es tut mir so leid, dass ich dir nicht helfen konnte.

Ich bin in einer anderen Dimension und habe keinen physischen Körper mehr‹, hörte ich Moms traurige Stimme sagen.

»*Ich weiß, Mom.*«

Der Blick in den Spiegel ließ mich entsetzt zurückprallen!

Mein Gesicht war angeschwollen und der Ruß hatte dunkle Spuren hinterlassen. Mit einem nassen Handtuch wusch ich vorsichtig die schwarze Farbe ab. Fassungslos betrachtete ich mein Spiegelbild, das meilenweit von der Rebecca entfernt war, die vor wenigen Stunden die Wohnung betreten hatte.

Etwas konfus überlegte ich, ob ich Erik die Anschrift

genannt hatte; dann fiel mir ein, dass er Susis Adresse sicher in seiner Kartei gespeichert hatte. Aus dem Kühlschrank holte ich mir ein Kühlpad und hielt es an mein Gesicht. Mechanisch gab ich dem Kater etwas Leitungswasser und Futter, dann goss ich mir ein Glas mit Wasser ein und trank es in einem Zug aus.

Kurze Zeit später klingelte es an der Tür Sturm!

Ich rannte zur Tür und riss sie auf. Fassungslos sah Erik mich an und nahm mich wortlos in seine starken Arme.

In diesem Moment explodierte meine Anspannung!

Während ich hemmungslos weinte, strich Erik mir beruhigend über das Haar.

»Um Himmels willen, *was* hat er dir angetan?«

»Er hat mein Tagebuch gefunden und versucht, mich damit zu erpressen«, schniefte ich.

»Wollte er es gegen das Videoband tauschen?«

»Ja. Er hat es vor meinen Augen verbrannt und mich damit geschlagen.«

Eriks Arme umschlossen mich fester, seine Kiefermuskeln spannten sich an, als er an das Szenario dachte.

»Dafür wird er bezahlen, Rebecca!«

In dem Moment hörten wir, wie jemand die Tür aufschloss; dennoch blieben wir eng umschlungen stehen, entschlossen, dass uns niemand mehr trennen konnte. Zumindest war das unser Gefühl füreinander, die Realität sah anders aus.

»Huhu Becky, ich bin wieder da«, hörten wir Susis fröhliche Stimme aus dem Flur.

»Stell dir vor, mich hat ein netter Amerikaner …«

Mit vor Angst geweiteten Augen ging sie langsam auf

uns zu, ihr Mund öffnete sich und schloss sich wieder, wie bei einem Fisch, der gestrandet war und keine Luft mehr bekam.

Langsam schälte ich mich aus Eriks Armen und stolperte auf sie zu.

»Es tut mir so leid, Susi. Ich werde es wiedergutmachen, alles wird so, wie es war!«, versprach ich ihr und nahm sie tröstend in den Arm. Susi fing an zu weinen und ich bat Erik, ihr einen starken Whisky auf Eis zu bringen.

»Ich hole am besten gleich drei«, murmelte er und ging in die Küche.

»Ich verstehe nicht, was hier passiert ist, Becky. Und wie siehst du aus?«, fragte sie schluchzend.

»Jayden ist hier eingebrochen und hat mein Tagebuch gefunden. Er hat es gelesen, verbrannt und mich damit geschlagen.«

»Mein Gott, er muss den Verstand verloren haben!«

»Ja, denn er hat verstanden, dass er mich verloren hat und er weiß jetzt, dass Erik mein Seelenpartner ist.«

»Dann ist Erik auch in Gefahr?«

»Das hoffe ich nicht«, antwortete ich.

Susi hatte den Nagel auf den Kopf getroffen.

Was würde Jayden als Nächstes tun?

ICH WILL DICH!

Erik kam aus der Küche zurück und reichte uns das starke Gebräu.

»Wer ist in Gefahr?«

»Wir haben eben überlegt, ob Becky in Gefahr ist«, log Susi und wurde rot. Sie war eine schlechte Lügnerin und Erik blickte uns verwundert an.

»Warum sollte Rebecca in Gefahr sein? Im Gegenteil, solange er nicht das bekommen hat, was er will, ist sie in Sicherheit.«

Erik wählte seine Worte mit Bedacht, nicht wissend, ob Susi von mir eingeweiht worden war.

»Wieso, was will er denn, Becky?«, fragte Susi ahnungslos und sah mich neugierig an.

»Er will etwas haben, womit ich mir meine Freiheit erpressen werde, Susi. Mehr möchte ich dir nicht verraten – es ist zu deiner eigenen Sicherheit. Je weniger du weißt, umso besser ist es für dich.«

»Okay«, antwortete Susi gekränkt.

»Rebecca hat recht, es ist besser, wenn Sie nicht wissen, worum es da genau geht.«

»Nennen Sie mich ruhig Susi. Ihr beide duzt euch ja auch schon«, sagte meine Freundin freundlich.

»Gern, Susi, ich bin Erik.«

Der dreifache Whisky begann seine Wirkung zu entfalten.

»Wofür steht eigentlich das W.? Das wollte ich schon immer wissen.«

»Wilhelm. Mein Großvater hieß so, ich bin nach ihm benannt worden.«

»Gut, dass es nur der Zweitname geworden ist«, kicherte sie.

»Susi!«, ermahnte ich sie streng.

»Schon gut. Leute, ich muss mich kurz mal setzen, mir wird ganz schwindelig vor Augen.«

»Das ist der Schock«, sagte Erik und räumte einen Stuhl für Susi frei.

»Danke.«

»Wie geht es jetzt weiter? Willst du eine Anzeige gegen Jayden erstatten?«, fragte Susanne matt.

»Nein, das würde nichts bringen. Sicher hat er keine Spuren hinterlassen und für ein Alibi vorgesorgt.«

Mir fiel wieder der Mann im Audi ein.

»Als Erik mit Frau Knispel das Protokoll durchging, habe ich vom Fenster aus einen Mann in einem schwarzen Audi gesehen, der mich direkt ansah. Irgendwie sagt mir mein Gefühl, dass er uns beobachtet hat.«

»Ein schwarzer Audi, sagst du?«, fragte Susi aufgeregt.

»Ja, wieso?«

»Mich hat vorhin ein Amerikaner zum Essen eingeladen und der fährt so einen Wagen!«

Susi sprang von ihrem Stuhl auf.

»Irgendein Schwein hat mir alle vier Reifen durchgestochen. Während ich auf den ADAC wartete, kam ein netter Mann vorbei und sprach mich an.«

Erik warf mir einen bedeutsamen Blick zu, während Susi fortfuhr.

»Er machte mir Komplimente und lud mich zum Essen ein.«

Verlegen lachte sie auf.

»Ist ja schon eine Weile her, dass mich ein Mann eingeladen hat und er machte einen sympathischen Eindruck.«

»Wie sah er aus?«, fragte ich schnell und durchforschte fieberhaft mein Gedächtnis.

»Er war groß, bestimmt 1,80 oder größer, hatte graublaue Augen, braunes Haar, vielleicht gefärbt, denn er war sicher schon so um die 50 Jahre alt. Er hatte einen ziemlich dicken Bauch, na ja, Fastfood, ihr wisst schon.«

»Wie hieß er?«

»Verne Smith.«

»Nein, die Beschreibung des Mannes sagt mir nichts, und es ist fraglich, ob der Name stimmt? Sollte es einer von Jaydens Informanten sein, kenne ich ihn bestimmt nicht.«

»Die Reifen gehen bestimmt auf sein Konto«, warf Erik grimmig ein.

Verdutzt schaute Susi ihn an.

»Mein Gott, damit könntest du recht haben, dadurch hatte Jayden freie Bahn und konnte hier einbrechen.«

Susi sah sich um und fing wieder an zu schluchzen.

»Wie soll ich das je wieder in Ordnung bringen?«

»Ich helfe dir!«, kam es aus Eriks und meinem Mund geflogen.

Trotz der skurrilen Situation brachen wir drei in lautes Gelächter aus. Für ein paar Minuten befreite es uns von unseren Sorgen, die jeder mit sich herumschleppte …

Erik fing sich als Erster wieder.

»Ihr könnt nicht in diesem Chaos bleiben. Ich schlage vor, dass ihr in einem Hotel übernachtet und morgen Vormittag treffen wir uns hier und räumen gemeinsam auf.«

»Aber was machen wir mit Joschi?«, fragte ich und hob meinen Kater hoch, der um meine Beine strich.

»Wir können ihn für eine Nacht bestimmt bei der netten Nachbarsfamilie Gomez lassen, was meinst du, Becky?«

Die Familie Gomez war Joschi nicht fremd, denn ihre elfjährige Tochter Anita war schon ein paar Mal zu Besuch gewesen und Joschi mochte sie. Andererseits war es für Katzen stressfreier, wenn sie in ihrer gewohnten Umgebung blieben.

Dennoch wollte ich ihn nicht in diesem Chaos allein lassen, daher stimmte ich ihr zu.

»Gute Idee, Susi! Ich werde gleich mal nachfragen.«

Erik sah mich an und ich ahnte, dass er mir etwas sagen wollte.

»Ich komme mit, ich muss jetzt sowieso aufbrechen«, sagte er.

»Danke, Erik«, sagte meine Freundin und umarmte ihn spontan.

»Gern, bis morgen, Susi!«

Schweigend gingen Erik und ich die Treppe hinunter.

Hilflos flatterte mein Herz wie ein Vogel in seinem Käfig umher. Plötzlich blieb Erik stehen und zog mich heftig in seine Arme.

»Mir ist heute klar geworden, dass du ein Teil von mir bist und der Gedanke, dich zu verlieren, hat mich fast umgebracht!«

Ich öffnete den Mund, um ihm eine Antwort zu geben, aber Erik verschloss ihn mit einem Kuss, der mich alle Strapazen der letzten Stunden vergessen ließ. Sein Kuss war zärtlich und fordernd zugleich und ich bedauerte, dass ich nicht die Macht besaß, die Zeit anzuhalten …

Als Erik mich wieder freigab, war ich völlig benommen.

Hatten wir uns wirklich geküsst oder war alles nur ein Traum?

»Du riechst wundervoll«, flüsterte er leise.

»Du auch«, flüsterte ich atemlos.

Die Farben seiner Aura flossen in die Meinen und verschmolzen zu einem wunderschönen Regenbogen.

Nun gab es ein ›WIR‹ und nichts konnte unsere Liebe zerstören.

»Ich weiß nicht, wie es weitergeht, Rebecca, ich kann dir nichts versprechen.«

Wie eine Katze schmiegte ich mich in seine Arme und schnurrte:

»Ich erwarte nichts von dir, Erik. Lass uns doch einfach schauen, wohin der Weg führt, ja?«

»Ja«, antwortete Erik erleichtert.

»Ich muss jetzt zu Susi zurück, bevor sie eine Vermisstenanzeige aufgibt. Morgen sehen wir uns wieder.«

»11 Uhr? Dann kann ich vorher noch ins Büro und ein paar Dinge erledigen. Pack bitte deinen Badeanzug ein!«

Von oben ertönte Susis Stimme: »Becky, wo bleibst du denn?«

HEIMLICHE LIEBE

Ich komme gleich!«, rief ich glücklich und warf Erik einen Luftkuss zu, der sich rückwärts die Treppe hinunter tastete.

Mit seiner rechten Hand fing er meinen Kuss auf und ließ ihn pantomimisch in sein Herz verschwinden.

Nur schwer konnten sich unsere Augen voneinander lösen.

Susi erwartete mich schon an der Tür.

»Jetzt sag schon, was habt ihr so lange besprochen?«

Meine Augen strahlten wie tausend Sterne, als es aus mir herausprudelte: »Erik hat mich geküsst!«

Susi schmunzelte und drückte mich an ihren großen Busen.

»Herzlichen Glückwunsch, das sind ja mal tolle Neuigkeiten. Ich freue mich für dich, Becky. Kann er gut küssen?«

»Himmlisch!«, versicherte ich ihr und genoss jede einzelne Sekunde der Erinnerung daran.

Susanne hatte das Nötigste für uns gepackt und Joschi war schon bei der Familie Gomez, wo er bestimmt mit Streicheleinheiten und Leckerli verwöhnt wurde.

Um ihn musste ich mir keine Sorgen machen. Meine Freundin hatte uns ein Zimmer in einem kleinen Hotel in der Nähe reserviert und während der Autofahrt fragte sie mich weiter über Erik aus.

»Wie soll das mit euch weitergehen, Becky? Erik ist doch

verheiratet und du willst doch sicher nicht den Status einer Geliebten einnehmen, oder?«

Obwohl ich Susi nur aus den Augenwinkeln sah, konnte ich erkennen, dass sie die Stirn runzelte – ein sicheres Anzeichen dafür, dass sie besorgt war.

»Es geht nicht um den Status, es geht um die wahre Liebe und die ist bedingungslos. Wir lieben uns und das nicht erst seit heute, sondern schon seit langer Zeit. Vielleicht schon seit Jahrhunderten. Man kann Gefühle nur eine gewisse Zeit lang unterdrücken, irgendwann kommen sie mit einer zehnfachen Geschwindigkeit wieder hoch und wollen gefühlt werden.«

»Das ist ja alles gut und schön, dennoch muss es eine Perspektive geben, finde ich.«

Ich lachte übermütig.

»Eben, das ist deine Meinung. Erik hat mir gesagt, dass er nicht weiß, wie es mit uns weitergeht; woher sollte er das auch wissen? Für mich ist nur wichtig, dass er seine Gefühle für mich nicht länger unterdrückt, sondern sie annimmt. Er fühlt, dass ich ein Teil von ihm bin und das macht mich unbeschreiblich glücklich. Irgendetwas wird geschehen, das Universum sorgt schon dafür.«

»Wie meinst du das?«

»Wenn der richtige Zeitpunkt gekommen ist, schickt das Universum einen ›Gamechanger‹ und alles sortiert sich neu.«

»Aber vorher wird es einen Sturm geben?«, fragte Susi.

»Ja, ganz bestimmt. Ich kenne ein Zwillingsseelenpaar, das in dem gleichen Dilemma steckte, nur mit dem Unterschied, dass die Frau ungebunden war. Ihr Seelenpartner hingegen war seit zwanzig Jahren mit seiner Lernpartnerin verheiratet. Genauso unglücklich wie Erik, konnte er sich aber nicht aus der Ehe befreien. Dann kam Olga ins Spiel, eine ehemalige Kollegin von mir. Sie wussten sofort, dass sie füreinander bestimmt sind und begannen, sich heimlich zu treffen. Sex spielte keine Rolle, denn der Mann redete sich ein, solange er mit Olga nicht intim wurde, wäre es kein Fremdgehen.«

»So ein Quatsch, Betrug beginnt doch schon viel früher im Kopf.«

»Richtig. Obwohl offensichtlich war, dass seine Frau ihn mit anderen Männern betrog, wollte er das nicht wahrhaben und drückte sich vor einer Entscheidung.«

»Moment mal, wieso war klar, dass sie ihn betrog?«

»Seine Frau fuhr über das Wochenende zu ihrer ersten großen Liebe und blieb über Nacht. Und das nicht nur einmal und alle sagten: Mensch, ist doch klar, dass sie dich betrügt, wach auf! Er wollte es nicht sehen. Olga war verletzt und zog sich von ihm zurück; sie konnte diese Heimlichkeiten nicht länger ertragen. Und dann griff das Universum ein!«

Gespannt schaute Susi mich an.

»Was ist passiert?«

»Seine Frau verliebte sich in den Nachbarn und sagte ihrem Mann auf den Kopf zu, dass sie ihn verlassen wird.«

»Krass, sind die beiden noch zusammen?«

»Oh ja, sogar glücklich miteinander verheiratet.«

Susi warf mir einen zweifelnden Seitenblick zu und fluchte laut, weil ein Mercedes uns geschnitten hatte.

»Arschloch!«

Plötzlich erstarrte sie.

»Uns folgt ein schwarzer Audi und ich glaube, da sitzt Verne drin oder wie immer er heißen mag!«

Erschrocken drehte ich mich um und versuchte, den Mann hinter dem Steuer zu erkennen.

Er trug ein schwarzes Basecap, eine Sonnenbrille und sein Schnauzer verlieh seinem Gesicht eine gewisse Brutalität.

»Allerdings hatte Verne keinen Schnauzbart, aber den kann man ja auch einfach ankleben. Kannst du ihn irgendwie abhängen?«

»Ich werde es versuchen!«, antwortete ich und gab mit meinem Mini Gas. Der Audi klebte an uns und war natürlich schneller als wir.

Plötzlich prasselten Regentropfen auf die Windschutzscheibe und ein entferntes Donnergrollen kündigte ein Gewitter an.

»Auch das noch«, murmelte ich und konzentrierte mich darauf, den schwarzen Schatten abzuschütteln.

Kleine Schweißperlen bildeten sich auf meiner Stirn und ich hatte ein schlechtes Gewissen, weil ich Susi in diese Situation gebracht hatte.

John ging vom Gas herunter. Es war sinnlos, er war entdeckt worden und ihm blieb nichts weiter übrig, als den Rückzug anzutreten. Ihm war auch klar, dass Jayden darüber verärgert sein würde, dennoch schrieb er ihm an einer roten Ampel eine kurze Nachricht: *Sie haben mich bemerkt, breche ab.*

Während er weiterfuhr, wartete John auf weitere Anweisungen. Er wurmte ihn, dass seine Tarnung aufgeflogen war.

Jaydens Reaktion passte zu dem Gewitter, das sich jetzt immer weiter ausbreitete.

Verdammt, John! Du bist kein Anfänger, wie konnte dir das passieren?

Keine Ahnung, sorry. Was soll ich jetzt tun? Fahr nach Hause und besorge dir einen anderen Wagen! Ich will, dass du morgen früh ab 6 Uhr wieder vor der Wohnung von der Schneider stehst, verstanden?

Alles klar, Boss. Bis morgen.

John erhielt keine Antwort.

Müde fuhr er in sein kleines Apartment, bestellte sich eine Salamipizza und während er auf sein Essen wartete, ging eine Order an Sixt raus. Ein weißer Opel Adam sollte ihm bei seiner Tarnung behilflich sein.

»Er ist weg, wir haben ihn abgeschüttelt«, jubelte Susi.

»Nein, er hat gemerkt, dass seine Tarnung aufgeflogen ist und ist deshalb abgehauen.«

»Und wenn schon, Hauptsache, wir sind ihn los.«

Es dämmerte bereits, als wir vor dem kleinen Hotel in einer Seitenstraße vom Kurfürstendamm einen Parkplatz ergatterten.

Erschöpft von der ganzen Aufregung wollten wir nur noch schnell ins Hotel und uns frisch machen.

Zwei Stunden später saßen wir auf einem gemütlichen Doppelbett und aßen mit den Fingern Sushi.

Susi hielt nichts von Etikette und mit ihr erlebte ich immer Situationen, wo ich mich mal fallen lassen konnte, was in meiner Rolle als Ehefrau von Jayden nie möglich gewesen war.

»Lass uns morgen früh aufstehen und so schnell wie möglich losfahren«, sagte ich kauend.

»Klar. Das wird dauern, bis wir die Wohnung wieder

hergerichtet haben. Ich finde es super, dass Erik uns helfen möchte. Und du siehst ihn wieder«, kicherte Susi.

Bei dem Gedanken, Erik wiederzusehen, schlug mein Herz schneller. Noch immer konnte ich seine warmen Lippen auf meinem Mund fühlen und am liebsten wäre ich in dieses wundervolle Gefühl tiefer versunken.

Dennoch ermahnte ich mich, mir keine zu großen Hoffnungen auf eine schnelle Lösung zu machen und dennoch im Vertrauen zu bleiben.

Meine Gedanken waren bei Erik angekommen:

›Gute Nacht, meine Liebste, vertrau mir!‹, hörte ich Eriks Stimme.

›Gute Nacht, mein Liebster‹, antwortete ich glücklich.

ERIKS EINLADUNG

Ich hatte selten Albträume, aber in dieser Nacht erschien mir Jayden: *Um Jahre gealtert, ging er am Stock und ein unheimliches Flackern in seinen Augen jagte mir Angst ein.*

Anklagend zeigte er mit dem rechten Zeigefinger auf mich.

»Du gehörst mir, Rebecca West! Ich werde dich nie gehen lassen!«

Ich rannte los – planlos – ohne Ziel. Nur weg von ihm! Erstaunlicherweise warf Jayden seinen Stock weg und verfolgte mich. Je länger er rannte, umso jünger wurde er.

Von Weitem sah ich die ›Roxanna‹, die am Pier fest geknotet war. Erik war auf dem Boot und winkte mir zu. Dann sah er Jayden und seine Mimik gefror zu Eis.

Er wollte von dem Boot springen, aber ich rief ihm zu: Bleib auf dem Boot und fahr weg!

Ich spürte Jaydens keuchenden Atem in meinem Nacken und bekam eine Gänsehaut. Gleich würde er mich packen …

Unsanft riss mich das Klingeln des Weckers aus dem Schlaf.

Verschlafen sah Susi mich an.

»Guten Morgen, Becky, du hast im Schlaf geschrien.«

»Guten Morgen, kein Wunder, ich habe von Jayden geträumt. Es war grauenhaft!«

»Oh nee, das tut mir leid, willst du mir den Traum erzählen?«

»Ach nein, ist nicht so wichtig«, sagte ich, um meine Freundin nicht weiter zu beunruhigen.

»Komm, wir haben heute viel vor!«

Ich sprang aus dem Bett und ging unter die Dusche, wissend, dass Susi noch ein paar Minuten brauchen würde.

Sie war eher ein Morgenmuffel, deren Kreislauf nicht vor einer Tasse Kaffee in Schwung geriet.

Als ich aus dem Bad kam, standen auf dem Tisch frische Croissants, Obst, Käse, Marmelade, Orangensaft und natürlich starker Kaffee.

»Du weißt, ich muss erst meinen Kaffee trinken«, sagte sie grinsend und nahm einen Schluck aus ihrer Tasse.

»Ich weiß, kein Problem.«

»So einen Zimmerservice sollten wir auch zu Hause haben.«

Zu Hause. Momentan hatte ich keins. Susi gab mir nicht das Gefühl, dass ich ein Gast war, dennoch verspürte ich den Wunsch, mir ein eigenes Nest zu bauen. Ein paar Mal hatte ich versucht, ihr das zu erklären, aber Susi wollte mich so schnell nicht weiterziehen lassen. Ich nahm mir vor, das Thema bei der nächsten Gelegenheit wieder aufzugreifen. Pfeifend zog ich meinen Badeanzug an, schlüpfte in meine Jeans und wählte ein schlichtes T-Shirt. Dann setzte ich mich zu Susi an den Tisch und stärkte mich für unsere Mission.

Während wir frühstückten, war Erik schon auf seinem Weg ins Büro, um die Akte eines anderen Klienten durchzuarbeiten.

Es war 7:30 Uhr und Frau Knispel war noch nicht da.

Er machte sich einen Cappuccino und versuchte sich auf die Unterlagen zu konzentrieren. Immer wieder musste Erik seine Gedanken zurückholen, denn ich spukte ihm im Kopf herum und da war noch die drängende Frage: Was sollte er *jetzt* tun?

Durch den Kuss hatte er eine Grenze überschritten und bei dem Gedanken daran stöhnte Erik leise auf. Mühsam drängte er sein Verlangen zurück und versuchte, sein inneres Chaos zu ordnen. Ich hatte ihn aus den geordneten Bahnen des Lebens geworfen und gezeigt, dass es die bedingungslose Liebe doch gibt.

Dieses Gefühl war sein Hafen und die Liebe zu mir breitete sich in seinem Herzen wie ein Lauffeuer aus. Verzweifelt schloss er die Augen und sah mein Gesicht vor sich.

In dem Moment hörte er, wie die Tür aufgeschlossen wurde und erkannte seine Sekretärin an ihrem forschen Schritt.

»Guten Morgen, Herr Suthor«, begrüßte sie Erik.

»Guten Morgen, Frau Knispel«, grüßte Erik zurück.

»Ich hatte schon einen Kaffee, Sie brauchen mir keinen zu kochen, danke schön«, kam Erik ihrer Frage zuvor.

Dann vertiefte er sich wieder in seine Unterlagen und Frau Knispel schloss die Tür hinter sich.

Plötzlich hatte Erik einen Impuls! Einer seiner Schulkameraden war ein Psychologe geworden, vielleicht konnte er ihm irgendwie helfen? Und wenn er nur zuhören würde, wäre Erik dankbar, denn er hatte den starken Wunsch, seine Gefühle einer neutralen Person mitzuteilen.

Eifrig suchte er im Internet nach der Telefonnummer von Dr. Steffen Wilke und rief bei ihm an. Natürlich war der AB geschaltet und er bat um einen Rückruf. Im Grunde hielt er nicht viel von Psychologen, aber ihm fiel kein anderer Ausweg ein. Etwas beruhigter widmete er sich wieder der

Akte und ein Blick auf seiner Uhr verriet ihm, dass er noch genügend Zeit hatte.

Sie sind gerade angekommen, schrieb John und duckte sich in seinem Autositz. Zufrieden legte er sein Handy beiseite und schaltete das Radio ein. Die Nacht in seinem Bett hatte ihm gutgetan, er fühlte sich frisch und ausgeruht. Wenn er heute ein paar kompromittierende Fotos schießen könnte, wäre dieser Auftrag für ihn erledigt. Darauf lag seine ganze Hoffnung und sein geplanter Urlaub auf Kuba rückte immer näher …

Mit einem flauen Gefühl im Magen schloss Susi ihre Wohnungstür auf. Die Verwüstung schockierte uns aufs Neue und mich packte die Wut bei dem Gedanken an Jaydens Übergriff mit meinem verbrannten Tagebuch auf mich, das ich wie einen Schatz gehütet hatte. Außer dem Gefühl der Wut war noch eine Art Ohnmacht in mir, wenn ich an meinen Mann dachte. Ich wusste, er war nicht mehr zurechnungsfähig; mit logischen Argumenten würde ich bei ihm nicht weiterkommen.

Jaydens Ego war gekränkt und sein Herz war eingefroren.

»Puh«, sagte Susi und riss mich aus meinen trüben Gedanken. »Lass uns gleich anfangen, Becky!«

Ich fing mit dem Wohnzimmer an und Susi mit dem Schlafzimmer. Wir räumten auf und putzten wie besessen. Nichts sollte uns an den Einbruch erinnern und es war klar, dass wir dies zwar im Außen schaffen konnten. In unserem Inneren waren Jaydens Fingerabdrücke aber überall und nur die Zeit konnte sie auslöschen …

Mitten in unserer Putzaktion klingelte es an der Tür und ich wusste sofort, dass es mein Liebster sein musste! Ich öffnete und ein strahlender Erik stand vor mir. In seiner rechten Hand hielt er einen bunten Blumenstrauß und in der linken noch einen.

»Guten Morgen, Erik«, begrüßte ich ihn und wusste nicht, wie ich mich verhalten sollte.

»Guten Morgen, Rebecca«, antwortete er unsicher und überreichte mir ein Bouquet.

»Oh, danke, er ist wunderschön«, sagte ich leise und schnupperte an einer rosafarbenen Rose.

Susi kam angelaufen und stürzte sich erfreut auf die Blumen.

»Danke schön, Erik. Guten Morgen, komm doch herein!«

»Guten Morgen, Susi.«

Erik fackelte nicht lange herum.

»Welches Zimmer soll ich übernehmen?«

»Das Badezimmer«, antwortete meine Freundin und Erik begab sich in den kleinen Raum. Alles lag auf dem Boden verstreut.

»Ich kenne deine Ordnung nicht, Susi, aber ich gebe mein Bestes.«

»Kein Problem, ich bin nicht so ein Ordnungsfreak.«

Susi lief mit den Blumen in die Küche – alle Töpfe, Pfannen, Schalen und sogar Nahrungsmittel lagen auf dem Boden.

Sie stellte die Blumen zunächst in einen kleinen Eimer und füllte ihn mit Wasser. Dann machte sie das Radio an und sang lauthals bei jedem Song mit, den sie kannte.

So baute sie ihre aufgestaute Wut ab und es war ihr völlig egal, ob sie den Ton traf oder nicht.

Plötzlich spürte ich Erik hinter mir.

Ich drehte mich um und sah in seine braunen Augen, die seine Gefühle nicht verbergen konnten.

»Möchtest du heute Nachmittag mit mir auf mein Boot kommen?«, fragte er mich sanft und griff nach meiner Hand.

»Sehr gern, Erik«, hauchte ich.

»Wenn wir hier fertig sind, ja?«

»Ja.«

Im Hintergrund hörten wir Susi trällern:

›*Everything I do, I do it for you*‹ aus Robin Hood von Bryan Adams. Erik schenkte mir ein unwiderstehliches Lächeln; am liebsten hätte ich ihn auf der Stelle geküsst!

Stattdessen ließ ich seine Hand los und Erik ging zurück ins Badezimmer.

VERLOCKUNG

Gegen Mittag sah die Wohnung wieder wie Susis Heim aus. Glücklich umarmte mich meine Freundin und bedankte sich zum hundertsten Mal bei Erik und mir.

Susanne bemerkte nicht unsere Unruhe, die wir vor ihr versteckten, denn unser geplantes Rendezvous auf Eriks Boot sollte unser Geheimnis bleiben.

Holger war der Einzige, den Erik dabei nicht umgehen konnte, aber er wusste, dass er sich auf dessen Verschwiegenheit verlassen konnte.

Ich klingelte bei der Familie Gomez und sah meinen Kater, der zufrieden auf der Couch lag und schlief.

Als er meine Stimme hörte, wachte er auf, miaute laut und sprang hinunter, um mich zu begrüßen. Glücklich nahm ich ihn auf den Arm und brachte Joschi zurück. Dann holte ich seine Sachen und schenkte der Tochter Schokolade, die traurig war, weil sie den Kater nicht behalten durfte.

»Du kannst uns gerne besuchen kommen und mit ihm spielen«, bot ich ihr an.

Die Augen des Mädchens leuchteten auf und ihr Kummer ließ etwas nach.

»Darf ich, Mama?«, bettelte die Kleine.

»Natürlich, mein Schatz«, antwortete Frau Gomez.

Währenddessen telefonierte Erik mit seiner Sekretärin und gab ihr Anweisungen. Frau Knispel wunderte sich, dass er sich

freigenommen hatte; das war ungewöhnlich für ihren Chef, der ein richtiger Workaholic war.

Vielleicht steckt diese Diplomatengattin dahinter?, blitzte es kurz bei ihr auf. Aus Loyalität verwarf sie den Gedanken wieder, sein Privatleben ging sie nichts an.

»Und was macht ihr jetzt noch?«, fragte Susi neugierig.

»Ähm, wir … wir gehen noch spazieren«, schwindelte ich.

Genauso wie meine Freundin konnte ich schlecht lügen und Susi durchschaute mich sofort.

»Spazieren?«, wiederholte sie lahm und unterdrückte ein Grinsen.

»Ja, spazieren, wir müssen noch über unsere Vorgehensweise vor Gericht sprechen«, eilte Erik mir zu Hilfe.

Susi lächelte schelmisch.

»Ist doch eine gute Idee, bei dem schönen Wetter …«

»Genau! Wir müssen jetzt auch los, Susi«, sagte ich schnell und gab ihr einen Abschiedskuss auf die Wange.

»Pass gut auf Becky auf!«

Erik nickte.

»Das mache ich, bis bald, Susi.«

Susi drückte Erik herzlich und winkte, während wir die Treppe hinunterstiegen.

»Sie weiß es«, sagte Erik und griff nach meiner Hand.

»Natürlich, sie wird aber nichts sagen.«

»Das denke ich auch.«

Als ich den Namen ›Roxanna‹ las, fühlte sich mein Herz an, als ob es ausgepeitscht wurde. Stolz zeigte Erik auf sein Motorboot.

»Das ist es. Wie gefällt es dir?«, fragte er gespannt.

»Es ist toll!«, sagte ich eifrig und bemühte mich, ein fröhliches Gesicht zu machen.

Prüfend blickte mein Kugelmensch mich an. Ihm war der traurige Unterton in meiner Stimme nicht entgangen.

»Es ist wegen des Namens, oder? Ich würde es gerne nach dir benennen, *Rebecca*. Das ist ein schöner Name.«

»Nein, Erik, ist schon gut.«

Ich versuchte ein Lächeln.

»Hallo Erik.«

Holger war aufgetaucht und kam neugierig näher.

Erik begrüßte seinen Freund, dann stellte er mich vor.

»Das ist Rebecca. Sie ist ... eine Freundin«, sagte er.

»Hallo Rebecca, ich bin Holger, ein alter Freund von Erik«, begrüßte mich der alte Seemann freundlich.

Ich mochte ihn sofort. Sein sonniges Gemüt und seine positive Lebenseinstellung strahlten durch seine klugen Augen in mein Herz hinein.

»Hi Holger, schön, dich kennenzulernen«, antwortete ich warm.

»Willst du so hinausfahren?«

Verwundert zeigte Holger auf Eriks Anzug.

»Ich habe noch ein paar Sachen an Bord, das war eine spontane Entscheidung von uns. Rebecca liebt das Wasser und war noch nie auf einem Motorboot.«

»Verstehe, es gibt immer ein erstes Mal«, sagte Holger augenzwinkernd.

In dem Moment klingelte Eriks Handy.

»Hallo Steffen, danke für deinen Rückruf«, sagte Erik und entfernte sich etwas von uns.

Holger erzählte mir eine lustige Geschichte aus seinem ›Piratenleben‹, wie er es nannte.

An dem Mann war echt ein Comedian verloren gegangen!

Nach ein paar Minuten kam Erik zurück.

»Wollen wir?«

»Und ob«, sagte ich fröhlich und ergriff seine Hand, um an Bord zu gelangen.

»Ich wünsche euch viel Spaß, hat mich gefreut, dich kennenzulernen, Rebecca«, sagte Holger gutgelaunt und winkte mir zu.

»Hat mich auch gefreut!«

»Kannst du bitte kurz das Steuer übernehmen?«, fragte Erik und übergab mir das Kommando.

»Ich weiß doch gar nicht, was ich machen soll?«, antwortete ich hilflos.

Erik grinste.

»Keine Sorge, ich ziehe mich nur rasch um, ich bin gleich wieder bei dir, Becky. Hier sind keine Klippen oder andere Gefahren in der Nähe, auf die du achten müsstest.«

Ich nickte und umklammerte mit beiden Händen das riesige Lenkrad. Erik und ich auf seinem Boot!

Tief atmete ich die frische Brise ein und schaute dankbar nach oben. »Danke, liebes Universum!«

Ich bedankte mich immer, wenn einer meiner Wünsche in Erfüllung gegangen war und mit meinem Seelenpartner auf dessen Boot zu sein, gehörte definitiv dazu. Die Sonne brannte, das Thermometer zeigte 27 Grad im Schatten an. Der Fahrtwind machte es angenehm kühl und genau das war die Gefahr für einen Sonnenbrand.

In dem Moment tauchte Erik wieder auf und schwenkte eine Flasche mit Sonnenspray hin und her.

»Wir müssen uns eincremen, die Sonne ist auf dem Wasser noch heftiger als an Land.«

Ich schmunzelte.

»Du denkst an alles.«

Erik kam näher. Er trug eine schwarze Badehose und ein weißes T-Shirt.

»Du musst das Shirt ausziehen, wenn ich dich eincremen soll«, sagte ich leise und sah ihn zärtlich an.

Zum ersten Mal konnte ich seinen gutgebauten Körper sehen!

Er war nicht so muskulös wie Jayden, seine definierten Muskelpartien machten ihn dennoch aufregend männlich.

Ich gab Erik das Steuer zurück und zog meine Hose und mein Shirt aus. Der Kapitän schaltete den Motor ab und hielt den Atem an, als er mich in meinem schwarzen Badeanzug sah.

Seine Augen signalisierten starkes Verlangen; es knisterte gewaltig zwischen uns!

»Du bist wunderschön«, sagte er leise.

Stumm reichte er mir das Sonnenspray und drehte sich um.

»Danke«, hauchte ich in sein Ohr, schüttelte die Flasche und sprühte seinen Rücken ein.

»Uhhh, ist das kalt!«

Zärtlich begann ich, das Spray auf seiner Haut zu verteilen.

Sein Körpergeruch vermischte sich mit dem Duft des Sonnensprays und ich musste mich beherrschen, um nicht völlig aus der Rolle zu fallen. Zentimeter für Zentimeter erforschten meine Finger seine Haut – verzweifelt stöhnte Erik auf. Etliche Meter von uns entfernt wurden eifrig Bilder von einem Mann in einem kleinen Motorboot geschossen. John hatte sich als Angler verkleidet und tuckerte in gebührendem Abstand hinter uns her …

Eriks Erregung wurde von Minute zu Minute größer und er verfluchte sich selbst, weil er einen bestimmten Körperteil nicht im Griff hatte.

»Ich wusste gar nicht, dass Eincremen so erotisch sein kann«, sagte er rau.

»Warte ab, bis die Kundalini-Energie zwischen uns fließt«, flüsterte ich verführerisch.

»Die … was?«, fragte Erik verwirrt.

»Das erkläre ich dir nicht, das musst du fühlen!«

Ich nahm seine rechte Hand und legte sie auf mein Herz.

»Spürst du, wie schnell es schlägt, Erik? Es schlägt für dich!«

Scharf zog er die Luft ein, nahm seine Hand weg und hielt meine Hände fest.

»Wir müssen aufhören! Ich komme mir vor wie in einem Schnellzug, Rebecca!«

›Und ich mir wie in einer Bimmelbahn‹, dachte ich erregt.

In mir brannte eine Leidenschaft, die ich so bisher nicht kannte. Ich fühlte mich wie ein Vulkan, der kurz vor dem Ausbruch stand …

Erik atmete auf und drehte sich verlegen um.

Seine Hose wölbte sich stark.

»Ich brauche dringend eine Abkühlung«, sagte er und sprang kopfüber ins Wasser. Seine Flucht überraschte mich nicht.

Himmel, wie musste ich auf Erik wirken?

Wie die Wüste Gobi?

ERIKS UR-WUNDE

John wusste, dass er endlich sein Ziel erreicht hatte.
Die Anziehungskraft zwischen Erik und mir war im Kasten - insbesondere die Szene mit der Hand auf meiner Brust war für ihn gutes Material. Eriks Abtauchen entschärfte das Bild, aber davon musste Jayden ja nichts erfahren. Vielleicht könnte er noch ein paar Schnappschüsse machen, wenn Erik wieder an Bord war? Zufrieden öffnete er eine Coke Light und trank die halbe Büchse leer. Verdammt, es war ganz schön warm geworden und sein hoher Blutdruck machte ihm zu schaffen!

Dann tauchte Erik wieder auf und er machte sich bereit für die nächsten Fotos ...

Abgekühlt hechtete Erik an Bord und nahm das Handtuch entgegen, das ich ihm vor die Nase hielt.

»Entschuldige bitte«, sagte ich zaghaft.

»Ich wollte dich nicht so bedrängen. Normalerweise bin ich eher zurückhaltend.«

Erik rubbelte mit dem Handtuch seine Haare trocken.

»Du musst dich nicht entschuldigen. Es ist ja nichts weiter passiert.«

›Wäre es aber, wenn du nicht ins Wasser gesprungen wärst‹, dachte ich trotzig.

›Ja, ich hätte dich in meine Kajüte getragen und ...‹

Erik unterbrach sein Kopfkino.

»Komm, ich creme dich ein!«

Er sprühte das Spray auf seine Hand und begann es auf

meiner Rückseite zu verteilen. Dabei achtete er auf einen korrekten Abstand, was nicht nur mich, sondern auch John wurmte.

Eriks Art, mich einzucremen, hatte keinerlei erotische Komponente, sondern war rein pragmatischer Natur.

Er stellte sich einfach vor, er würde Victor eincremen.

›*Du Schuft!*‹, dachte ich.

›*Du Biest!*‹

John fluchte. Das sah nicht nach einer Fortsetzung aus.

Dieser Anwalt schien sich gut im Griff zu haben.

Wäre er an seiner Stelle …

Bei dem Gedanken wurde seine Hose eng.

»Bald kommst du wieder zum Einsatz«, beruhigte er seinen kleinen John und dachte gierig an die hübschen Frauen Kubas. Dann schrieb er Jayden eine Nachricht: *Ich habe die Fotos!*

Fahre jetzt nach Hause, wenn sie entwickelt sind, bringe ich sie dir.

John.

Als Jayden die Nachricht bekam, spannte sich vor Wut sein Unterkiefer an. Auf keinen Fall würde er so lange auf die Fotos warten. *Schick sie mir sofort! Gute Arbeit, John. Jayden.*

Sein Informant grinste hämisch, dann kam er dem Befehl nach.

Zu gern hätte er Jaydens Gesicht gesehen, wenn er seine schöne Frau mit dem Anwalt sah. Und er wollte nicht in der Haut des anderen Mannes stecken!

Entspannt saß ich neben meinem Steuermann, der seinen freien Arm um mich gelegt hatte und ließ mir den Wind durch die Haare wehen. Ich fühlte mich unendlich wohl.

Glücklich glitten meine Augen über das glitzernde Wasser, eine Möwe kreischte über uns und es platschte, als ihre Hinterlassenschaft auf die Reling plumpste.

Erik grinste. »Das soll Glück bringen.«

›Sie hatten nicht viel und doch hatten sie alles‹, hörte ich Moms Stimme und lächelte.

›Kann Erik dich auch hören?‹, fragte ich sie und nahm den warmen Stein in meine Hand.

›Nein, Liebes. Ich würde euch gern helfen, aber es ist euer Schicksal und ich darf nicht eingreifen.‹

Ich seufzte.

›Natürlich, Mom, wir werden es schon schaffen.‹

»Ist alles in Ordnung?«, fragte Erik.

»Alles bestens, ich fühle mich großartig. Das Wasser entspannt mich total.«

Erik lächelte zufrieden.

»Das geht mir genauso.«

Er zögerte kurz.

»Wegen meines Verhaltens vorhin ... Solange ich noch verheiratet bin, werde ich nicht mit dir schlafen, Rebecca.

Ich hoffe, du kannst das akzeptieren?«

Erik warf mir einen besorgten Seitenblick zu.

»Das verstehe ich. Es zeigt mir, wie treu und loyal du bist, Erik und das gefällt mir auch an dir.«

›Auch wenn es mich fast verrückt macht!‹, ergänzte ich den Satz.

Erleichtert drückte er mich weiter an sich.

›Mich hat es verrückt gemacht, dich zu berühren und

dennoch durfte ich dir nicht näher kommen. Ich kann mir keine schlimmere Folter vorstellen.‹

Wie eine Blume, die langsam ihre Blüten entfaltet, wuchs unsere Liebe füreinander mit jedem weiteren Moment.

»Du machst mich glücklich!«, sagte Erik mit einer zärtlichen Stimme, die mir eine Gänsehaut verpasste.

»Du mich auch, Erik.«

Wahre Liebe konnte so einfach und doch so kompliziert sein!

Mein Topas vibrierte und ich erhielt eine Vision: *Ich sah Erik als Säugling, wie er von seinen Eltern in die Hände von zwei älteren Damen gegeben wurde. Verzweifelt schrie Erik, die gesamte Umgebung war fremd für ihn und er kannte diese Frauen gar nicht. Seine Mutter verstärkte seine Angst, indem sie weinte, doch ihr Mann zog sie von Erik fort.*

Geschockt öffnete ich die Augen – das war seine Ur-Wunde!

»Was hast du, Rebecca?«

Erik schaltete den Motor aus. Sein Blick fiel auf meinen Stein, der immer noch vibrierte.

»Ich hatte eine Vision«, begann ich langsam und erzählte ihm, was ich gezeigt bekommen hatte.

Erik wurde blass. Vermutlich realisierte er erst jetzt, dass ich wirklich diese Gabe besaß.

»Das kannst du nicht wissen, das weiß niemand, Rebecca!«, stieß er hervor.

Sein Atem ging schnell und er griff sich mit einer schmerzverzerrten Miene an sein rechtes Schulterblatt.

»Dort sitzt der Schmerz, richtig?«, fragte ich sanft und Erik nickte verständnislos.

»Ich verstehe nicht …«

»Du fühlst den Schmerz deiner Ur-Wunde, die sich in deinem Körper als Blockade manifestiert hat. Lass den Schmerz zu, fühle ihn! Nur so kann er sich auflösen und heilen.«

Erik begann heftig zu weinen.

Er fühlte den furchtbaren Schmerz des Verlassenwerdens, den er als Baby erleben musste.

Behutsam nahm ich ihn in den Arm und wartete ab, bis sein Schmerz verebbte.

Sein Innerstes war ordentlich durchgeschüttelt worden und er hatte starke Kopfschmerzen.

Dankbar sah er mich an und lächelte schwach.

»Das letzte Mal habe ich vor 13 Jahren geweint, als Victor geboren wurde. Das war vor Freude, das hier war etwas ganz Anderes.«

»Ja, das kann man nicht miteinander vergleichen. Wie alt warst du, als es passierte?«

»Sechs Monate.«

»Weißt du, ich habe eine ähnliche Erfahrung in dem Alter gemacht.«

»Wirklich, was ist bei dir passiert?«

»Es war in der Nacht, als mein Vater verschwand. Meine Eltern hatten eine Babysitterin engagiert, die diese Gelegenheit nutzte, um den Alkoholvorrat meiner Eltern zu testen. Sie war erst 16 und sie hatte keine Ahnung, wie viel sie vertragen würde. Kurzum: Sie betrank sich bis zur Bewusstlosigkeit und ich schrie die ganze Nacht mir die Seele aus dem Leib.«

Ich hielt kurz inne und spürte nach. Vor langer Zeit hatte ich mich diesem Gefühl gestellt, der Schmerz war längst geheilt.

»Das tut mir leid«, sagte Erik mitfühlend.

»Meine Eltern waren zu einer Party eingeladen gewesen.

Auf dem Rückweg hatten sie einen Autounfall und mein Vater verschwand. Wir wissen nicht, wohin. Es war schrecklich für meine Mutter und ein großer Verlust. In dieser Nacht verlor ich mein Urvertrauen – ich hätte sterben können – niemand hätte es bemerkt.«

Erik nahm meine Hand und drückte sie sanft.

»Bei meinen Eltern ging es um eine Weltreise. Lange vor meiner Geburt geplant, wollte mein Vater nicht darauf verzichten.«

Verständnislos schüttelte ich den Kopf.

»Leider wissen die Eltern oft gar nicht, was sie ihren Kindern damit antun. Alle machen Fehler, manche sind so schwerwiegend, dass die Kinder traumatisiert werden.

Diese zwei alten Damen sind Schwestern, richtig?«

»Ja, ich liebe sie, als ob sie meine Tanten wären.

Beide haben ein Herz aus Gold und ich verdanke ihnen viel.«

»Aber zunächst dachtest du, dass deine Eltern dich nicht lieben und dich deshalb weggegeben haben?«

ERPRESSUNG

J a«, sagte er tief berührt.

»Hättest du Victor in dem Alter weggeben?«

»Niemals!«

»Siehst du, das ist wahre Liebe.«

Es war bereits spät am Nachmittag, als wir den Heimweg antraten. Wir schwiegen, jeder hing seinen eigenen Gedanken nach …

Von Holger war weit und breit nichts zu sehen, und so stellte ich mich auf die Zehenspitzen und gab Erik einen zarten Kuss auf die Wange.

Mein Kugelmensch befestigte das Boot und half mir, an Land zu gehen. Dann zog er mich in seine starken Arme.

»Das war die anstrengendste Fahrt meines Lebens und ich würde das gerne wiederholen!«

»Für mich war es zwar die Erste, aber mit Sicherheit nicht die Letzte mit dir. Es ist lange her, dass ich mich so wohlgefühlt habe.«

Ich fing Eriks Blick auf und mein Herz tanzte vor Freude.

»Mit dir fühle ich mich so … leicht.«

»Geht mir auch so mit dir.«

»Ich bringe dich jetzt nach Hause, Susi wird schon auf dich warten.«

Lachend verdrehte ich die Augen.

»Sie wird mich ausquetschen wie eine Zitrone!«

»Bestimmt.«

Wie selbstverständlich ergriff er meine Hand und ließ sie erst los, als wir in sein Auto einstiegen. Eriks Hand fühlte sich wahnsinnig vertraut an. Es war ein uraltes Gefühl, das sich seinen Weg durch Hunderte von Leben gebahnt hatte.

Im Grunde kann ich es gar nicht beschreiben.

Nur wer das Glück hat, auf seine Zwillingsseele zu treffen, weiß, wovon ich spreche …

Erik hielt vor meiner Haustür und schaltete den Motor aus.

Zärtlich hob er mein Kinn an, küsste mich auf den Mund und ich musste aufpassen, dass ich nicht davon schwebte!

Er kam mir klarer vor – ein Mann, der wusste, was er wollte und bereit war, für seine Gefühle zu kämpfen.

»Danke«, sagte er ruhig.

»Sehr gerne«, antwortete ich.

»Wir telefonieren, ja?«, fragte er aufgeräumt und ich nickte selig.

Dann stieg ich aus und winkte so lange, bis ich sein Auto nicht mehr sehen konnte. Nach einem tiefen Seufzer machte ich mich bereit für Susis Fragen, die in den nächsten Minuten auf mich einprasseln würden …

Meine Freundin stand in der Küche, es duftete herrlich nach gebratenem Lachs. Sie drehte sich um und stürzte auf mich zu.

»Hey Becky, du kommst gerade im richtigen Augenblick, das Essen ist gleich fertig.«

»Du rettest mich vor dem Verhungern!«

Susi lachte glucksend.

»Hat es auf eurem Spaziergang nur Liebe zum Essen gegeben?«, fragte sie spitzbübisch.

Verliebt schaute ich sie an und sagte leise: »Von dieser Liebe könnte die ganze Welt zehren.«

»Oha, so schlimm?«

»Schlimmer«, lachte ich und zwinkerte ihr zu.

»Ich bin echt gespannt, Becky.«

Während ich den Tisch eindeckte, summte ich eine unbekannte Melodie vor mich hin und dachte an Erik, der jetzt in sein kühles Zuhause zurückkehren musste.

Susi riss mich aus meinen Gedanken.

»Trinken wir Weißwein zum Fisch?«

»Ja, und Wasser, bitte.«

Der Lieblingssalat meiner Freundin stand auf dem Tisch und mein Magen knurrte lautstark wie ein Hund!

Cashewnüsse, Tomaten, Gurke und verschiedene Blattsalate waren mit Susis köstlicher Vinaigrette vermengt worden und die perfekte Beilage für den Fisch.

Nur zu gern erzählte ich meiner besten Freundin von unserem Ausflug auf dem Wasser und tauchte erneut in die wohligen Emotionen ein. Mit strahlenden Augen beichtete ich ihr alles, die Situation mit Eris Ur-Wunde ließ ich aus.

Es war Eriks intimster Punkt und er allein konnte darüber entscheiden, wem er das erzählte. Bei der peinlichen Szene mit Eriks Wasserflucht krümmte sich Susi vor Lachen.

»Das ist der Hammer, der Mann weiß sich zu helfen.«

Ihr herzliches Lachen steckte mich an und wir kugelten uns beide, bis Susi die Tränen liefen.

»Mensch Becky, du bist echt die Schärfste!«, prustete sie und trocknete sich mit der Serviette ihre Tränen ab.

Ich grinste. »An Land hätte er keine Chance gehabt!«

Während wir unseren Spaß hatten, sah Jayden sich Johns Fotos an und die Eifersucht hielt ihn mit ihren Krallen fest umschlungen, als er einen Termin bei Frau Knispel einforderte …

Beunruhigt legte Eriks Sekretärin auf.

Dieser arrogante Diplomat hatte ihr gründlich den Feierabend verdorben – wäre sie doch bloß nicht ans Telefon gegangen!

Pflichtbewusst, wie sie nun einmal war, hatte sie den Anruf noch entgegengenommen. Tatsächlich verlangte dieser unverschämte Amerikaner für den nächsten Tag einen Termin von ihr und es interessierte ihn einen Dreck, wie sie das bewerkstelligte! Mit zusammengekniffenen Augen gab sie Jayden um 12:30 Uhr einen Termin, was für ihren Boss bedeutete, dass er seine Mittagspause verkürzen musste. Hoffentlich bekam sie von ihm nicht noch eins auf den Deckel dafür?

Als Erik nach Hause kam, nahm er als erstes Victor in den Arm und drückte ihn innig.

»Weißt du noch, was ich dir über das Weinen erzählt habe?«

»Klar, dass es eine Schwäche ist.«

»Vergiss das bitte, es ist total in Ordnung, zu weinen.«

»Das weiß ich doch, Papa«, antwortete Victor und grinste seinen Vater frech an.

Gleichzeitig fragte sich Erik, ob Victor auch eine Ur-Wunde während Roxannas Wochenbettdepression erlitten hatte?

Rebecca …

Bei dem Gedanken an mich durchflutete ihn eine neue Kraft, eine Lebendigkeit, die ihm neuen Auftrieb gab! Die Energie, die Roxanna ihm abzog, kam durch mich wieder zurück.

Während seine Frau ihm begeistert von einem arabischen

Kaufinteressenten erzählte, schlichen sich Eriks Gedanken durch die Hintertür zu mir zurück.

»Du siehst heute irgendwie anders aus«, sagte Victor plötzlich.

Ertappt fuhr Erik zusammen.

»Wieso anders?«

»Ich weiß nicht, vielleicht glücklich?«

Erik lachte verlegen.

»Na, ich habe doch auch ein Riesenglück mit dir, mein Sohn!«

Victor grinste schelmisch. Irgendetwas war anders mit seinem Vater. Vielleicht plante er ja eine Überraschung für Victors Geburtstagsparty? Erik musste sich zusammen-reißen, sein feinfühliger Sohn bekam alles mit.

Vor Roxanna musste er das nicht befürchten, die war immer nur mit sich selbst beschäftigt.

»Lass uns über meine Party sprechen!«, schlug Victor mit leuchtenden Augen vor und Erik war froh, dass sein Sohn ihn dadurch ablenkte.

»Warum haben Sie mich nicht gleich angerufen?«, fuhr Erik seine Sekretärin am nächsten Morgen scharf an.

»Mir war nicht klar, dass Sie das von mir erwarten, Herr Suthor«, entgegnete sie kühl.

Verärgert schüttelte Erik den Kopf.

»Das ist ein ganz besonderer Fall, Frau Knispel und die-ser Mann ist mit allen Wassern gewaschen, genauso wie sein Anwalt!«

»Es tut mir leid«, sagte Frau Knispel aufrichtig.

»Was immer mit diesem Mann zu tun hat, ich möchte sofort von Ihnen darüber in Kenntnis gesetzt werden!«

Sein Ton fiel schärfer aus, als er es beabsichtigt hatte.

Erik sah seine Sekretärin freundlich an.

»Es tut mir leid, dass ich Sie so angefahren habe, aber ich stehe unter Druck und dieser Fall ist kompliziert.«

»Ich verstehe.«

Frau Knispel nickte und schloss beleidigt die Tür hinter sich zu.

Erik war unruhig.

Was hatte Jayden West jetzt vor?

Ihm blieb nicht weiter übrig, als auf den Termin zu warten und er hoffte, dass das Gespräch diesmal nicht aus dem Ruder laufen würde, wie bei ihrem letzten Zusammentreffen.

Kurz vor 13 Uhr erschien Jayden ohne seinen Anwalt.

»Brauchen Sie mich, Herr Suthor?«, fragte Frau Knispel.

»Nein, danke. Ich denke, Mr. West wird mich allein sprechen wollen?«

»Richtig, deshalb bin ich auch ohne meinen Anwalt gekommen«, sagte er und marschierte schnurstracks in Eriks Büro. Missbilligend entfernte sich Frau Knispel und zog die Tür hinter sich zu.

Triumphierend warf Jayden die Aufnahmen von John auf Eriks Schreibtisch. Kalter Zorn lag in seinen Augen, als er ihm entgegenschleuderte: »Diese Fotos für mein Videoband!«

»Die Originale bekommen Sie, sobald ich das Band habe.«

Erik bemühte sich, die Fassung zu bewahren.

Jetzt war ein kühler Kopf gefragt, denn Jayden stand vor

ihm wie ein wütender Bulle, der mit den Hufen scharrte und auf ein Zeichen für den Angriff wartete.

Mein Seelenpartner nahm die Momentaufnahmen hoch. Für ein paar Sekunden fühlte er meine zarte Haut und roch mein Parfum, das ihn an den Frühling erinnerte.

»Wenn Sie nicht darauf eingehen, sind die Fotos noch heute bei Ihrer Frau«, setzte Jayden nach.

Eriks Gedanken überschlugen sich!

Er musste Zeit gewinnen, unter Druck konnte er keine richtige Entscheidung treffen.

»Geben Sie mir 24 Stunden Zeit!«

Jayden zögerte.

»24 Stunden und keine Minute länger.«

Dann raffte er die Fotos zusammen und verstaute sie in seinem Jackett. Grußlos entfernte er sich aus dem Büro und ließ einen verzweifelten Erik zurück, der die Handynummer von Dr. Steffen Wilke wählte.

»Wilke«, meldete sich sein ehemaliger Schulkamerad.

»Hallo Steffen, ich kann nicht bis nächste Woche warten!

Ich bin hier in eine schwierige Situation geraten und brauche dringend deinen Rat, bitte.«

Steffen sah in seinem Kalender nach.

»Du hast Glück, ein Patient hat abgesagt. Kannst du um 16 Uhr in meine Praxis kommen?«

»Natürlich, danke.«

»Gut, dann sehen wir uns später.«

Erleichtert atmete Erik auf! Er war kein Mensch, der planlos in den Tag hineinlebte. Er trug Verantwortung und seine Entscheidungen waren wohldurchdacht. Jayden hatte ihn in der Hand und er konnte sich keinen Fehler erlauben.

Entweder er gab Jayden das Video, dann wäre seine Ehe gerettet, aber er würde mich verlieren.

Oder er beichtete Roxanna alles.

Dann wäre Victor für ihn verloren, ganz zu schweigen von dem Geld, dass ihn eine Scheidung kosten würde.

So oder so, wäre es immer ein Verlust, den er nicht ertragen konnte!

Nervös stand er auf und ging in seinem Büro auf und ab.

Es musste noch eine dritte Lösung geben – nur welche sollte das sein? Bestechung? Nein, Jayden ging es nicht ums Geld, er wollte Rache und sein verwirrter Geist war auf Zerstörung programmiert …

Erik kam zu keinem Ergebnis.

Seine letzte Hoffnung war Steffen, eine Person mit Erfahrung in allen Lebensfragen. Hin- und hergerissen, versuchte er mühsam, Ruhe zu bewahren.

DIE ENTSCHEIDUNG

Dr. Steffen Wilke
Psychologe

Angespannt saß Erik in dem Arbeitszimmer seines ehemaligen Klassenkameraden Steffen in der Bornstraße Nr. 9.

Erik erzählte Steffen von seiner Ehe und von seinen Gefühlen für mich.

»Mensch Erik, wo bist du da nur hineingeraten?«, fragte Steffen verwundert.

Betroffen schaute Erik ihn an. Steffen sah noch aus wie Steffen, nur eben älter. Einmal waren sie sich auf einem Klassentreffen wieder begegnet, dass zwei Jahrzehnte zurücklag.

Schon damals durchschaute Steffen die fabelhaften Ausführungen ihrer ehemaligen Kommilitonen, die sich Jahre später auf seiner Couch wiederfinden würden. Seine grauen Augen wurden von einer randlosen Brille unterstützt; seine lange, schmächtige Gestalt steckte in einer karierten Hose und sein Poloshirt verriet, dass Steffen zur golfenden Elite gehörte. Das wenige graue Haar, welches seinen Kopf zierte, hatte er ordentlich zu einem Seitenscheitel gekämmt.

»Das sage ich dir. Als Anwalt habe ich einiges erlebt, aber das hier ...«

Erik schüttelte den Kopf, er konnte es selbst nicht begreifen, wie sein Leben sich innerhalb weniger Tage verändert hatte.

»Es gibt keine dritte Lösung, es sei denn, du ermordest den Mann«, sagte Steffen ironisch und fing sich einen strafenden Blick von Erik ein.

»Das ist keine Option.«

Im Grunde hielt er nicht viel von Psychologen, seiner Meinung nach hatten die noch mehr Probleme als ihre Patienten …

»Ich muss einen klaren Kopf bewahren und darf mich nicht von meinen Gefühlen leiten lassen.«

»Jetzt klingst du wie dein Vater.«

Überraschung spiegelte sich in Eriks Augen wider.

Steffen hatte recht, er klang wirklich wie sein Vater.

»Dein Verstand ist es, der dich in diese Situation gebracht hat.«

»Unsinn, es ist mein Herz!«

»Ich meine damit nicht Rebecca, sondern Roxanna. Eure Liebe ist erloschen und trotzdem verharrst du regungslos in dieser Beziehung. Dein Herz führt dich zu Rebecca, aber du wehrst dich dagegen. Ich weiß, ich weiß, es ist wegen Victor«, wehrte Steffen ab, als Erik sich verteidigen wollte.

»Glaubst du, Victor merkt nicht, was wirklich los ist?

Kinder fühlen immer, wenn die Beziehung der Eltern nicht stimmig ist. Das große Problem besteht in der Diskrepanz zwischen dem, was sie fühlen und zwischen dem, was sie sehen.

So lernen sie, dass sie ihren Gefühlen nicht trauen können und das führt dazu, dass meine Anzahl an Patienten stetig wächst.«

Die Worte trafen Erik wie ein Blitz. Langsam begriff er, womit Steffen sein Geld verdiente und sein Verstand applaudierte dem leidenschaftlichen Plädoyer des Arztes.

»*Was* würde Rebecca an deiner Stelle machen?«

Eriks Atmung ging schneller und seine Antwort kam wie aus der Pistole geschossen: »Sie würde das Universum um Hilfe bitten und ihm fiel das Zitat aus der Bibel ein: *Bittet, so wird euch gegeben.*«

»Nun hast du deine Antwort, Erik«, sagte Steffen zufrieden.

Während Erik nach Hause fuhr, ging ihm das Gespräch mit Steffen nicht aus dem Kopf. Der Mann verstand etwas von seinem Fach, das musste er ihm lassen.

Das er sich wie sein Vater verhielt, machte ihm zu schaffen.

Bei Victor wollte er alles anders machen. Erik nahm sich vor, eine Therapie bei Steffen anzufangen, damit er diese falschen Muster verändern konnte. Leider war er mit dem Problem Jayden West keinen Schritt weitergekommen und dieser tiefe Konflikt nahm ihm jegliche Ruhe.

Lautlos formten seine Lippen ein Gebet:

›*Liebes Universum, ich bitte um deine Hilfe, was soll ich tun?*‹

Die Antwort ließ nicht lange auf sich warten.

›*Folge deinem Herzen!*‹

Das Universum konnte ihm keine Entscheidung abnehmen, aber sein Hilferuf wurde erhört. Erik bekam noch einen Impuls und daraus formte sich seine folgenschwere Entscheidung …

Natürlich spürte ich Eriks Verzweiflung!

Ich wusste nur nicht, warum er so fühlte? Er meldete sich nicht und das verunsicherte mich. Die Zeit mit ihm auf seinem Boot war wunderschön gewesen und am liebsten wäre ich sofort wieder in See gestochen.

Ich wollte mich telepathisch mit ihm verbinden, aber meine innere Stimme hielt mich davon ab. Es war besser, ihn in Ruhe zu lassen und abzuwarten. Sicher setzten ihm die tiefen Gefühle zu und er musste sie langsam verarbeiten.

Es war an der Zeit, über meine berufliche Seite nachzudenken und mich darauf zu konzentrieren. Auf keinen Fall wollte ich in meinen alten Beruf zurück!

Mir schwebte etwas vor, das meine kreative Seite förderte. Nach meiner Erfahrung mit Jayden wollte ich nie wieder finanziell von einem Mann abhängig sein.

Am nächsten Tag erschien Jayden und hörte sich Eriks Vorschlag an. Hörbar sog Jayden die Luft ein und nickte zustimmend. Gut vorbereitet ließ mein Seelenpartner sich nicht anmerken, wie schwer ihm diese Entscheidung gefallen war.

Erik hatte eine gleichgültige Miene aufgesetzt und Jayden kaufte sie ihm ab.

»Ich werde Ihnen das Video nicht geben. Sobald Sie die Scheidungspapiere unterschrieben haben, bekommen Sie es. Für die Fotos biete ich Ihnen etwas Anderes an …«

»In Ordnung. Aber sollten Sie sich nicht an die Abmachung halten, dann mache ich Ihnen die Hölle heiß, verstanden?«

»Verstanden. Bitte lesen Sie sich die Papiere durch, bevor Sie sie unterzeichnen.«

»Darauf können Sie sich verlassen. Und das ist rechtsgültig, auch wenn mein Anwalt nicht dabei ist?«

Erik zuckte mit den Schultern.

»Es ist ihre Entscheidung. Wir können meine Sekretärin als Zeugin dazu holen, wenn Sie wollen.«

Erik rief Frau Knispel zu sich herein, die mit großen Augen zusah, wie Jayden die Scheidungspapiere durchlas. Ihr Boss war schon ein Genie, aber wie zum Teufel hatte er diesen Amerikaner so weit gebracht? Das ging nicht mit rechten Dingen zu und sie murmelte mehr zu sich selbst: »Besser, ich weiß gar nicht, wie er das gemacht hat!«

Jayden West las sich die Dokumente zweimal durch, bevor er sie unterzeichnete. Natürlich würde er Geld verliefen, viel Geld sogar, aber das war ihm der Handel wert. Erleichtert nahm Erik die Papiere entgegen und schloss seinen Safe auf.

Jayden machte einen langen Hals und tatsächlich sah er seine Videokassette, die Erik ihm endlich überreichte.

Zufrieden verstaute Jayden das Päckchen in seinen Aktenkoffer. Dann reichte er Erik die Hand, die dieser ignorierte.

Wortlos drehte er sich um und verließ zufrieden das Zimmer.

Fragend sah Frau Knispel ihren Boss an.

»Fragen Sie nicht!«, sagte er unwirsch.

Sein Herz war schwer, aber er wusste, dass es die einzige Möglichkeit war, eine Katastrophe zu verhindern.

›*Verzeih mir!*‹, dachte er traurig und seine telepathische Nachricht flutete mein Herz.

›*Oh Gott, Erik, was hast du getan?*‹, dachte ich erschrocken und die Verlustangst schnürte mir die Kehle zu.

DAS UNIVERSUM
GREIFT EIN

Den Rest des Tages quälte sich Erik durch seine Arbeit, auf die er sich kaum konzentrieren konnte. Er fühlte sich leer, hatte keinen Antrieb, so als ob er jahrelang von der Sonne abgetrennt gewesen war. Obwohl seine Entscheidung aus reiner Liebe zu mir geschah, spürte er den größten Verlust seines Lebens.

Die Videokassette für die Scheidungspapiere – die Fotos für eine Kontaktsperre mit mir. Keine Treffen, keine Nachrichten, kein Kontakt – das war der Deal, der den Keim unserer Liebe erstickte.

Bereits am nächsten Tag lagen die unterschriebenen Papiere in Susis Briefkasten und mir dämmerte, was Erik für mich getan hatte. Ich sollte eine hohe Geldsumme bekommen und wäre nach dem Trennungsjahr wieder Frau Winter.

Niemals hätte Jayden das unterzeichnet, wenn er nicht etwas dafür bekommen hätte, das noch wertvoller als ich für ihn war: Seine Reputation als Diplomat.

Mit Sicherheit befand sich das Videoband wieder in seinem Besitz oder war sogar schon von ihm verbrannt worden.

Doch da musste noch etwas anderes sein!

Warum war mein Liebster so niedergeschmettert?

Ich rief in seiner Kanzlei an und traute meinen Ohren nicht, als Frau Knispel mir bedauernd mitteilte, dass Erik für mich nicht zu sprechen sei.

»Ich soll Ihnen ausrichten, dass es ihm sehr leidtut, aber er hat sehr viel zu tun und möchte nicht gestört werden.

Die Rechnung für sein Honorar schicke ich Ihnen in den nächsten Tagen zu«, wimmelte sie mich ab.

Enttäuscht legte ich auf und kämpfte mit den Tränen.

›*Warum?*‹, dachte ich verzweifelt.

›*Weil ich dich unendlich liebe!*‹

Als Erik am Abend nach Hause kam, wurde er nicht wie gewohnt von Victor begrüßt. Stattdessen kam Roxanna ihm aufgeregt entgegen und sagte: »Wir müssen reden!«

Müde sah Erik sie an.

»Nicht heute, Roxanna – wo ist Victor?«

»Er ist bei einem Freund und wird dort übernachten. Ich habe das arrangiert, damit ich in Ruhe mit dir sprechen kann.«

Genervt schaute Erik seine Frau an und stieß einen gequälten Ton aus. Ein Gespräch mit Roxanna bedeutete immer eine Kraftanstrengung für ihn – Kraft, über die er momentan nicht verfügte.

Während er sich einen Whisky einschenkte, platzte Roxanna mit ihrer Nachricht wie eine Bombe in das Zentrum seines Bewusstseins ein.

»Ich verlasse ich!«

Langsam drehte Erik sich um und schaute seiner Frau in die Augen. Wie ein Huhn flatterte sie gackernd durch das Zimmer – die Worte sprudelten aus ihr hervor.

»Ich habe mich verliebt!

Er ist ein arabischer Ölscheich und immens reich«, schwärmte sie und ihre Augen strahlten verzückt.

Erik setzte das Glas an, dann ließ er es wieder sinken.

Er wusste nicht, ob er lachen oder weinen sollte?

Seine Gedanken glichen einem Wirbelsturm, der unaufhörlich tobte. Dann setzte er sich und fing an zu lachen.

Er lachte und lachte, bis ihm die Tränen kamen und Roxanna war völlig sprachlos.

Mit dieser Reaktion hatte sie nicht gerechnet.

»Ich weiß nicht, warum du das lustig findest?«, fragte sie pikiert.

»Es ist nicht deinetwegen«, prustete Erik und wischte sich die Tränen ab.

Verständnislos sah seine Frau ihn an. Sie verstand nur Bahnhof!

Wütend ging sie auf ihn zu und baute sich vor ihm auf.

»Was soll das? Bist du verrückt geworden?«

Erik nahm einen Schluck und fragte:

»Möchtest du auch einen Whisky?«

»Nein!«, fauchte Roxanna.

»Beruhige dich! Setz dich bitte, ich höre dir zu.«

Das war wieder der Erik, den Roxanna kannte und seine Worte besänftigten sie.

»Gut, dann nehme ich doch einen Gin Tonic.«

Es wurde eine harte Verhandlung mit seiner geldgierigen Frau. Sie forderte eine beträchtliche Summe, dafür war sie bereit, Victor bei ihm zu lassen. Erik hielt die wichtigsten Punkte auf einem Blatt Papier fest, dass sie unterschreiben musste.

Erik war frei! Er konnte es nicht glauben!

Innerlich fluchte er.

Warum nur hatte dieses Gespräch nicht schon vor zwei Tagen stattgefunden?

Dann wäre er Jayden ganz anders gegenübergetreten.

Er musste sich zusammenreißen, um nicht in Jubel auszubrechen! In Gedanken schmiedete er schon Pläne für uns und gegen Mitternacht schickte er mir eine Nachricht:

Ich muss dich sehen – morgen um 12 Uhr bei meinem Boot?
Erik.

Seine Nachricht verwirrte mich genauso wie seine Achterbahnfahrt der Gefühle, denen ich nicht entkommen konnte. Hoffnung keimte in mir auf.

Sollte es doch noch ein Happyend für uns geben?

Erik war nicht der Einzige, der Pläne für uns machte und dieser andere Mann war kein Geringerer als Jayden West ...

ERIKS GESCHENK

Als ich am Morgen in den Spiegel schaute, stieß ich einen Schrei aus! Mitten auf meiner Stirn prangte ein fieser Hügel, der einen Pickel ankündigte. Susi kam herbeigelaufen und gemeinsam versuchten wir, das Monstrum zu kaschieren.

Ich bin nicht besonders eitel, aber welche Frau möchte schon ihrem Traummann *so* begegnen?

Verschiedene Make-up-Töne mussten herhalten, das Ergebnis blieb jämmerlich. Wer den nicht sah, musste blind sein.

»Das ist heute der wichtigste Tag in meinem Leben und das Universum schickt mir so was!«, jammerte ich Susi die Ohren voll.

»Vielleicht solltest du absagen?«, mutmaßte meine Freundin.

»Nein, doch nicht wegen eines Pickels«, murrte ich leise.

»Erik wird den gar nicht bemerken, ich bin sicher, der guckt dir nur in die Augen, Liebes«, versuchte sie mich zu trösten.

Mein Herz wollte vor Freude zerspringen! Meine Sehnsucht kam wieder zum Vorschein und ich freute mich auf unser Wiedersehen. Sorgfältig machte ich mich zurecht und warf meinen physischen Körper in ein paar Shorts und T-Shirt – vielleicht wollte Erik wieder eine Bootstour mit mir machen?

Hastig nahm Susi einen letzten Schluck aus ihrer Kaffeetasse.

»Ich muss gleich los, Becky. Ich wünsche dir ganz viel Spaß bei deinem Date.«

»Danke Susi, du bist die Beste!«, antwortete ich fröhlich.

Kurz vor meinem Aufbruch schellte es an der Tür.

Ich drückte auf den Summer und hörte, wie jemand die Treppe hochkam. Es war Jayden, der mit einem riesigen Blumenstrauß und seinem charmantesten Lächeln seinen Fuß in die Tür stellte, die ich vor seiner Nase zuschlagen wollte.

»Hi Becky, die sind für dich.«

»Ich will deine Blumen nicht, Jayden, ich will gar nichts mehr von dir, hörst du?«, antwortete ich erbost.

Was sollte dieses Theater? Eben hatte er noch der Scheidung zugestimmt und nun baggerte er mich wieder an?

»Bitte Becky, wir müssen keine Feinde sein, wir haben uns doch einmal geliebt!«

Und ich liebe dich immer noch, fügte er stumm hinzu.

»Das ist lange her und es ist viel passiert.«

»Du sagst doch immer, dass man anderen vergeben soll, damit man selbst wieder in den Frieden kommt.«

»Ja, aber das braucht seine Zeit und ich weiß nicht, welchen Preis Erik dafür bezahlt hat? Aber das wird er mir sicher gleich erzählen«, rutschte es mir heraus.

Jaydens Augen wurden schmal.

»Du triffst dich noch mit ihm?«, stieß er hervor.

»Mein Privatleben geht dich nichts an, Jayden und würdest du jetzt bitte deinen Fuß aus der Tür nehmen?«

Verdattert kam Jayden meiner Bitte nach.

Wütend warf er die Blumen auf den Boden und stürmte die Treppe hinunter. Zornig rief er in der Kanzlei an und erfuhr, dass Erik für ihn nicht zu sprechen war. Jayden war durcheinander! Er setzte sich in seinen Wagen und überlegte fieberhaft. *Warum* hatte Erik sich nicht an die Abmachung gehalten? Das ergab doch keinen Sinn!

Erik setzte den letzten Pinselstrich an und vollendete sein Werk.

In wenigen Minuten würde ich vor ihm stehen und er konnte es nicht erwarten, mein Gesicht zu sehen! Er ahnte, dass er mit dieser Liebeserklärung mein Herz zum Glühen bringen würde …

Fröhlich stieg ich in mein Auto und startete den Motor.

In meiner Kühltasche befanden sich Sekt, zwei Gläser, eine Flasche stilles Mineralwasser und Erdbeeren. Meiner Aufmerksamkeit entging der schwarze Schatten, der mir im sicheren Abstand folgte und das Herz des Fahrers war voller Hass gegenüber dem Mann, für dessen Herz meines schlug …

Lachend liefen Erik und ich aufeinander zu! Seine Arme umschlossen mich fest, als ob er mich nie wieder loslassen wollte.

»Ich habe eine Überraschung für dich.«

»Ich auch für dich«, antwortete ich und schwenkte meine Kühlbox hin und her.

Eriks Augen liebkosten mich, sein Kuss schmeckte nach süßer Unendlichkeit.

»Augen zu!«, forderte er zärtlich.

Während ich gespannt den Atem anhielt, führte er mich ein paar Meter weiter, der Geruch von frischer Farbe wehte mir um die Nase.

»Jetzt darfst du sie wieder öffnen!«

Ich öffnete meine Augen und las meinen Namen ›Re-becca‹ .

»Das ist das schönste Geschenk, dass ich jemals be-kommen habe!«, flüsterte ich schluchzend und bedeckte Eriks Gesicht mit Küssen.

»Ich wusste, dass es dich glücklich machen wird«, ant-wortete er selig und strich mir über mein Haar.

»Die Farbe ist noch nicht ganz trocken, aber heute Nachmittag lade ich dich zu einer Jungfernfahrt ein und erkläre dir alles. Möchtest du heute Nacht bei mir bleiben, Becky?«, fragte Erik mit einer samtigen Stimme.

»Ja, Erik«, hauchte ich glücklich.

»*Rebecca* ist viel schöner als *Roxanna.*«

»Das finde ich auch!«

Holger tauchte auf und kam auf uns zu.

»Ihr seid echt ein Traumpaar«, grinste er und die Freude über unser Glück stand dem alten Seemann ins Gesicht geschrieben.

»Dann wollen wir sie mal taufen!«

»Gute Idee.«

Ich nahm eine Piccolo heraus und gab sie Holger.

»Bitte übernimm du das!«

Feierlich warf er sie gegen den Bug und rief laut: »Hier-mit taufe ich dich auf den Namen ›Rebecca‹!«

»Ich lass euch dann mal wieder allein, ihr habt ja noch einiges vor«, sagte er augenzwinkernd und verschwand so schnell, wie er gekommen war.

»Das haben wir, oder?«, fragte Erik und schaute mich mit einem Ausdruck in seinen Augen an, der mich in Brand setzte.

»Ja, da bin ich mir sicher.«

›Nur noch ein paar Stunden und dann bist du mein!‹

›Das war ich schon immer, mein Liebster.‹

›Ich meine ganz, mit all deiner Schönheit …, ich werde dich erkunden … jeden Zentimeter liebkosen, damit du dich erinnerst, warum du mich gewählt hast.‹

Seine Worte erregten mich!

»Ähm, ich glaube, ich fahre jetzt mal los.«

Aufgewühlt blickte Erik mich an. Seine Augen waren dunkler als sonst und sein Herz kam mit dem Schlagen kaum hinterher.

»Um 18 Uhr auf der ›Rebecca‹ und dann gibt es kein Zurück mehr für dich«, sagte er mit seiner tiefen Stimme und gab mir einen innigen Abschiedskuss.

»Ich kann es kaum erwarten!«

SIE HATTEN NICHT VIEL
UND DOCH HATTEN
SIE ALLES

Erik hat sein Boot nach dir benannt?«, fragte Susi mit leuchtenden Augen.

»Meine Güte, wie romantisch ist das denn?«

»Nicht wahr? Er ist so romantisch wie ich.«

»Und es ist ein krasser Liebesbeweis, Becky. Hat er etwas wegen deiner Beule gesagt?«, neckte sie mich.

Übermütig streckte ich ihr die Zunge heraus.

»Nö, er hat sie nicht gesehen, oder es ist ihm egal.«

»Dann hat er sich jetzt klar für dich entschieden.«

»Das sieht ganz danach aus. Er will mir alles auf dem Boot erklären und ich schätze, ich werde heute Nacht nicht nach Hause kommen.«

Susi seufzte ergriffen.

»Heute Nacht wird die Liebesgeschichte des Jahrhunderts geschrieben!«

»Des Jahrtausends«, verbesserte ich sie und tanzte ausgelassen mit ihr durch das Wohnzimmer.

»Und jetzt frag mich bitte nicht, ob ich dir morgen alles erzählen werde«, sagte ich grinsend.

»Doch, ich will alles wissen, jedes noch so kleine Detail und auch das Größere, wenn du verstehst, was ich meine?«

»Das wird eure Nacht, Liebes. Genieße sie mit allen Sinnen und grüße Erik herzlich von mir!«

Jayden öffnete sein Handschuhfach und zog das kalte Metall heraus. Er war mir bis zu Eriks Anlegestelle gefolgt und verfluchte sich selbst, weil er Johns Urlaub genehmigt hatte. Andererseits konnte er von seinem Informanten nicht erwarten, dass dieser über die Beschattung hinaus ging …

Stumm hatte er uns beobachtet. Jedes Lachen von mir, jeder Kuss bohrte einen weiteren Pfeil in sein Herz. Jayden konnte es einfach nicht ertragen, mich in den Armen eines anderen Mannes zu sehen und diese Ohnmacht der Gefühle verdunkelten seinen Verstand. Er war nicht mehr er selbst, eine finstere Macht steuerte ihn und das Einzige, woran er denken konnte, war: *Wie bekomme ich sie zurück?*

Glücklich ließ ich meine Augen über die ›Rebecca‹ schweifen und hielt nach dem Eigentümer Ausschau. Aus der Kajüte klang leise ein französisches Lied.

»Hallo Monsieur, ist jemand zu Hause?«

Eriks Stimme drang aus der Kombüse: »Oui, Madame, ich stehe Ihnen gleich zur Verfügung!«

Nie werde ich seinen Blick vergessen, als er mich in meinem roten Neckholderkleid sah.

»Atemberaubend!«, rief er und sprang an Land. Erik trug ein weißes Hemd, das einen kleinen Teil seiner Männlichkeit freigab und er sah in seiner Jeans umwerfend gut aus!

»Bonsoir, meine Liebste«, sagte Erik zärtlich und zog mich an sich.

»Bonsoir, mein Liebster. Sprichst du auch Französisch?«

»Un petit. Die Stadt der Liebe wird der erste Ort sein, den ich mit dir erkunden möchte, natürlich nur, wenn du magst?«

»Jayden wollte mit mir nach Paris fliegen und aus einem bestimmten Grund wollte ich es nicht.«

»Welcher war das?«

»Weil ich mir geschworen habe, nur mit meiner wahren Liebe diese Reise zu machen. Ich war übrigens noch nie in Paris«, fügte ich hinzu und lächelte ihn verzückt an.

»Dann wird es aber Zeit, Madame«, antwortete Erik mit einem charmanten Akzent und zwinkerte mir zu.

Mein Franzose küsste mich, hob mich hoch, um mich wieder an Bord auf meine goldfarbenen Pumps zu stellen. Ein gedeckter Tisch mit roten Rosenblättern und Kerzenschein erwartete mich. Eine große Anzahl unterschiedlichster Kerzen zauberten mit ihrem wunderschönen Licht eine Atmosphäre der Sinnlichkeit. Eine Champagnerflasche lag in einem Sektkübel, daneben stand die Liebe meines Lebens und verkündete stolz: »Ich habe für uns gekocht!«

Ein Hauch von Knoblauch drang aus der Kombüse und es zischte laut.

»Ich glaube, du musst wieder an den Herd, Chéri«, kicherte ich und Erik hechtete in die Kajüte zurück.

Während er sich um die Dorade kümmerte, öffnete ich den Champagner.

Erik erschien mit dem duftenden Fisch, einer Schale grünem Salat und stellte alles auf den Tisch.

»Das riecht einfach köstlich, Erik.«

»Hoffentlich schmeckt er auch so.«

»Da habe ich keine Zweifel.«

»Was feiern wir eigentlich?«

»Roxanna hat in die Scheidung eingewilligt.«

Überrascht schaute ich Erik an.

»Sie hat eingewilligt? Du bist frei?«

»Ja, ich bin frei für dich. Und Victor wird bei uns wohnen!«

Lachend hob Erik mich hoch und schwenkte mich übermütig im Kreis herum.

»Das ist ein Wunder! Wie kam es dazu?«

»Die Wahrheit ist, dass sie sich in einen anderen Mann verliebt hat und deshalb die Scheidung wollte.«

Verlegen wartete er auf meine Reaktion.

Erik hatte sich nicht freiwillig entschieden, das Universum hatte kräftig nachgeholfen.

»Ich bin dem Universum sehr dankbar und hoffe, dass der andere Mann besser zu ihr passt«, sagte ich aufrichtig und erhob mein Glas.

»Auf das Universum!«

»Auf das Universum!«, stimmte Erik erleichtert zu und stieß mit mir an, bis ein zartes Klirren ertönte.

»Warum hattest du den Kontakt abgebrochen?«, wollte ich von ihm wissen.

Erik erzählte mir von Jaydens Erpressungsversuch.

Gerührt lauschte ich seinen Worten und erfuhr, welches Opfer er für mich erbracht hatte. Erik umfasste meine Taille und zog mich näher an sich heran.

»Auf meine Seelenpartnerin, die mir gezeigt hat, was das Wichtigste auf dieser Welt ist!«

»Was ist das?«, fragte ich atemlos.

»Toujour L'Amour! Kein Geld, kein Status, einfach nur die bedingungslose Liebe in ihrer schönsten Form.«

Sein Kuss schmeckte nach mehr, viel mehr …

Erik zog die Notbremse und gab mich wieder frei.

»Der Fisch wird kalt«, raunte er in mein Ohr und knabberte dabei zärtlich an meinem Ohrläppchen. Schauerfontänen jagten über meinen Rücken.

›Das ist mir egal!‹

›Ich habe extra für dich gekocht, Liebes.‹

Amüsiert blitzten seine Augen mich an.

»Also, mein 5-Sterne-Koch, wollen wir?«

Erik grinste und rückte mir den Stuhl zurecht.

Zärtlich flüsterte er mir ins Ohr: »Ich kann dir kaum noch widerstehen, Chérie!«

›Und du hast keine Ahnung, was auf dich zukommt, Rebecca Winter‹

»Ich denke, wir sollten ein Stück weiter hinausfahren, was meinst du?«, fragte Erik.

Mein verklärter Blick sagte alles und Minuten später setzte sich die ›Rebecca‹ in Bewegung.

In einer Stunde würde die Dämmerung einsetzen und spätestens dann wären wir allein auf dem Wasser …

»Ich glaube, hier können wir bleiben«, sagte Erik und stellte den Motor aus. Die Abendsonne lächelte uns warm an, weit und breit war niemand zu sehen.

»Komm her!«, befahl er leise und zog mich von meinem Stuhl hoch. Seine erotischen Bewegungen bewegten sich im Takt der Musik. Ich spürte sein Herz, das heftig gegen seine Brust schlug und genoss diesen magischen Moment der Wirklichkeit, den ich nie wieder verlassen wollte.

Erik nahm einen Schluck von seinem Champagner und küsste mich zärtlich. Langsam floss das perlende Getränk in meinen Mund und entfachte ein Feuerwerk der Sinnlichkeit.

Seufzend schloss ich meine Augen und genoss das prickelnde Gefühl.

›Liebe mich – jetzt!‹

›Jetzt und in Ewigkeit, das schwöre ich dir!‹

Erik trug mich hinunter in die Kabine. Seine Lippen liebkosten mein Gesicht, meinen Hals, meine Brüste und entfachten ein Feuer in mir, das ich nicht mehr kontrollieren wollte.

Leise stöhnte ich auf, als er begann, zärtlich meinen Nacken zu küssen und die Schleife meines Oberteils zu lösen.

»Darf ich?«, fragte er und öffnete den Verschluss meiner Kette.

»Natürlich«, flüsterte ich heiser und legte den Anhänger auf den kleinen Tisch neben dem Bett.

Mein Kleid fiel zu Boden, ich drehte mich um und knöpfte sein Hemd auf. Eriks muskulöser Oberkörper entfachte meine animalische Weiblichkeit.

»Ich könnte dich stundenlang ansehen«, sagte er mit seiner samtigen Stimme und küsste zart meine Brustwarzen. Aufregend langsam wanderte seine Zunge weiter zu meinem Bauchnabel, seine Hand glitt in meinen feuchten Slip, den er achtsam beiseite schob.

»Du machst mich wahnsinnig!«

Erik stoppte.

»Soll ich aufhören?«

»Nein!«

Als er in die Nähe meines Zentrums kam, bebte mein ganzer Körper und mein Stöhnen wurde immer lauter.

Plötzlich beendete Erik seine süße Qual – enttäuscht schrie ich auf.

»Ich komme gleich!«

»Ich weiß.«

»Hör nicht auf!«, forderte ich keuchend.

Mein Herz spielte verrückt, die Welt um mich herum

drehte sich schneller und ich spürte, wie mir Tränen die Wangen herunterliefen. Erik küsste sie fort, drehte mich auf den Bauch und drang langsam in mich ein.

»Du bist wahnsinnig sexy, Becky«, flüsterte er in mein Ohr.

»Schneller!«, schrie ich ekstatisch.

Erik umfasste meine Taille – *sein Rhythmus war mein Rhythmus, seine Lust war meine Lust – unsere Körper verschmolzen zu einem.*

»Das halte ich nicht lange durch, du bist so eng«, ächzte er leise und hielt inne.

»Sollst du auch nicht, mach weiter!«

»Doch, ich will dich so lange wie möglich spüren.«

Sanft küsste er meinen glühenden Mittelpunkt und konzentrierte sich nur auf meine Lust.

Als ich explodierte, drang er erneut in mich ein und verlängerte meine Lust. Es war ein Erwachen der höchsten Glückseligkeit zweier Seelen, die sich einst ewige Liebe geschworen hatten …

Erschöpft lag ich in Eriks Armen und streichelte seine behaarte Brust.

»Ich liebe dich«, sagte Erik zärtlich.

»Und ich liebe dich«, antwortete ich glücklich.

Plötzlich hörten wir ein merkwürdiges Geräusch an Deck!

Schnell sprang Erik aus dem Bett. Während er seine Hose anzog, warf ich mir sein Shirt über und wir verließen unser Liebesnest.

Oben erwartete uns Jayden, der eine Waffe in der Hand hielt.

»Wie rührend! Komme ich zu spät zu der Party?«

»Niemand hat Sie eingeladen«, sagte Erik schlagfertig und fixierte den Revolver, den Jayden auf uns gerichtet hatte. Entsetzt schrie ich auf – das war die Szene, die ich in meiner Vision gesehen hatte!

»Du hältst dich wohl für besonders schlau, du Winkeladvokat?«, schrie Jayden wie von Sinnen und ich fing zu weinen.

»Bitte, Jayden, hör auf damit! Ich tue alles, was du willst.«

»Du lügst! Du liebst diesen Bastard, das weiß ich genau.«

»Los, rüber mit euch!«, sagte Jayden und fuchtelte mit der Waffe umher.

Langsam schoben Erik und ich uns Richtung Reling, bis wir an die Bordkante stießen. Erik nahm meine Hand.

›Ich zähle bis drei, dann springen wir!‹
›Er wird uns erschießen.‹
›Er wird uns nicht treffen.‹
›Ich habe Angst!‹
›Ich auch. Eins, zwei, drei, jetzt!‹

Gemeinsam sprangen wir über Bord und hörten hinter uns die Schüsse aus Jaydens Waffe, die er gnadenlos abfeuerte.

Sanft warf der Vollmond sein helles Licht auf die dunkle Wasseroberfläche, die unsere Körper versteckt hielt.

Verzweifelt kämpfte ich um Erik, der das Bewusstsein verloren hatte und immer tiefer sank.

Mein letzter Gedanke war: ›Du darfst nicht sterben, Liebster!‹

Erik antwortete nicht. Plötzlich sah ich einen hellen

Lichtkegel auf uns zukommen. Sekunden später umfing mich eine gnädige Ohnmacht, bevor sich das Lichtportal öffnete und mich verschlang.

Fluchend starrte Jayden in die Dunkelheit.

Er konnte nichts fühlen – alles in ihm war leer.

Hell strahlte sein goldener Ehering im Mondschein, als er ihn abnahm und in den Wannsee warf.

Zwanzig Minuten später kletterte er auf sein Boot, warf den Revolver über Bord und fuhr im Schutz der Dunkelheit zurück …

DIE AUTORIN

Nadine de Winter ist das Pseudonym einer 1965 geborenen Autorin.

Durch den elterlichen Betrieb kam sie zur Gastronomie, arbeitete später jedoch bei einer Tageszeitung und im Buchhandel.

Mit dem Auftakt ihrer Reihe »Die Diplomaten-Gattin« Band I möchte die Autor*in der neuen Zeit das Thema »Zwillingsseelen« mehr in den Fokus der Gesellschaft rücken, da sie selbst diese tiefgreifende Erfahrung machen durfte. Ihre Romane haben biografische Elemente, entspringen ihrem eigenen Gedankengut und sind ohne KI geschrieben.

Die unabhängige Schriftsteller*in arbeitet als Texter*in und lebt mit ihren zwei Katzen in Berlin. In ihrer Freizeit ist sie gern in der Natur unterwegs, spielt Tischtennis, liebt Kultur, Musik und Qi-Gong.